VIDA AO VIVO

IVAN ANGELO

Vida ao Vivo

Companhia Das Letras

Grafia atualizada segundo o Acordo Ortográfico da Língua Portuguesa de 1990, que entrou em vigor no Brasil em 2009.

Capa
Kiko Farkas/ Máquina Estúdio

Foto de capa
Cássio Vasconcellos

Preparação
Márcia Copola

Revisão
Ana Maria Barbosa
Aminah Haman

Os personagens e as situações desta obra são reais apenas no universo da ficção; não se referem a pessoas e fatos concretos, e não emitem opinião sobre eles.

Dados Internacionais de Catalogação na Publicação (CIP)
(Câmara Brasileira do Livro, SP, Brasil)

Angelo, Ivan
Vida ao Vivo / Ivan Angelo. — 1ª ed. — São Paulo : Companhia das Letras, 2023.

ISBN 978-85-359-3569-1

1. Ficção brasileira I. Título.

23-162568 CDD-B869.3

Índice para catálogo sistemático:
1. Ficção : Literatura brasileira B869.3

Aline Graziele Benitez – Bibliotecária – CRB-1/3129

EDITORA SCHWARCZ S.A.
Rua Bandeira Paulista, 702, cj. 32
04532-002 — São Paulo — SP
Telefone: (11) 3707-3500
www.companhiadasletras.com.br
www.blogdacompanhia.com.br
facebook.com/companhiadasletras
instagram.com/companhiadasletras
twitter.com/cialetras

Para Terezinha e Carolina,
amores

Somos o que fomos, acrescentados de culpas.

Fernando Bandeira de Mello Aranha

Sumário

Primeira noite

(Abre em primeiro plano de um homem de setenta e sete anos, quase gordo, branco, pálido, de roupão branco sobre camisa social azul muito clara, fular bordô derramando-se da nuca para o peito, e a câmera recua lentamente até mostrá-lo sentado numa grande poltrona de couro preto. A luz intensa de dois refletores bate diretamente em cima dele, devassa sua pele seca, fina, sem refletir: é engolida por ela. Nenhuma música, apenas o som da respiração dele, difícil. Percebe-se o ar atravessando obstáculos através da laringe, traqueia, brônquios, alvéolos, como se pedaços de trapos soltos mal tapassem as entradas e bolhas pegajosas obstruíssem as saídas. Close: suas mãos apalpam e comprimem sensualmente os braços gordos e macios da poltrona, brancas mãos com pequenas manchas circulares marrons, dedos grossos prendendo e soltando como se apertassem negras coxas, ou nádegas. Seus olhos se esquivam, pode-se supor que, semicerrados, fogem da luz dos refletores. O homem fica alguns segundos parado, como um ator no palco, para efeito. Com uma voz de baixo tom, estudada para longo relato, algumas vezes entrecortada por trabalhosa respiração em que trapos e bolhas vêm à lembrança de quem ouve, ou uma agonia, ele fala, enfim.)

"Boa noite. Hoje, 24 de novembro de 2021. Desculpem adiar a novela e o prazer de vocês. Não vão sair perdendo, o que vão ver é inédito. Prometo emoções."

(Pausa. Levanta devagar os olhos, quando se pode ver que são terrivelmente acinzentados.)

"Vou contar uma história que ainda não terminou. Conto na esperança de que termine. A história de uma fotografia que foi feita há dezoito anos, quase. Dezessete anos, onze meses e treze dias. É a foto da última pessoa com a qual troquei um olhar na rua, a última pessoa que me viu na rua. A última."

(Para, como se considerasse o que acaba de dizer, e uma risadinha chia no seu peito sem aparecer no rosto.)

"Você me conhece? Fernando Bandeira de Mello Aranha, muito prazer. Eu sou o dono desta emissora. Presidente. Não um presidente qualquer, desses de Brasília. Presidente que preside, domina, controla, decide, manda, desmanda, faz, desfaz."

(Olha em volta, como quem se dirige aos seus comandados, depois olha em frente, arrogante.)

"*Il capo!*"

(Ri aquele seu riso atropelado, desfaz a atitude arrogante e volta quase sedutor.)

"Eu conheço você. Eu sei do que você gosta, quanto você ganha, se tem carro, filhos, geladeira, a hora que você dorme, a hora que acorda. Eu estudo seus hábitos, seus desejos. Alimento suas... fraquezas, digamos assim. Tem cinquenta anos que eu acompanho você, vocês todos, todo dia. Pesquisas me mostram seu retrato. Espiões mais modernos até nos celulares me entregam você, vocês todos, espiões invisíveis bisbilhotando."

(Cochicha, apontando.)

"Eu te vejo quando você me vê."

(Normal.)

"Eu sei quando você me segue ou me rejeita. Eu te sigo para te seduzir. Você senta nesse sofá, pensa que está descansando, está mesmo é trabalhando para mim sem se dar conta, hahahah, e eu para você. Sem o seu olhar o meu não faz sentido."

(O sorriso do homem murcha por falta de motivação interior. Uma pálida seriedade vai tomando conta do seu rosto.)

"Estou cansado, sabe? Muito só. Você me vê aqui com esta respiração que mais parece uma pia entupida, este corpo pesado, e você pensa: olha aí, um dos homens mais poderosos do país, um camarada invejado, admirado, odiado — e para quê? Para acabar assim?"

(O homem medita, sacode a cabeça como se considerasse melhor o que acabou de falar.)

"Há algo de podre no reino dos Mello Aranha. Não não não, não se preocupe. Eles não vão se ofender. Os parasitas que vieram antes de mim estão mortos. O que veio depois... Deixa para lá. Filho é como pum: cada um só aguenta o seu. Hahahahaha. Um dia eu conto. Os estroinas e os parasitas quase acabaram com o dinheiro que chegou até o meu bisavô, uma fortuna. Quem tem terras tem tudo nesta terra — era o que eles pensavam, diziam. Eu era menino de seis, sete anos, ainda via aquela confusão de lágrimas, bebedeiras e desespero, velhas tias-avós pegando com Deus, ai, vamos perder tudo! Muito antes, antes da guerra de Hitler — elas que me contaram —, eram meninas e já ouviam o avô delas pegando com são Brás, o tesoureiro, Brás de Brasil, até sair outro empréstimo. Enquanto o Brás for tesoureiro... eles diziam, cínicos. Geração após geração eles vinham, desde o Império, pendurando, ora uma fazenda, ora uma fábrica, uma casa bancária, participações, e assim tinham mais alguns anos para gastar, gastar, e eu ia ficando homem e entendendo aquilo tudo e falava para mim: eu não sou como esses,

esses… Família? É como os dentes: melhor separados. Escapei. Saí daquele círculo vicioso de viciados. E de veados. Meu tio, o delfim, o herdeiro principal, ia acabar de esbagaçar tudo com seus ganimedes do Parque Trianon. Depois que eu assumi — chamaram de golpe de Estado hahhahhahahhahahah — botei ordem na bagunça, despachei meu tio gay para South Beach na Flórida, com dólares à vontade até ele morrer assassinado por um garoto de programa. Redirecionei os negócios, reequipei nossa primeira emissora de televisão, a pioneira, em vez de vender fui financiando, comprando, pagando dívidas, recuperando, comprando, comprei emissoras de televisão que iam pro buraco e que foram o começo da nossa rede, desse império, comprei e fundei jornais, rádios, televisões pelo país afora, gravadoras, fui investindo em elenco, tecnologia, escritores, gente, cabeças, diversificando, comprando, tomando, aproveitando os corruptos dos governos dos generais, uns menos, outros mais, expandindo para qualquer atividade que desse dinheiro, aproveitando as oportunidades da redemocratização, entrando em extração de metais raros, fertilizantes, agronegócio, olho no futuro, tecnologias de comunicação… Agora parei. Parei, parei. Estou velho. Cinquenta anos na pista, atropelando… Olho esse império e penso: e agora?"

(Pausa, como se descansasse, ou como se considerasse a pergunta, a fim de prosseguir.)

"Para quê, não é? — é isso que você está pensando. Para acabar assim? Olhe só."

(Eleva a voz.)

"Veja! Vejam isso!"

(Tosse muito com o esforço. Pausa. Respira fundo, recupera-se e volta ao tom normal.)

"Isso é sequela do covid-19. Trouxeram o vírus aqui para

mim, numa bandeja de fingimento e adulação. Digo para vocês, serenamente: foi uma tentativa de assassinato."

(Olha para os lados, com um risinho gutural.)

"Noto aqui em volta uma inquietação nervosa. Estão por aqui dois advogados, juiz, médico, duas enfermeiras, dois executivos da empresa, equipe técnica, seguranças... Não vim para cá desprevenido..."

(Levanta o dedo indicador, em advertência.)

"Sim, eu disse: as-sas-si-na-to! Quem sabia do meu enfisema no pulmão direito, do meu rim direito estropiado, sabia que se eu pegasse esse vírus seria morte certa. Certa! Eu não saio de casa há dezessete anos, onze meses e treze dias! Não apenas nesses quase dois anos de covid-19, como muitos de vocês. Desde a notícia da pandemia não faço reuniões sociais, só converso por imagem, todo mundo que precisa falar comigo tem de ficar a dois metros de distância, e de máscara, com crachá de vacinado e testado. É regra aqui, faz quase dois anos, tirante a exigência de vacina, que ainda não havia. Como que esse vírus chegou até mim? Quem, qual foi o queridinho que me trouxe esse presente de grego? Grego não: romano. *Tu quoque, fili?*"

(Ouvem-se alguns murmúrios, o homem se irrita.)

"Silêncio! Silêncio no estúdio!"

(Ele espera que o efeito causado pela fala em latim esmoreça. Abre os braços, teatralmente.)

"Eis o homem. *Ecce homo.* Um homem sozinho, doente, convalescendo penosamente há quase sete meses, magoado, machucado, que planejou por seis meses a vingança e o renascimento, e que por causa de uma solidão insuportável resolveu fazer confidências a trinta milhões de pessoas de uma vez no horário nobre da maior rede de televisão do país. E para falar de quê, você vai perguntar. O que é que esse velho nojento tem para falar que interesse à gente? Muita coisa. Eu sei que você, vocês todos são bisbilhoteiros. Você gosta de ouvir conversa dos outros, de espreitar os outros, não gosta? Gosta. Você gosta de saber como as pessoas são na verdade, não gosta? O que elas fazem, com quem... Hahahahah-hehehehe. Pois eu vou contar isso também. Você sabe quem é ladrão virtuoso nesse país? Posso contar. Um crime misterioso? Vou contar... Ah, já começam a se interessar, não é? Tem gente que vai querer impedir esta transmissão. Mas ninguém — ninguém! — pode me impedir. Não tenho sócio ou conselho que me impeça, nem governo que me obrigue, nem audiência que me derrube, nem filho que me destrone. Um homem que está dormindo no colo da morte tem o dobro de poder. Eu não tenho nada a perder. Nada!"

(As mãos brancas carnudas param de apalpar a carne negra da poltrona. A mão direita pesca no bolso externo do grande roupão branco uma foto amarelecida, cantos revirados e meio rotos. Ele a mostra, segurando-a entre os dedos indicadores e os polegares.)

"Esta é a fotografia. Sabe de uma coisa? O inferno não é igual para todo mundo. Cada pessoa prepara o seu. Cada um vai juntando as tenazes e os espetos do seu tormento para usar quando chegar a hora. Senão, por que a gente guarda numa gaveta escondida da própria cabeça justamente as coisas que vão machucar mais quando remexidas? É nisso que eu penso quando vejo esse olhar nesta fotografia. Na mesa de controle tem uma ampliação. Bota no ar, por favor. Na tela!"

(Nada acontece. Resmunga.)

"Diabo! Como é que esse negócio pode ir para a frente?"

(A foto é exibida. Tirada de um ângulo mais elevado, para o qual o fotógrafo deve ter subido na mureta do canteiro que rodeia a grande árvore na calçada, ela mostra: um homem branco de cinquenta e nove anos, tendendo a gordo, de terno de linho branco, apanhado de costas, o rosto em meio perfil visto do lado esquerdo, de frente para a porta traseira esquerda de um sedan Phantom Rolls-Royce preto mantida aberta por um homem que está atrás da porta, meio desfocado, de frente para a câmera fotográfica, encoberto do peito para baixo pela porta, que ele segura com a mão direita, e o que se deduz é que o homem de branco saiu do carro pela porta que esse homem mantém aberta; o homem quase gordo de branco olha para uma mulher jovem aparentando uns vinte e seis anos; a mulher é a única pessoa vista de frente com nitidez e está olhando para o homem; a mão esquerda da mulher segura, junto da argola, a alça da bolsa que ela leva a tiracolo, erguendo-a um pouco; a mão direita segura a aba de abertura da bolsa como se temesse que estivessem prestes a roubá-la, ou como se fosse abri-la; do lado direito do homem de branco, junto ao carro, há outro homem, muito próximo, de terno escuro, de costas mas com o rosto em meio perfil, óculos escuros tipo ray-ban; este homem encara também a moça; há pouca gente na cena, veem-se apenas alguns vultos indistintos ao fundo, fora de foco; a luz fora do campo das figuras é discreta, como a do crepúsculo ou a de um céu encoberto. O homem fala, fora de cena.)

"Bom, é esta a fotografia. Este de branco sou eu. Eu fui um dos últimos homens a usar terno branco, antigamente se usava muito. Este, com a mão na porta do carro, é o meu chauffeur, é até hoje. Eu não saio mais de casa, desde o dia desta fotografia, mas gosto de ter o meu chauffeur à disposição. O outro, à minha direita, era o meu segurança. Naquela época um homem como eu tinha de ter segurança. Hoje também, aliás. E esta moça é a minha consciência. É assim que eles a chamam aqui na holding. Eu não me importo, acho até que fui eu mesmo quem deu essa resposta um dia. Eu sei que correm histórias e folclores sobre essa fotografia, mas a verdade é que ninguém sabe nada. Nada. E o pior é que nem eu sei."

(Imagem volta para o homem, que está no curso de uma risadinha como comentário, mas uma daquelas bolhas ou trapos obstrui a passagem do ar, corta o riso. Seu rosto se contrai e uma tosse engasgada sacode seu corpo; ele tira do bolso do roupão um lenço branco, enxuga os olhos e a boca e o guarda novamente.)

"Eu determinei que não desviassem a câmera se acontecesse um acesso desses. Não é para atrair piedade: é para enfatizar minha acusação!"

(Volta ao tom narrativo, mantém a fotografia na mão, ora mostrando, ora não.)

"Esta fotografia foi feita num dia muito especial da minha vida, aqui embaixo, na entrada do meu prédio, no dia em que me isolei neste refúgio. Minha toca, minha casa. Sabem como alguns chamam isto aqui? Até gosto do nome: convento. Lembra conventilho, como chamavam um bordel antigamente, no tempo do meu pai, um garanhão, ou do meu avô, outro comedor — morreu disso. Hehehe, outro dia eu conto. Tomar cuidado para não rir. Naquele dia eu desci do carro, meu segurança deu a volta e veio ficar ao meu lado. Dei uma última olhada nas coisas, nas pessoas. Foi uma olhada demorada, prestei atenção em cada detalhe: nas cores, nas roupas, nas formas das coisas, na escolta policial lá atrás. Como se fosse uma despedida. Bom, era uma despedida, né? Me lembro que caiu uma lagarta em cima do carro. Naquela época havia árvores grandes aqui na São Luís. Caiu uma lagarta, um mandruvá verde e preto, rajado, caiu em cima do carro com um barulho gordo: tum. Olhei a lagarta se contorcendo e quando virei o rosto bati o olho nessa moça ali na minha frente. Fui fulminado pelo olhar dela."

(A câmera segue seu dedo, que faz uma carícia nos olhos da moça na fotografia que está em sua mão esquerda, e volta aos olhos dele, cerrados, rememorando.)

“Onze de dezembro de dois mil e três. Meu último momento na rua.”

(Abre os olhos, encara a câmera.)

“Por que ela me olhou assim?”

(Passa de novo as pontas dos dedos no rosto da moça da foto.)

“Tenho fantasias sobre esse momento, essa moça. Cheguei a pensar num anjo que veio me dizer: não faça isso, não tenha medo, não vai acontecer. Naquele momento exato eu estava partindo minha vida em duas. Fiz um giro grande com o corpo, como se tivesse nos olhos uma câmera de cinema — eu penso em cinema, não em televisão — filmando uma panorâmica, a lagarta, e aí, pá: ela. Olhando como se quisesse me dizer uma coisa, como se fosse me abraçar, me acusar, me pedir uma coisa, como se fosse falar ‘me salva’. Eu era um homem traquejado com mulher, tinha visto muitos olhares de mulheres, apaixonadas ou rancorosas, mas aquela, uma desconhecida...”

(O homem segura a foto com os dedos polegares e indicadores, mostrando-a, por vezes cobrindo com ela o próprio rosto.)

“O que é que vocês veem nesse olhar? Medo? Pode ser medo, não pode? Medo de mim? Um homem branco, coroa, comum, saindo de um carro, olhando o entorno? Pena pode ser, não pode? Às vezes, quando eu estou meio... quer dizer, às vezes acho que é pena de mim. Admiração, quem sabe? Eu era, já era, quase sempre fui, uma pessoa conhecida. Pode ser uma fã, não? Alguém precisando de emprego. Alguma paixão, pode ser. Pode? Podia? Um homem já meio gordo, sem nenhuma atração especial... Pode? Amante minha não foi, certeza. Maldito fotógrafo.”

(Afasta a foto da frente do rosto.)

“Ela apareceu de repente, nós nos olhamos, aquela coisa forte, a câmera do fotógrafo fez clac, um flash, ela desviou os olhos assustada, ou ofuscada, seguiu seu caminho sem olhar para trás, sumiu. Perdi, perdi meu anjo. Raio de fotógrafo. Eu deveria ter ido atrás dela, corrido atrás, dizer: escuta, anjo, me diz tua mensagem, diz. Perdi. Vá lá, não era um anjo: aquela moça ia me dizer alguma coisa, me avisar de algum perigo? Quem sabe esteve ali me esperando, sei lá, para me insultar…"

(Põe a foto numa mesinha ao lado.)

"Eu não vou saber nunca? Podia ter mudado minha vida? A… como vou dizer, a imprecisão, a… a nebulosidade da velhice se acrescenta do fato de eu não ter escutado aquela palavra. Seria dita só a mim, e se perdeu. Meu momento Kafka… ou Beckett. Ficou presa na boca da mensageira com o clac e o flash daquele fotógrafo, e minha vida ficou pendurada num podia ter sido. É como se o apóstolo Paulo não tivesse podido ouvir na estrada de Damasco aquele 'Saulo, Saulo, por que me persegues?', e nada teria sido como veio a ser. O que poderia ter sido e que não foi?"

(Ri aquela tosse, ou tosse aquele riso.)

"Não é delírio, chamem de fantasia… devaneio romântico… literatura… viagem. Tem um conto de Clarice Lispector que joga a gente dentro de um momento desses, uma menina e um cachorro que ficam presos num olhar e aquilo é forte demais para eles, para ela. Outro conto dela fala do olhar de uma mulher e de um búfalo no zoológico. E tem um poema francês sobre um lobo agonizante encarando o caçador, olhos nos olhos, desafiador, mostrando como morrer com dignidade, sem gemer nem chorar. Eu, desde esse olhar da foto, me amarro em relatos sobre olhares. Momentos de revelação. Era isso que estava para me acontecer naquele momento, uma revelação? Quem sabe?"

(O homem medita, pausa incômoda.)

"Eu ganho a vida com imagens, mas aprendi a viver foi com as palavras. Eu li muito, leio muito… Tanta coisa mudou…"

(Longa pausa, em que o homem parece cochilar. Sua respiração, entretanto, é a de um homem que toma fôlego. Seus olhos cinzentos voltam a se mostrar, diretos.)

"Muitos de vocês devem estar pensando, nessa linguagem deselegante de hoje: que papo é esse desse velho na hora da nossa novela? Acaba logo com isso, cara, vai direto ao assunto. Pois eu vou falar para vocês: o assunto sou eu."

(Fala mais alto, soca o braço da poltrona.)

"A partir de hoje eu sou a novela das nove!"

(Baixa o tom, cansado com o esforço mas ainda arrogante.)

"Eu sou o dono. Eu decido."

(Evolui devagar para um tom de camaradagem.)

"Vou precisar de um nome para o programa. Aquela dúvida na hora de botar nome num filho, num livro. Machado de Assis colocou o nome dos protagonistas nos romances dele, alguém já reparou? Menos nos dois primeiros, de jovem. *Iaiá Garcia*, *Helena*, *Quincas Borba*, *Esaú e Jacó*, *Dom Casmurro*, dois têm apêndices: *Memorial de Aires*, *Memórias póstumas de Brás Cubas*. Também pôs em muitos contos: 'D. Benedita', 'D. Paula', 'Mariana'... muitos. Isso quer dizer alguma coisa, mas não vou especular. Neste caso aqui, a vida é minha. Poderia ir 'vida' no título. Vida o quê? Minha? Minha vida? Sem graça. Falta movimento, a dinâmica de um programa ao vivo. Vida ao vivo? Isso: vida ao vivo. Vai ser *Vida ao Vivo*."

(Um sorriso matreiro nasce em seus lábios.)

"Horário de novela... Querem um lance de novela nessa história? Querem?"

(Começa decidido e vai crescendo em força, em poder.)

"Eu nunca soube quem é essa moça. Mas eu quero que ela apareça, preciso!, e o jeito vai ser esse: declaro diante de trinta milhões de testemunhas que vou dar a ela meio milhão de dólares, meio milhão!, no dia em que ela aparecer, vier aqui falar comigo."

(Pausa, como quem espera o efeito das palavras, jeito de acostumado a comprar vitórias. Murmúrios de espanto se ouvem no ambiente. Ele faz um sinal de "parem!" com a mão direita aberta. Espera o silêncio.)

"E então, vai aparecer, moça?"

(Suave, cansado, apelando.)

"Eu preciso de você."

(Longa pausa.)

"Até amanhã para você, para todos."

(A luz se apaga e o homem desaparece no escuro.)

Dia seguinte

"WhatsApp. Otoniel, eu quero resposta para cada pergunta. Quando é que o Velho pediu o equipamento. Quem foi que entregou. Para quem foi que ele pediu. Quem sabia que essa loucura ia para o ar. A quem ele pediu o horário. Quem foi informado do pedido. Por que você não foi informado. Por que eu não fui informado."

"De oto.m@nacional; para jr., c.c. para pres. Vamos lá, Júnior, pela ordem. Faz mais de três meses que ele vinha montando esse estúdio em casa, desde que saiu da UTI e começou as terapias. Não tínhamos como não instalar o equipamento, ele manda, quem tem juízo obedece, ponto-final. Exigiu tudo para ontem: 'Se virem'. Estava em curso o grande expurgo que ele fez nas empresas do grupo. Não foi só aqui, você sabe. Quem não faz, rua; quem não concorda, pede para sair. Simples assim. Uma equipe de engenheiros e técnicos montou tudo em três, quatro meses, tecnologia de ponta, uma beleza. O horário ele escolheu e determinou, queria o de maior audiência. Ninguém foi informado. Eu sabia da montagem de um pequeno estúdio lá no oitavo andar, com aumento de tensão de energia elétrica no prédio e tudo mais, os melhores equipamentos que nós tínhamos, importações etc., mas não sabia para quê. Quando ficou pronto ele montou a equipe de produção e transmissão, falou como tinha de ser, fez os testes e se botou no ar. Quem pode, pode. E você não foi informado porque seu pai te demitiu ontem. Abraços, Oto."

"Não foi essa a nova novela que anunciaram. Quando é que vai entrar *Frutos Proibidos*?"

"Meu nome é Odete. Vocês pagam alguma coisa pela informação?"

"Não, o ministro Santana quer falar só com o dr. Mello Aranha, só com ele. Por favor."

"WhatsApp: Oto, eu novamente. O ministro Godinho me telefonou em pânico. Que é que está havendo: o Velho enlouqueceu?"

"Adorei o programa, a-do-rei. Só não entendi uma coisa: não tem letreiros de apresentação, nome do ator, diretor, nada? Só isso: *Vida ao Vivo*, o nome Fernando não sei que lá, e mais nada. Ficou assim sem uma explicação, sabe?"

"O filho está em Miami, não é? Diz pra ele ligar pro Alvorada, o presidente quer falar com ele, particular."

"Que que está havendo nessa porra aí? Por que não botaram

o meu comercial? Não interessa, o cliente tá pagando o horário, não interessa se é novela, se é futebol ou é briga de família."

"Quem é esse palhaço?"

"Os fatos que precederam a surpreendente transmissão feita às vinte e uma horas de ontem pela Rede Nacional de Televisão são os que se seguem. Em dezembro de 2003, o presidente das empresas que compõem o grupo RNT, Fernando Bandeira de Mello Aranha, setenta e sete anos, isolou-se sem explicações no monumental tríplex de cobertura da avenida São Luís, na capital paulista. Consta que ele imitou o isolamento voluntário do bilionário norte-americano Howard Hughes, industrial, aviador e cineasta que admira, falecido em 1976. Mello Aranha, ao contrário de Hughes, não tem fobia a germes e bactérias, nem é dependente de drogas medicinais. Os motivos do seu autoisolamento permanecem desconhecidos e desde os primeiros dias, há dezoito anos, são alvo de especulações. Em maio último, após mais de um ano de pandemia, às vésperas de receber a primeira dose da vacina, contraiu o coronavírus, mesmo isolado totalmente do convívio social em seu apartamento. Foi internado em UTI e intubado, passou cinquenta dias entre a vida e a morte. Quando finalmente saiu da UTI, e enquanto ainda estava internado com a vida em risco, mandou montar em seu apartamento uma completa clínica de recuperação, exigiu sua alta e passou a ser assistido em casa por uma equipe particular de médicos especialistas e enfermeiros. Paralelamente, mandou montar também no local um moderno estúdio de televisão, de onde é transmitido desde ontem o seu programa *Vida ao Vivo*. Vieram a público divergências com o filho em torno da condução dos negócios e são citadas como justificativa para ele promover, ainda sob tratamento, uma reformulação nas empresas do grupo e concentrar em suas mãos o comando de praticamente todos os empreendimentos, exceto os assistenciais."

"Surpreendente. Sensacional. Só mesmo a Nacional para sacudir a pasmaceira que anda pela televisão."

"Gênio. Gênio."

"É o ministro das Comunicações que quer falar com ele, por favor."

"Como é o nome desse ator? É bárbaro!"

"É o seguinte: sou médico pneumologista e fiquei muito impressionado com as condições respiratórias do empresário Mello Aranha. Eu posso ajudá-lo e gostaria de ajudá-lo. O senhor anota aí o meu número, diz pra ele me ligar."

"Desculpa aí, amigo. É que a gente fez uma aposta aqui e só vocês podem quebrar essa: esse homem que falou aí — é o dono da TV mesmo ou é personagem? É teatro?"

"Moço, esse programa vai continuar amanhã?"

"Oi, amigo, aqui é do jornal *O Estado de S. Paulo*. Eu queria saber como é que eu posso falar com o dr. Mello Aranha."

"Como Miami? É a Bella Bier que está falando. Ai, meu Deus! Pensei que ele já tinha voltado."

"Ô meu bem, você já conseguiu contato com o dr. Mello Aranha, pro ministro Godinho?"

"Olha, eu conheço essa moça que ele falou, essa da foto. Quanto é que tão pagando pela informação? Não falaram nada sobre isso."

"Como que eu vou falar pro ministro que o dr. Mello Aranha não quer falar com ele?"

"É, *Folha de S.Paulo*. O Mello dele é com um 'l' ou com dois? Cada hora aparece de um jeito. E a idade dele, por favor? Pode confirmar o telefone do filho dele em Miami?"

"Quantos quilos ele pesa?"

"Aqui é a moça da fotografia. Como que eu faço pra encontrar ele?"

"Tem um cliente meu querendo patrocinar o programa de depoimentos que entrou hoje. Vocês não anunciaram nada: que programa é esse? Eu estava no cinema, não vi nada."

"Olha, é a moça da fotografia de novo. Meu nome é Claudete, viu? É preciso avisar pra ele que eu mudei um pouco, né, pra ele não estranhar, que já passou muito tempo."

"Por favor, aqui é da chefia de reportagem do *Globo*. Estamos solicitando uma entrevista com o dr. Mello Aranha. Exclusiva."

"Não entendi nada, nada, nada. Quem é esse homem, que mulher é essa... É novela? Não tinham anunciado uma novela?"

"O ministro das Comunicações quer falar com o dr. Mello

Aranha. Como é que eu vou conseguir essa ligação, hein? Pelo amor de Deus."

"Aqui é do Planalto. O número que vocês deram não atende."

"Avisa praquele cafajeste que eu vou explodir aquela porra daquela cobertura com uma bazuca."

"Eu sou Tânia, a moça da fotografia."

"Diz pra ele desistir. Essa moça era minha vizinha, já morreu há muitos anos."

"Fala pro homem que ela está com aids."

"Olha, Oto, tenta impedir o Velho de entrar. Estou indo praí, aguenta até amanhã. Diz pra ele que o equipamento quebrou, ou finge que está no ar, inventa qualquer coisa. Dá um jeito aí, não deixa essa loucura ir pro ar de novo. Agora pode falar, me diz: apareceu alguma mulher com jeito de ser o tal anjo da guarda?"

"Ele não vai me achar nunca. Agora eu sou freira."

"Eu peguei já terminando. Essa é que é a novela nova, *Frutos Proibidos*?"

"Esquisito, não? É treta. Meio milhão de dólares só pra falar com uma mulher. Ainda se fosse pra comer, igual aquele filme, *Proposta indecente*."

“Se esse pinel entrar no ar amanhã de novo eu mando a PF lacrar o transmissor.”

“Com autorização de quem, ô babaca? Só o Poder Judiciário pode acatar um pedido desses. Baseado no quê, ô babaca?”

“Quem era aquele palhaço?”

“Não vai ter uma atriz? Faz falta uma atriz.”

Segunda noite

(Completa escuridão. Durante dez segundos ouve-se a respiração difícil de um homem, como se pedaços de trapos soltos ou bolhas pegajosas obstruíssem as entradas e as saídas etc.)

"Chega de mentiras!"

(Acendem-se as luzes de dois refletores sobre o homem quase gordo, setenta e sete anos, de roupão branco de seda, camisa social de uma cor violeta muito suave, fular bordô no pescoço, sentado na mesma poltrona de couro preto da noite anterior. Olha direto para a câmera durante um tempo, a ponto de seus olhos cinzentos incomodarem quem vê.)

"Querem me tirar do ar. Meu filho, ministro, senador, uma atriz mais que famosa. Estão com medo de que eu passe dos limites. Ahahnahahhahn ahanh. Quais limites? E eu tenho limites? Meu filho quer me proteger ou se proteger? E essa atriz quer o quê?"

(Faz com os dedos polegar e indicador da mão direita o sinal de dinheiro, olha maliciosamente e ri em três gorgolejos.)

"Eu não pensava que ia ser tão divertido. Centenas de repercussões, telefonemas, reclamações, recados, palpites, consultas, gozações, muitas pessoas se apresentando como a mulher da foto. Incrível a desfaçatez dessa gente. Mandei selecionar ressonâncias, inclusive mensagens internas, e deixá-las abertas no site da emissora. Mandei também abrir uma central para atender quem se apresentar, e não se atende ninguém sem vacina e máscara. Informação para quem não viu ontem este *Vida ao Vivo*: eu comecei a contar a história interessantíssima de busca de uma desconhecida, e este é o segundo capítulo. Eu sou o dono desta televisão."

(Morre no rosto o sorriso malicioso. Aos poucos, o rosto mostra a sombra de lembranças.)

"Essa atriz de que eu falei há pouco foi o grande amor, a grande paixão da minha vida."

(Pausa. O homem considera, desconfiado.)

"Frase ralada, hein? Preciso cuidar da linguagem, para não desmerecer a história."

(Pensa.)

"Bobagem. Amor é isso mesmo, lugar-comum. Quando um homem diz: eu sofri muito por aquela mulher, todo mundo entende que ele está falando de amor. Se fala: eu fui muito feliz com aquela mulher, não se pensa num grande amor, pensa-se em vida caseira, gerânios na janela, macarronada de domingo, pijama. Felicidade não dá taquicardia, é fácil demais de levar, só precisa de um pouco de paciência e um par de chinelos. Não é? Amor não, amor é fogo, é ferida que dói e não se sente, é um contentamento descontente, é dor que desatina sem doer — êh Camões! Todo dia você tem de decidir se vale a pena. A medida é o quanto você aguenta. Também não é qualquer pessoa que você pode amar desse jeito."

(Subitamente com força, golpeando o braço da poltrona.)

"Tem de valer a pena todo dia!"

(Para, espera esvair-se a força, respira fundo e pausado. Olha para o lado esquerdo.)

"Está bem, doutor. Estou calmo. Ok."

(Retoma o tom argumentativo irônico.)

"Essa expressão: 'valer a pena'. Pena é sofrimento, né?, punição. Um amor que vale a pena significa que vale o sofrimento, a punição, o incômodo, o custo, as traições que vêm junto. Você se reconhece nessa descrição, Bella? Até no custo?"

(Faz sinal de dinheiro, triscando o polegar e o indicador, sorriso maldoso.)

"Bella Bier. Bela atriz, sem trocadilho. Bela mulher, frente e verso, norte a sul, com destaque para a linha do equador... Ahanahaahahahan, me divirto com uma cafajestada de vez em quando. Um talento, uma diva. Eu a pesquei novinha nos palcos da vida, dei a ela os melhores professores, os melhores diretores, os melhores papéis e fiz dela a maior estrela brasileira da televisão e do teatro. Mentira, Bella? A mais rica também. Mentira, Bella? Fútil, chegou até a comprar iate. Naqueles anos, rico comprava iate, as marinas ficavam lotadas, Rio, Guarujá, Angra... Comprou com meu dinheiro, né? Mentira, Bella? Eu sei quanto custa uma mulher que não vale nada. Começou numa titica de um apartamentinho alugado no Copan e foi parar numa big casa no Morumbi e num iate. Valeu, Bella, valeu cada tostão, cada milhão. Meu filho vivia implicando com ela, temeroso pelos direitos da mãe, mas não era pela mãe, era ó..."

(Trisca novamente o polegar e o indicador.)

"medo de o dinheiro escorrer por entre os diamantes dos dedos da Bella. Que me atormentava querendo saber por que eu não largava 'a bruxa', como dizia, e me casava com ela. Louca! Sem-noção. Casamento dá muito defeito. Ainda mais com mulher com quem não se casa. Dinheiro não se divide, quem tem só faz duas operações: somar e multiplicar. Durante muitos anos, vinte, não é, Bella?, ela foi meu tormento, minha fascinação. Quando eu vim para o meu convento, meu retiro, ela parou de falar em casamento. Podia subir quando quisesse, durante uns doze anos teve entrada livre, mesmo quando eu estava acompanhado. Se visse graça na garota, entrava no jogo. Estou mentindo, Bella? Mesmo depois de ter um acompanhante fixo eram muitas as noites em que ela me trazia amor e paz, ou luxúria e tormento. Até que um dia..."

(Limpa a garganta, leve tosse empurrando o ar com o diafragma, boca fechada, repete aquele sopro aprisionado três vezes, encerra a limpeza com um pigarro e bebe um gole de água.)

"Nunca entendi por que você fez aquilo, Bella. Falta de sexo não foi. Podia ter na sua casa com aquele seu chevalier servant de fachada, nem sei se ele gosta, ou aqui, ou com qualquer outro... Não, não estava faltando. Atração? Não, não, não acredito. Você, quarenta e quatro anos, experiente, rodada, sentir atração por um... um limitado? Além do mais alcoólatra..."

(Eleva o tom, como um promotor em seu momento, e encara o júri.)

"Um dia... na verdade uma noite, meu filho Júnior vem me visitar, como sempre meio bêbado, e topa com a grande atriz no meu bar, aqui embaixo, tomando champanhe, e conversam, e bebem, e se provocam, e se atracam, e se desnudam, e transam ali no sofá, sem saber que eu assistia a tudo pelo circuito interno. Nem sei se não sabiam."

(Soca o braço negro da poltrona, eleva mais a voz.)

"Meu próprio filho!"

(Aponta para a câmera um dedo promotor.)

"Não descobrirás a nudez da mulher de teu pai; é nudez de teu pai! Levítico. O homem que se deitar com a mulher de seu pai terá descoberto a nudez de seu pai; e ele e a mulher serão mortos! Levítico. Maldito aquele que se deitar com a mulher do seu pai, porque é desonra para o pai! Deuteronômio."

(Tom teatral de sentença divina, dedo apontando.)

"Eu os condeno ao inferno!"

(Um tempo. Abranda o gesto.)

"Não sou pregador de Bíblia. Decorei essas partes para mostrar a antiguidade da lei. Quase três mil anos, sem contar o tempo que ela rolou de boca em boca, antes de ser escrita. Outros mil anos, quem sabe?"

(Conjectura.)

"Terá sido a primeira vez? Só vi aquela vez, mas quem sabe, noutro lugar... Ela estava querendo me ferir, se vingar? Sabia que eu poderia espiar a porcaria toda, sabia que esta fortaleza é toda vigiada por câmeras. Imaginava que eu estaria olhando, se excitava com isso, a devassa? E ele, queria o quê? Me humilhar? Ou não queria nada, era o irresponsável de sempre. Queria mostrar que é melhor amante do que eu, mais bem-dotado? Outro idiota do orgulho fálico. Pênis grandão é um defeito físico como outro qualquer: narigão, pé grande, beiçola, cabeção, bundão, olho arregalado, orelha de rato, dentes que não cabem na boca, maminha de homem, pernas de elefante... e os camaradas ainda se orgulham daquele aleijão, tem gente que inveja! E tem mulher que gosta, não é de hoje... Há dois mil e quinhentos anos, o profeta desbocado Ezequiel falava da pervertida Oolibá, apaixonada pelos amantes cujos membros, diz o desbocado, eram como os de jumento, e cujo fluxo era como o dos cavalos. Orgulho! Ninguém se orgulha de ter pés de *hobbit*, ou nariz de Cyrano de Bergerac, se orgulha? Nome ruim para essa coisa, pênis, técnico demais, poeta não usa. Drummond usou 'membro', que rimou com 'setembro'. Bom, é menos ruim do que os outros, inclusive os avícolas."

(Ri, e aquilo que parece trapos e bolhas na sua respiração

atrapalha o efeito maléfico que pretendia. Aquieta-se, fazendo sinal de calma para o entorno, provavelmente o médico. Sorri, dúbio.)

"Mandei para ela um anel de esmeralda enorme, uma pedra do tamanho de um docinho de leite de aniversário, rodeada de brilhantes, sinal de paz, junto com um bilhete com uma única palavra e ponto de exclamação: desapareça! Isso faz agora seis anos, seis anos que o rosto dela, bonito ainda, está proibido de aparecer aqui nesta emissora. Se alguém sentiu falta dela aqui, é essa a explicação..."

(Põe a mão direita em concha cortinando um canto da boca como quem conta um segredo, gesto de ator de teatro infantil, e cochicha, aproximando-se da câmera.)

"Agora vem a melhor parte, um segredo! Um recado que ela vai receber com seis anos de atraso, no mesmo instante que vocês. Agora."

(Abre os braços.)

"Tchan-tchan-tchan-tchan!"

(Teatral.)

"As pedras são falsas! Tão falsas quanto ela!"

(Ri e tosse, tosse e ri, e se engasga, e o médico intervém ao vivo e passeia no seu peito o estetoscópio, atento, minucioso, enquanto mede a pressão, atividade que acalma o homem, e então ele faz gestos dispensando o cuidado. O médico sai, o homem respira pausadamente e volta à sua fala.)

"Um homem na cadeira de balanço balanço balanço da morte não tem obrigação de ser bonzinho. Tem? Escuto dizer: vou vivendo a minha vida. Pois eu vou morrendo a minha morte. Não foi escolha minha, nunca me descuidei, escolheram essa morte para mim. O que nos leva a Brutus e a Caio Júlio César, personagens de uma tragédia da vida real de que tirei uma frase lá atrás, em latim, na primeira noite desta prosa. Antes que me esqueça: esse efeito da cadeira que balança é de um poema do Vinicius de Moraes."

(Muda o tom para narrativo reto e aos poucos vai mesclando na fala tons de mágoa, revolta e ironia.)

"O Júnior praticamente não foi punido por aquele *kama sutra*, na época eu só disse que ele não pusesse mais os pés aqui em casa. Foi transferido para a unidade da Flórida, que centraliza nossos negócios internacionais. Não é pouca coisa, mas aqui na emissora ele não apita mais, na administração, na programação, nada. Bom, vamos ao meu covid. No mês de março deste ano, o Júnior começou a mandar embaixadas para uma reconciliação nossa. '*Beware the ides of March!*' Se um vidente me prevenisse, 'cuidado com os idos de março!', como Júlio César foi prevenido na peça de Shakespeare, eu teria sido mais cauteloso? Não fui, como o grande César não foi. Mais de cinco anos eram passados desde aquela exibição priápica no bar aqui em cima. Águas passadas? Elas voltam em forma de chuva... Tanta embaixada, acabei abrindo a guarda. Meu cálculo foi neutralizar uma área de tensão, sem ceder nada em troca. Aceitei recebê-lo como visita de aniversário, no meu septuagésimo sétimo aniversário, em maio. Ele veio todo liso, de máscara, eu de máscara, nada de abraço, distância de dois metros, como tem passado, bem, obrigado, você parece bem, pai, sim, estou bem, formais como dois japoneses, separados por uma mesa de finas iguarias. Antes de vir ele havia mandado entregar aqui figos frescos do Mediterrâneo, pâté de foie francês, queijo gorgonzola dolce, italiano, um dourado vinho Sauternes, esfriado a oito graus. Resistir, quem há de? O peixe morre pela boca, é o que se diz, e este gordo robalo comia aquelas iscas todas, enquanto trocava com o pescador palavras vazias sobre o penteado ridículo do Donald Trump, a qualidade da nossa programação, as parcerias internacionais e os avanços tecnológicos do 5G. Bom, então até mais, já vou indo, foi um prazer, igualmente. Quatro dias depois senti os primeiros sintomas e o teste confirmou: SARS-CoV-2. Tenho certeza de que o vírus foi plantado naqueles figos maravilhosos."

(Dá um soco no braço da poltrona negra, e grita:)

"Que ele não comeu! Não comeu nem um, unzinho!"

(Busca um tom lógico.)

"Sei que muita gente quer me tirar do jogo. Por isso vivo aqui, e gosto de viver no meu castelo. Desde aquele fevereiro em que foi declarada a pandemia mundial, o controle sanitário aqui é de UTI. Tenho as minhas comorbidades, já tinha: a idade, enfisema, um rim que não funciona direito, a pressão... Vivia numa bolha, vivo. Como que o vírus poderia entrar se não fosse numa bandeja insuspeita? Qual ocasião melhor do que o meu aniversário? Não deu para analisar depois aqueles figos em laboratório, os poucos que sobraram apodreceram e foram para o lixo enquanto eu morria na UTI de um hospital. Quem os senadores romanos poderiam ter atraído para uma conspiração contra Júlio César senão Marcus Brutus? *Tu quoque, fili?* Até tu, filho?"

(Olha friamente para a câmera, suas mãos brancas com poucas pequenas manchas marrons cravam-se nos dois braços da negra poltrona.)

"Toda narrativa é versão. Assim que me recuperei, e levou muito tempo, fui rápido e implacável como o Michael Corleone do *Poderoso chefão*. Lembram-se daquelas execuções todas em contraponto com o batizado do sobrinho, no final? Eliminei todos os suspeitos, demiti, aposentei, troquei executivos, diretores, advogados — uma limpeza. Nas colunas e nas redes sociais chamaram de expurgo tipo soviético. Que seja, o velho Djugashvili sabia fazer uma boa faxina. Eheheheheh. O último a cair foi o Júnior, que deve ter passado aqueles quase três meses que passei na UTI se roendo de medo. Em caso de covid, medidas sanitárias são necessárias."

(Ri satisfeito com o próprio chiste, mas tosse, e aqueles trapos e bolhas sufocam sua animação. Permanece algum tempo com a mão direita na testa, tapando os olhos, como quem abranda uma dor de cabeça.)

"Sobrevivi."

(Uma fala parece despertá-lo e ele olha na direção de onde ela poderia ter vindo.)

"Quem falou graças a Deus? Deus? Graças à ciência. Se ele se ocupou desta nada humilde pessoa, não estou sabendo, não pedi. Respeito muito, fui criado respeitando, mas a história da humanidade me diz que andam com ele muito más companhias, inquisidores, torquemadas, cruzados degoladores de sarracenos, queimadores de bruxas, exterminadores de índios, falangistas, fanáticos, supremacistas brancos linchadores, genocidas, e é melhor eles ficarem para lá e eu para cá. As pessoas agora começam a pegar com Deus de novo. Quando as coisas ficam feias — ai, meu Deus! Quando vai tudo bem, com emprego, salário, comida na mesa, dinheiro na conta, esquecem. Nos anos sessenta, paz e amor, dedinhos em V para o alto, tudo parecia que ia bem, e a revista americana *Time* chegou a publicar uma capa preta com letras grandes douradas ocupando a página inteira com a pergunta *Is God dead?* Deus morreu? Na verdade o que tinha morrido era o hábito das pessoas de clamarem por Deus. Estavam relaxadas, na boa, não precisavam dele. Agora, no caos sem esperança destes anos vinte, olha ele aí de novo! O velho e bom Deus invocado até pelos hipócritas, pelo genocida-mor e suas falanges! Eu não, me deixem fora disso também!"

(Depois de apostrofar parece cansado, seus ombros se abaixam seguindo os braços.)

"Me deem um minuto, por favor."

(Gasta meio minuto com exercício respiratório.)

"Um minuto é tempo demais em televisão."

(Apruma-se.)

"Eu fazia muito exercício, muito. Quando vim para cá, caminhava quatro quilômetros na esteira do meu solário, nadava mil metros todo dia, aqui na minha piscina, fazia musculação... Tenho tudo aqui. Se quisesse sair, tivesse vontade, teria saído, tinha até o meu chauffeur aqui à mão esse tempo todo. Ele aliás se demitiu hoje, veio se despedir de mim, o Raimundo, respeitoso, como sempre, discretíssimo. Disse que estava cansado de não fazer nada lá embaixo. Trinta e oito anos comigo. Enfim... Aqui na cobertura tenho sauna, banheira de spa, sala de massagem... comida natural de chef... Perdi doze quilos nos primeiros anos. Não vim para me sentir preso. Mil e duzentos metros quadrados de área útil, três andares. Tenho tudo aqui. Quatro suítes, cozinha, copa, sala de jantar, biblioteca, sala de cinema, escritório, sala de reuniões, bar, aquele bar do *kama sutra* da minha bela... e agora, um estúdio completo de TV. Ocupei mais um andar, para acomodar. Todas as câmeras do circuito interno de segurança se conectam com o sistema aqui do estúdio. Se eu quiser, com um toque no celular eu posso mostrar para vocês a portaria, o hall de entrada,"

(Na tela aparece o saguão de entrada do prédio.)

"minha biblioteca,"

(A imagem de uma enorme biblioteca captada por lente grande-angular substitui a imagem do saguão de entrada.)

"onde eu guardo tesouros antigos e novos, desde plaquetas da antiga Mesopotâmia até premiados recentes do Nobel e do Jabuti,"

(Entra a imagem do bar.)

"o meu bar, o bar do *kama sutra*, minha sala de ginástica..."

(Entra a imagem da sala com aparelhos modernos de ginástica e logo em seguida o rosto do homem reocupa a tela.)

"É... eu era um atleta da terceira idade, antes daquele

kama sutra. Como diz o poeta: '*comigo me desavim, vejo-m'em grande perigo: não posso viver comigo, nem posso fugir de mim*'. Engordei tudo de novo e agora, com as sequelas do covid, meu exercício virou fisioterapia. Não estou me queixando, só contando. Eu nunca me queixo."

(Dirige-se a alguém que está presente, um pouco à esquerda.)

"Põe na tela a foto da moça."

(A foto ocupa a tela toda. A voz do homem continua, fora de cena.)

"Dezoito anos. Como será que ela está hoje? Onde andará? Quem não nos assistiu ontem e está vendo agora este programa não sabe do que se trata. Explico. Essa moça foi fotografada aqui na porta há dezoito anos, no dia em que eu me refugiei nesta minha fortaleza. Não sei, nunca soube o nome dela. Nos meus solilóquios eu a chamo de anjo. Em momentos menos poéticos já chamei de consciência. Minha ex-mulher, frequentadora de sofás de psicanálise, a chamaria de meu superego. Psicanálise é coisa de rico, igual uísque dezoito anos, camarão vê-gê, pintura de artista famoso na parede e bolsa Louis Vuitton. Chamaria, se viva fosse. Não resistiu ao divórcio, à depressão... Um dia eu conto. Ou não."

(A câmera volta para o homem, que estica o braço e apanha a foto na mesinha ao lado, olha-a, pode-se dizer que amorosamente.)

"Olho a foto e acho que essa moça ia me dizer alguma coisa quando o flash do fotógrafo a paralisou. Olho o jeito dela, a boca... Ontem eu ofereci a ela meio milhão de dólares, ela só tem de aparecer, me procurar, recuperar esse nosso momento, me contar o que ia dizer... Hoje, vou dobrar a oferta! Aguardem o fim do capítulo!"

(Tosse com a empolgação. Algo como trapos e bolhas atrapalha sua respiração. Descansa e retoma a fala.)

"Apareceram sessenta e sete falsos anjos. Acreditam nisso? Sessenta e sete anjos caídos. Sessenta e sete mulheres querendo se passar por ela. A moral neste país anda muito baixa, a quantidade de espertos querendo passar a perna nos outros é assustadora. Ética? Enquanto a honestidade não for premiada aqui e agora, não no céu, mas aqui na terra mesmo, e rapidinho, a ética não vai ter freguês. Essa ideia eu acho que é do Freud, não as palavras. Se não for dele fica sendo minha. Como disse o Millôr Fernandes, ideia sai de um cérebro e entra em muitos. Daí se espalha. Enfim. Mandei montar um pequeno call center, lincado na central telefônica da Rede Nacional, com pessoal capaz de filtrar e encaminhar informação confiável ou interessante. Tem também uma equipe de clipping para coletar material de redes sociais e recortar ou digitalizar a mídia impressa, e uma salinha de triagem de pessoas. Nada até agora. Só golpistas, gente sem-noção e engraçadinhos. Apareceu até um camarada dizendo que ela já morreu, mas as informações que ele deu não batem com a pessoa, é mais um espírito de porco — coitado do porco — querendo atrapalhar. É doença. Tem gente pedindo dinheiro para passar uma informação, vai-se ver, é golpe. Tem dezenas de mulheres golpistas em vários estados tentando se passar por ela, mandam até fotos, nada parecidas, sem-noção. Tem espertalhões armando golpes com as vagabundas deles. Êh povinho! Dá trabalho separar a joia do trigo, heheheheh."

(Olhando a foto.)

"Ela teria uns vinte e seis, vinte e sete anos. Hoje, uns quarenta e cinco. Bonita... Por que não se apresentou? Será que não viu o meu apelo de ontem? Pode estar com covid? É casada, mãe? Está desconfiada, com medo? Gente rica e poderosa mete medo, eu sei. Não tenha medo, meu anjo, eu venho em paz."

(Olha a câmera de frente, cara de decisão e franqueza.)

"É hora de nos despedirmos por hoje, pessoal. O doutor recomendou moderação. E é hora de dobrar a minha oferta para a moça da foto. Atenção, vai ser um lance de novela, como falei há pouco. Apareça, moça. Se você aparecer, eu, no meu juízo perfeito, maior, vacinado, viúvo e desimpedido, me caso com você."

(Murmúrios de espanto, ti-ti-ti, zum-zum-zum no estúdio.)

"Boa noite. Até amanhã."

(Apagam-se os refletores.)

Dia seguinte

"É treta. Como que um bilionário vai casar com uma pobre que nem conhece?"

"#VidaaoVivo. Avisa ao dr. Fernando que o Júnior vai entrar em juízo com ação de danos morais por calúnia e difamação assim que chegar ao Brasil. E vai entrar com pedido de interdição na Vara de Família."

"Não, meu senhor, não é Fernando Pessoa. É Sá de Miranda, século dezesseis. O dr. Mello Aranha pede desculpas, se esqueceu de dar o nome do poeta ontem à noite. Tá, 'comigo me desavim' parece Fernando Pessoa, vou dizer a ele, mas é Sá de Miranda, ok? Por nada."

"É uma burrada esse pedido de casamento. Diz pra ele. Tem umas burradas que só gente inteligente faz."

"Espera um pouquinho que eu vou passar pro call center.

Como não? A senhora não tá dizendo que conhece a moça? Eu tenho de passar pra eles."

"Tem uma mulher aqui na portaria dizendo que o doutor tá procurando ela. Mando subir lá ou peço pra alguém descer?"

"Segura. Encaminha pra triagem. *Vida ao Vivo* é só lá."

"Essa blasfêmia não é nova. Conta para esse plagiário aí, esse herege, que quando Nietzsche morreu, em 1900, já havia escrito três vezes: 'Deus está morto'. '*Gott ist tot.*' Mortos estão os hereges, porque o Deus único e verdadeiro, criador do céu e da terra, está mais vivo do que nunca."

"Por que esse programa entra com o título de *Vida ao Vivo*? É real?"

"Não tem letreiro de apresentação, pô. Alguém pode me dizer o nome desse ator?"

RECORTE DO JORNAL *DIÁRIO DE S.PAULO*. "Recebemos da Televisão Guarani a seguinte nota: 'A atriz Bella Bier, do elenco desta emissora, atingida ontem à noite pelas insólitas e absurdas afirmações do empresário Fernando Bandeira de Mello Aranha, proprietário da Rede Nacional de Televisão, que vem há dois dias disseminando espanto e indignação pelo país na esteira de um depoimento ao vivo que só Freud explica, disse que não vai responder aos ataques difamatórios do seu ex-patrão e se reserva o direito de tomar as providências judiciais cabíveis'."

"É a Odete, de novo. Vocês já podem me dizer se tem uma gratificação? Até pra gata sumida tem gratificação."

"Fernando Aranha Júnior, procurado pela nossa reportagem em Miami, Estados Unidos, não quis se manifestar."

"Se essa moça não aparecer agora é porque é muito boba. Só pode. Ou então já morreu, mora fora do país, não assiste televisão, mora na rua... Não tem como, os jornais também estão dando, com foto e tudo, não tem como não saber."

"Por que esse cara vive fechado no tríplex dele? Com a grana toda que ele tem? Ele já explicou isso e eu não vi? Não é maluco isso?"

DIRETOAOPHATO. NEWSLETTER DE GUSTAVO PATO. "Estamos assistindo há dois dias a uma arenga tão surpreendente quanto escatológica (nos dois sentidos) do sr. Fernando Bandeira de Mello Aranha, presidente imperial das Organizações Mello Aranha, transmitida pela Rede Nacional de Televisão, com geradoras e repetidoras e afiliadas em todo o território nacional. Ele se propõe a contar tudo sobre a sua vida, usando como chamariz novelesco a fotografia de uma mulher, supostamente feita na porta do prédio onde ele mora em suntuoso tríplex de cobertura, uma desconhecida à qual promete doar meio milhão de dólares e, pasmem, com ela se casar. Este blog, que não tem rabo preso, vai colocar os pingos nos is dessa história.

"Começando do começo. O sr. Aranha ascendeu ao comando da RNT dando um chega pra lá no tio, Frederico Mello Aranha (Freddy), sem filhos. A fortuna da família vem de séculos passados, obscura como toda fortuna brasileira dos tempos dos imperadores. Com a morte repentina do patriarca Egydio Affonso, seriam herdeiros seus dois filhos: Freddy, o mais velho, e Fernando Egydio, já falecido, pai do nosso personagem Fernando Bandeira de Mello Aranha. A parte do filho falecido passou direto para o neto, então com vinte e quatro anos. Como herdeiro majoritário dos bens da família, Freddy seria o controlador e presidente natural da empresa familiar. Surpreendentemente, Freddy renunciou em cartório a todos os cargos e funções na organização, em benefício do sobrinho Fernando Bandeira de Mello Aranha, e ficou 'apenas' com os polpudos rendimentos, transferindo-se para Miami Beach. O golpe aconteceu em 1968, ano do AI-5.

"A história secreta e nunca comprovada dos motivos dessa renúncia menciona um pacote de fotos mais que comprometedoras, escandalosas mesmo, feitas na sauna masculina do Hotel Danúbio, frequentada pelos gays ricos da época.

"Foi a partir daí que a empresa agigantou-se, com executivos usando técnicas de aranha, estendendo a sua vasta rede de intrigas para pegar moscas, imobilizando vítimas poderosas para desferir sua picada venenosa e aprisionando na web milhões de inocentes úteis. E posa de herói o nosso Homem-Aranha.

"Há dezoito anos o aracnídeo gigante fechou-se no seu casulo, sabe-se lá por quê. O que se presume não cheira bem. Ainda mais porque a retirada estratégica se deu nos desdobramentos de uma ação de divórcio litigioso do qual a divorciada nunca se recuperou emocionalmente, com dramáticas consequências.

"Há seis anos, a fim de manter seu reinado absolutista, exilou na Flórida seu filho Fernando Mello Aranha Jr., que pretendia implantar na época uma modernização tecnológica na empresa. Agora, para justificar aquela atitude, fala de um suposto affaire havido na ocasião entre Júnior e a atriz Bella Bier, sua amante.

"E last but not least, vítima grave de covid em maio último, com sequelas de que luta para se recuperar até hoje, o Homem-Aranha da avenida São Luís promoveu um malfalado expurgo nas Organizações que preside, bem ao estilo de Ióssif Stálin na

União Soviética. Deixou no ar a suspeita de que alguns ambiciosos diretores e executivos do grupo conspiraram para inocular nele o coronavírus, com a ajuda de ninguém menos do que o filho Júnior! Não o afirma, porém. Desfere sua picada de aranha venenosa ao fazer insinuações pretensamente eruditas de que o caso é semelhante ao do general Júlio César, traído por seu filho postiço Brutus e assassinado numa conjura de senadores.

"Sabe-se que uma das sequelas da covid-19 é a demência senil. Há indícios dela, no caso atual, ou seja: confundir com um anjo uma mulher encontrada por acaso na rua, oferecer-lhe meio milhão de dólares para reaparecer, propor-lhe casamento, desenvolver fantasias persecutórias, fazer insinuação delirante de ter sido inoculado com o vírus corona, loquacidade incomum... Não será o caso de a família requerer judicialmente um exame de sanidade?"

"Não chegou ainda? Ué, anotamos o nome que ela deu, botamos num carro nosso e mandamos para vocês. Todo dia tem isso aqui, umas três ou quatro querendo subir. Não sei como elas descobrem o endereço. As outras não, mas essa me pareceu boa gente. Se bem que... mulher, né? Só se é o trânsito, pra não ter chegado. O nome é Mara."

"Perdão, seo ministro, ele agora está fazendo físio respiratória, não posso interromper de jeito nenhum. Eu vou dizer para ele retornar, senhor."

"É o Camarinha, da triagem. Chegou a moça, viu? Encaminhei pro Palmério, que é o mais esperto por aqui."

"Não tem como, não vai entrar comercial de jeito nenhum. Olha, me desculpe, senhora, a sua ligação caiu aqui no call center especial do *Vida ao Vivo*, não tratamos desse assunto aqui. Vou tentar transferir a senhora para o setor comercial, espere um minuto."

"É o Camarinha, da triagem, de novo. Acontece que a moça que estava sendo entrevistada aqui, a que deu o nome de Mara, sumiu sem concluir a entrevista. Se ela voltar aí, dá uma atenção especial e manda pra mim, positivo? Vou colocar no relatório para o clipping."

Terceira noite

(Completa escuridão, por segundos. Eleva-se dela uma ordem.)

"*Fiat lux!*"

(Dois refletores, luz branca, iluminam o homem sentado numa larga poltrona de couro preto, gordo mas não obeso, branco, vestido num elegante roupão branco de algodão egípcio de mil fios, fular bordô no pescoço sobre uma camisa de algodão creme, rindo guturalmente, como se se divertisse com a própria brincadeira.)

"Faça-se a luz. E a luz se fez. Foi assim que eu fiz, no começo."

(Ri de novo, com a piadinha.)

"Incomoda, a irreverência? Talvez incomode a um dos que me assistem, um só, que postou mensagem raivosa porque eu citei uma capa velha da revista *Time*, com a pergunta 'Deus está morto?'. Todo indignado, me chamando de plagiário porque Nietzsche já tinha escrito isso, e me chamando de herege, falando do Deus único, criador do céu e da terra. Herege? Para terraplanistas dessa laia é proibido não ser cristão da seita deles. Plagiário? Eu apenas citei, não me apropriei, onde é que esse homem está com a cabeça? Plagiário! Plágio é a cópia mais recente, original é a cópia mais antiga de qualquer coisa. Deus único? O cristianismo, a rigor, rigor, não é monoteísta. O pai, o filho e o espírito santo, a rigor, são três deuses, não são? E qual é o problema de serem três? No Mediterrâneo, mais exatamente na Turquia, na Grécia e no Egito, surgiu a ideia da Trindade, para incluir o crucificado da Palestina, um grande humanista que brotou no meio daquela barbárie, e incluir também o espírito que trazia as mensagens divinas."

(Alcança com a mão direita um comprimido que está num pratinho na mesinha, ao lado de um copo d'água, toma-o, deposita o copo na mesinha, e vê-se então sobre ela a fotografia tamanho 18 × 24 da moça. Ele mostra o próprio rosto com as duas mãos.)

"Isso não é só gordura. Parte é inchaço, cortisona, por conta do covid. Aliás, por que tanta gente fala 'a' covid se é um vírus, o coronavírus? É como se as epidemias tivessem de ser femininas; a gripe espanhola, a aids, a peste, a chicungunha, a febre amarela, a malária, a dengue..."

(Aponta o dedo indicador para o alto e o agita, lembrando-se de algo, e retoma.)

"E tem mais, voltando à Criação. Esse pessoal criacionista alega que a vida no planeta é complexa demais para ter surgido por acaso, um acaso tão grande que seria como um furacão bater num depósito de ferro-velho e montar um Boeing. Ara! Evolução natural acontece todos os dias, mutações acontecem todos os dias, eventos invisíveis acontecem todos os dias. Olha a mutação das bactérias que são atacadas com antibióticos, olha aí o vírus do covid, já tem novas cepas, variantes... O que é isso? Evolução! Mutação. Cada povo deu sua resposta à mesma inquietação. Versões. Gênesis é versão. Indo para a frente, mil anos, Evangelho é versão. Por que existem quatro para contar a mesma história? No começo, século dois, eram mais de trinta. Por isso se diz: Evangelho segundo fulano, quer dizer, na versão de fulano. Segundo Marcos, segundo Lucas, segundo Mateus, segundo João. Escolheram os mais afins. Isso não diminui o personagem principal, acho o contrário. Era preciso ser muito bom, ter ideias muito poderosas para merecer trinta testemunhos, trinta biografias naquela época. Trinta!"

(Dá um tempo. Alcança a foto na mesinha, mostra-a.)

"A moça ainda não apareceu."

(Sorri.)

"Não posso chamar de noiva porque ela ainda não me deu o sim. Hoje apareceram de novo várias mulheres diferentes alegando serem ela. Uma nem quis esperar a verificação, fez a entrevista e sumiu da sala de triagem. Não é qualquer uma que pode chegar e dizer que é ela e subir para falar comigo. Tem de provar de alguma forma. Essa que foi embora da entrevista hoje à tarde, se sumiu é porque não é quem alegou ser, certo? As outras foram dispensadas, ficou logo claro que eram golpistas. Isso tudo que eu ofereci, fortuna, casamento, deve ter sido demais para ela assim, de repente... Eu me precipitei nas ofertas? Que tipo de mulher não quer viver um conto de fadas? A Cinderela dorme dezoito anos e acorda nos braços de um príncipe. Nada mau, hein? Han-ahan-han-ahan-eheheheh."

(O riso provoca tosse, e aqueles trapos e bolhas que obstruem sua respiração pioram a tosse engasgada. Para, faz sinal dispensando algum socorro, bate no alto do peito, respira compassado, melhora.)

"Príncipe? Estou mais para sapo, não é, moça? Príncipe ou sapo daria no mesmo, certo? Beijar o sapo é que seria difícil."

(Olha a foto e percebe-se, pelos pequenos movimentos da cabeça, que seus olhos passeiam por ela.)

"Pode ser que ela tenha medo de passar por embusteira, se não tem como provar que é essa pessoa. Moça, esse cordão com pingente de coraçãozinho, essa bolsa, se você a guardou mesmo velha, podem ser provas. Alguma coisa que eu não tenha falado aqui, uma lembrança... Ah, que mistério as pessoas, até para si mesmas."

(Põe a foto na mesinha ao lado e apanha algumas folhas de papel.)

"Mistérios que se cruzam com outros mistérios e produzem histórias, ódios, amores, conflitos... Eu recebo uma seleção de ressonâncias desta minha lenga-lenga aqui, o pessoal do clipping é que faz. Gente que eu nunca vi, a quem nunca fiz mal ou bem, me ataca, escarafuncha minha vida. Sempre foi assim. Agora podem deixar que eu mesmo escarafuncho, estou aqui para isso. Deixem-me contar uma velha historinha moral. Foi contada por um escritor armênio-americano do século passado que eu aprecio, William Saroyan. Um homem está numa praça e vem outro e o apunhala pelas costas. O homem se vira, morrendo, e diz: 'Por que fizeste isso? Eu nunca te fiz bem!'. Vejam a profundidade disso, em duas frases curtas. Eu a chamaria de parábola do devedor. É isso que faz a literatura: iluminações."

(Passa os olhos pela folha de papel com certo desprezo.)

"Aqui, um blog de um tal Gustavo Pato desfila fofocas próprias dessa mídia de comadres que é a internet e faz trocadilhos com meu nome de família, Aranha. Ora, ora. Um homem com um sobrenome desses, Pato, não deveria se aventurar em ironias e trocadilhos com nomes alheios. Pato, além daquela elegância toda para caminhar, empresta seu nome aos tolos e parvos. Um pato é um pateta."

(Cantarola.)

"'*O pato pateta pintou o caneco*'... Pato nos remete a pateta, patusco, patético, patoá... patológico... patota, que é sinônimo de trapaça... Tantas consonâncias... e nada lisonjeiras, hein, patife? E até, se trocarmos o 'a' pelo 'u', temos um atributo bem a propósito... han-ahan-hah-hah. Sobre o meu tio Freddy, que esse pulha diz ter sido afastado da empresa por mim, chantageado com fotos de uma suruba numa sauna masculina de São Paulo — sei dessas fofocas antigas, dessa história de fotos que nunca apareceram —, a verdade é que ele mesmo quis se afastar. Como poderia conciliar sua vida de hedonista convicto, de epicurista a vida inteira, com as obrigações de uma grande empresa como a que se desenhava para nós? Ele propôs, ele fez os termos da abdicação, digamos assim. Ele jamais, jamais quis nada da vida, só os prazeres, todos. Na dele. Fazendo montinhos para nós. Se eu falei dele com certo desrespeito lá no começo, retiro. Ele sempre foi verdadeiro nas escolhas dele, eu é que não tolero opções que destroem as pessoas. Esse exame de consciência que tenho feito aqui já vai me tornando mais tolerante, estão vendo? Voltando ao pato patético. Ele fala de um suposto, entre aspas, suposto affaire entre meu filho e minha comborça. Suposto? São fatos! Mandar o Júnior chefiar o escritório da Flórida, se foi castigo, foi leve, não? Volto ao pato patusco. Ele diz que é insano da minha parte supor que a minha contaminação por covid foi proposital e teve a ajuda do meu Brutus. Ainda bem que ele não afirmou, porque eu também não afirmei. Eu não disse que foi o Júnior quem plantou o coronavírus nos figos, disse? Levantar hipóteses não é crime. Coitado, podia ser vítima tanto quanto eu, não sabendo de nada. Ah, se tivesse comido ao menos um, ele, que adora figos... No final, o pato patológico aconselha o Júnior — quem senão ele? — a pedir na Justiça um exame de sanidade mental para mim. Vou adorar isso. Aqui para nós, eu acho até que essa patacoada foi soprada pelo Júnior."

(Passa de novo os olhos pelo papel.)

"Tem aqui a veterana atriz Bella Bier dizendo que vai tomar providências judiciais contra mim. Que providências, Bella? Me processar? O que esse seu advogado de chiques e chicanas vai alegar? Que eu menti? Difamação? Vai correr esse risco, Bella? E se eu tiver gravado todo aquele seu *kama sutra* com meu filho, hein, Bellinha? Vai encarar? Pergunta aí para o rábula de Rolex o que pode te acontecer. Quer que eu te mande um trailer, Bellinha, ou um spoiler, como dizem agora? Ou prefere que eu mande para o seu leguleio de terninho Hugo Boss um resumo do seu contorcionismo, tipo 'melhores momentos', hein? Me poupe, Bella."

(Dá novamente uma olhada na folha de papel e espalma a mão para a frente.)

"Aaahh, pera aí, pera aí! Esqueci. Vamos voltar. Tem uma parte em que o patoteiro patusco fala da nebulosa origem da fortuna da minha família, nos tempos de antes e depois dos Pedros, o primeiro e o segundo. Tem razão o pato pateta, há realmente algo de podre no reino dos Mello Aranha, como eu já disse aqui. Pesquisei num site de árvores genealógicas da internet e viajei séculos para trás. Os Aranha, Mello Aranha, vieram do Alentejo para o Brasil aí pelo começo dos anos mil e setecentos. Antes, um Araña da Espanha, escrito com 'ñ' em vez de 'nh', atravessou as serras alentejanas e virou Aranha, com 'nh'. Os alentejanos são um povo sabido e desbocado. Meu avô costumava recitar uma quadrinha de lá que aprendeu com o avô dele: '*Quem tripas comeu, ou com viúva casou, sempre se há de lembrar do que por ali passou*'. Hahaha. Espirituosos, os alentejanos. Como os mineiros, aqui. É o sangue cigano na mistura... Os avós dos meus tetravós vieram sem dinheiro, pobres, naturalmente. Se fossem ricos por que viriam para cá, fazer o quê? Não é? Uma colônia, terra de oportunidades, lugares sem lei, ouro brotando por todo canto... Alguém pegou o que não era dele, algum pegou. Não existem os naturalmente ricos no mundo. Lá atrás, alguém pegou. Bernard Shaw, hoje em dia ninguém lê Bernard Shaw, mas eu comecei minha vida no teatro com uma peça dele, depois eu conto. Como eu ia dizendo, Bernard Shaw, que não era comunista, era um socialista ao modo antigo, escreveu: '*o fruto do roubo, nas mãos dos filhos e dos netos dos ladrões, se transforma em propriedade inviolável*'. Todos nós, ricos, temos no passado alguém que passou a mão, ou recebeu doação de alguém que passou a mão. Os que eram ricos e ficaram pobres têm na sua história um ladrão que os roubou, e ladrão que rouba ladrão fica rico e compra perdão..."

(Respira fundo. De novo.)

"Estou respirando melhor hoje, não? Eu sou como aquele cara da piada de faroeste, que tem uma faca espetada na barriga e diz: 'só dói quando eu rio'. Não posso é rir."

(Percebe-se em seu rosto certa melancolia.)

"Eu gosto de falar dos ricos. É uma forma de falar de mim. De rir de mim. O rico que sempre foi rico, que descende de ricos, estou falando do rico de séculos, tem uma solidez que o rico recente não tem, que o astro da música ou do futebol ou o especulador da Bolsa que enriqueceram não têm. Porque o famoso só fica famoso depois dos vinte, e até aí é sangue, suor e lágrimas, como dizia o velho Churchill. O rico nasce sólido e vive sólido, apoiado no poder. O milionário poderoso é o ídolo venerado pelos astros e estrelas, como Marilyn Monroe amou os Kennedy. Como Bella Bier..."

(Melancolia ou cansaço?)

"Então, como eu ia dizer, os Mello Aranha ficaram ricos e perdoados... E nem por isso felizes. Não sei de ninguém feliz nesta família, nem mesmo lá atrás. Tio Freddy? Feliz na desgraça dele, como o porco é feliz na lama e o pinto no lixo. Meu primeiro filho poderia ter sido feliz, talvez, privilegiado em tudo, beleza e inteligência, mas muito doido para ter a paciência de ser feliz. Queria muita coisa de uma vez. Não tinha paciência para namoro, mulheres, só putas, é mais rápido, satisfação garantida ou seu dinheiro de volta. Peque e pague. Viciado na adrenalina do perde-ganha dos jogos de cassino, junto com a mãe. E por fim a euforia química dos comprimidos e das drogas injetáveis... tudo urgência de viver, não tinha paciência. Morreu novo, vinte e três anos, na epidemia de aids. Mil novecentos e oitenta e seis, dois meses depois de voltar de Las Vegas, ele e a mãe, com a má notícia do estágio avançado da doença. Na véspera da viagem os dois tiraram um dinheirão do meu cofre. Furtaram, né. Eu tinha perdido a anotação do segredo do cofre havia anos, ele ficava fechado só na chave, escondida numa gaveta. Eu pensava que o dinheiro era para esbagaçar no jogo em Las Vegas, mas era para comprar o falso milagre da cura da aids, eu soube depois. Cruel isso: o tio era gay mas ele é que morreu de aids. Meu outro filho, Fernando Júnior, é dez anos mais novo. Também não me consta que tenha sido feliz algum dia, ambicioso demais. Se tivesse uma Lady Macbeth ao seu lado iria longe... Para ser sincero, nunca tive muito tempo para eles. Um morreu cedo demais; o outro é imaturo demais, aos quarenta e oito anos. Não vou resistir à piada: nessa idade, ou amadurece ou apodrece."

(Sacode um riso de diafragma, boca fechada, com receio de tossir, depois indica a si mesmo com as mãos.)

"E eu? Feliz? Posso dizer que trabalhei a vida inteira para ser o que sou, não para ser feliz. Felicidade exige muita renúncia. Quando meu avô Egydio Affonso morreu de repente, em sessenta e oito, vários generais da empresa, parentes e não parentes, incharam-se de pretensões. Eu era novo demais, vinte e quatro anos. Na reunião de conselheiros e diretores com direito a voto, quando meu tio Freddy renunciou, todos eles se pavoneando e deitando falação, havia um sapo na mesa, pula não pula, um impasse."

(Seu corpo poderoso desgruda-se do encosto da poltrona, cresce na tela.)

"Cresci no inadiável, me lembrei do jagunço Riobaldo: 'Agora quem é aqui que é o Chefe?' — e impus, igual ao Riobaldo, no *Grande sertão: veredas*: 'quem é que vai comandar isso aqui?', já sabendo que era eu antes de ser eu. Para mim é a parte mais espetacular do livro, quando ele descobre na vontade dele mesmo que tinha obrigação de ser o chefe, para fazer o que tinha de ser feito. Era eu o chefe, e fiquei sem tempo nenhum para ser feliz."

(Seu corpo recua, como vencido.)

"Casei muito cedo, com vinte e quatro anos já era pai de um menino de cinco, sem tempo para ser pai. Foi educado pela mãe, coitada, ela também muito nova. Ganhei poder, perdi os dois, mãe e filho. Se for falar disso agora vou acabar na fossa. Ops! Isso é gíria dos anos sessenta, na fossa é deprimido."

(Olha a folha de papel que manteve na mão, desce os olhos por ela.)

"Alguém quer saber o que eu estou fazendo fechado aqui há dezoito anos, o que eu faço o dia inteiro, todos os dias. Para ser exato, meus caros, dezessete anos, onze meses e quinze dias. O home office virou moda agora, com a pandemia, mas esse meu aqui já funciona há dezoito anos, sou pioneiro nisso. Nem sei se inventei. Faz dezoito anos que eu comando daqui, por videoconferências e telefone e e-mail e convocações minhas cinquenta e sete empresas, sei da situação de todas elas, despacho daqui, leio muito, é meu vício, exercito os músculos e o esqueleto, já que as vísceras não são lá grande coisa, durmo bem, como bem, observo planetas e estrelas no meu telescópio, espio bundas e peitos da vizinhança com um binóculo superpotente, assisto a filmes, aos noticiários da televisão e da internet, organizo minhas memórias e anotações, fiscalizo meus investimentos, oriento as aplicações, faço sexo... é pouco? Fiscalizo o que é meu, mas não jogo nas Bolsas, aplico sem riscos, ou seja, faço investimentos, não sirvo ao mercado. Ah, o mercado. No Brasil ele é alguém, uma pessoa, justo aqui, país pobre, ou melhor, país de pobre. Reparem na linguagem dos jornalistas, eles tratam o mercado como se fosse um cara. O mercado é o cara, sinaliza, atua, fica nervoso, fica deprimido, se tranquiliza, fala... Aqui mesmo na minha emissora o comentarista analisa, aspas, o que o mercado está dizendo. É um cara! Esse cara não se importa com ditadura ou se estão morrendo quatro mil pessoas por dia na pandemia. Mercado significa o quê, o quê?: desde o *mercatus* do latim significa 'negócio, comércio'. Olha o que o Octavio Paz diz, um pensador, um filósofo, um poeta, olha só: '*ele, o mercado, sabe tudo sobre preços, não sabe nada sobre valores*'. Amigos? Tenho três que me visitam para um jogo de bridge, ou pôquer, ou xadrez, e para consertarmos o mundo. Mulheres? Aquelas que não precisam voltar."

(Põe a folha de papel na mesa. Apanha a foto que tantas vezes...)

"Como você vê, meu anjo, preciso de muito mais que uma mensagem. Preciso de um motivo."

(Balança a cabeça, reafirmando, e deposita a foto carinhosamente na mesinha.)

"Estou cansado, hoje."

(Larga o corpo no encosto da poltrona.)

"*Perdi o bonde e a esperança.*"

(Olha, pedinte.)

"Apareça."

(Apagam-se os refletores. Ele fala no escuro.)

"Boa noite."

Dia seguinte

"Ele não falou 'até amanhã' ontem de noite. Volta, será? Sabe que eu tava começano a gostar dele?"

"Eita, homem!"

"Agora apelou."

"Melhora a respiração, piora a cabeça."

"Esse pai e esse filho deviam fazer as pazes. Um precisa do outro, nenhum deles presta. Xexéu e vira-bosta cada qual do outro gosta."

"Sangue não vira água."

"É verdade, sim, eu conheço ela. Foi minha colega de escola. Faz tempo que eu não vejo ela, mas conheci, sim. Posso contar muita coisa dela. Não muita, alguma. Nome dela é Mara, o meu é Neusa. Anota meu número. Vocês pagam alguma coisa?"

"Tem uma questão aí. O que ele diz é verdade? É a versão dele."

"Os ricos unidos jamais serão vencidos."

"Vem despertando curiosidade popular o edifício onde reside o empresário de comunicação Fernando Bandeira de Mello Aranha e onde estão localizados os escritórios administrativos das suas principais empresas, inclusive o da Rede Nacional de Televisão. No endereço fica também o estúdio de onde Mello Aranha vem transmitindo há três noites, sempre às vinte e uma horas, um surpreendente testemunho sobre sua vida, sem evitar intimidades embaraçosas ou revelações comprometedoras. O relato, apresentado sem mais informações do que o título, *Vida ao Vivo*, apoia-se secundariamente no suspense da busca de uma misteriosa personagem feminina — real? — do seu passado.

"Um número crescente de curiosos reúne-se diante do histórico edifício construído no bojo da expansão do Centro de São Paulo, empreendida pelo dinâmico prefeito Francisco Prestes Maia, entre 1938 e 1945. Na época, a rua São Luís foi alargada e arborizada, virou avenida. Arquitetos e empreendedores de renome implantaram na região projetos de beleza e suntuosidade, que a tornaram um dos endereços de maior prestígio na capital paulista. Um deles foi o Edifício Louvre, dos anos cinquenta; outro foi o Palácio Souza Queiroz, de dez andares, mais a cobertura, concluído em 1950. É neste último (de estilo art déco tardio, com amplo saguão de pé-direito alto em mármore travertino, espelhos de cristal até o teto guarnecidos com impressionante moldura dourada *fin de siècle*, porta imponente de bronze, maçanetas e fechaduras e indicadores dos elevadores de metal dourado polido, quatrocentos e trinta metros quadrados por andar) que reside o magnata das comunicações. Em meados dos anos oitenta, o edifício inteiro foi comprado e reformado pela RNT. Sete andares foram adaptados para escritórios da empresa, a cobertura foi mantida como unidade de lazer, dois andares destinados ao morador, à sua vasta biblioteca, salas de jogos, coquetéis ou almoços de negócios, copa e cozinha. Construído antes do boom do automóvel, o Palácio, como é normal na região central, não tem garagem para os apartamentos. Em 2003, nova reforma, tendo o milionário proprietário decidido encerrar-se monasticamente nos dois últimos andares. Recentemente, a estrutura residencial ganhou um completo estúdio de transmissão e gravação, no oitavo andar, onde é apresentado o sucesso *Vida ao Vivo* pelo próprio dr. Mello Aranha, como gosta de ser chamado.

"O sistema de segurança é rígido. Todos os que entram passam por discreto detector de metais instalado disfarçadamente na porta principal e são encaminhados ao balcão da recepção, que fica à frente de uma cabine blindada, controladora da entrada e dos acessos. Nesse balcão, durante o horário de atendimento (das sete às dezenove horas), os visitantes preenchem uma ficha e são autorizados a entrar ou são barrados. Só diretores recebem visitantes nos escritórios; os demais funcionários devem descer para falar com visitantes numa confortável suíte de recepção. Empregados usam crachá eletrônico com foto, que libera a entrada. Um dos quatro elevadores, com chave eletrônica, só é usado pela cobertura. Ninguém sobe sem autorização lá de cima. A circulação pelas escadas é restrita e controlada por sistema de vídeo. Não tivemos acesso à cobertura para uma descrição mais detalhada."

"Vocês vão ou não vão querer saber o que eu sei sobre ela? Já liguei aí ontem, ninguém me deu retorno até agora. É de verdade ou é fake news que vocês querem saber alguma coisa da vida dela? Porque eu sei, dei até o nome dela, Mara. E vai rolar uma grana ou não vai? Vou deixar meu número aqui na gravação: Odete."

"Tudo bem não vincular o meu comercial ao depoimento do dr. Mello Aranha. Proponho uma solução conciliatória: uma entrada antes, sem vincular, e uma entrada depois. Leve essa proposta para ele, já que temos contrato para o horário, e depois me diga."

"Que negócio é esse? Eu sou o marido dela. Vamos parar com essa falta de respeito, de cantar mulher casada! Isso é assédio, é crime, sabia?"

"Ninguém me responde quando é que vai entrar a novela que anunciaram, *Frutos Proibidos*. Já estou cansada desse homem falando aí sem parar."

"Na Inglaterra, home office é nome próprio, com maiúsculas iniciais. É tipo Ministério do Interior, não é esse 'escritório em casa' de hoje. Avisa pra ele."

DIRETOAOPHATO. NEWSLETTER DE GUSTAVO PATO. "O Homem-Aranha da avenida São Luís tentou se passar por aracnídeo inofensivo ao responder no ar minha nota de quinta-feira neste blog. Ironias, trocadilhos e falsidades não substituem nem escondem a verdade, senhor todo-poderoso. E ela prevalecerá, no momento oportuno, porque não tenho rabo preso. Me aguarde."

"Sabe por que se fala 'a covid', sr. Mello Aranha, no feminino? Está subentendido o termo 'pandemia', a (pandemia de) covid. Entendeu, sabichão?"

"O ministro Godinho marcou encontro com o Júnior, que chega amanhã cedo de Miami. Aguardamos instruções."

Quarta noite

(Escuro. Refletores são acesos e iluminam a grande poltrona negra. Vazia. Uma voz fora de cena.)

"Testando, testando. Um dois três quatro cinco. Um dois três quatro cinco. Está bom. Corta o som."

(Escuro novamente. Segundos. Refletores são acesos sobre a poltrona negra, onde acaba de se ajeitar o homem quase gordo, de roupão branco sobre camisa social azul-claríssima, fular bordô jogado displicentemente da nuca para o peito, mãos brancas com pequenas manchas solares apoiadas sobre os braços negros da poltrona.)

"Boa noite. Hoje poderemos ter mais e melhores informações sobre a mulher que estava ontem na recepção e sumiu durante a entrevista. Vou falar daqui a pouco com o camarada que a entrevistou na recepção, quando ele chegar ao trabalho vão me ligar. Falei ontem do meu dia a dia aqui, nesses dezoito anos. Hoje eu estou pensando em contar por que me encastelei aqui. Já quiseram saber e me calei, não achei que teria interesse.

Pode ser uma longa história, e aborrecida. Enfim. Ver se dá para resumir."

(Põe na boca um comprimido que já estava separado na mesinha, bebe dois goles de água e recosta-se procurando conforto.)

"Eu não estava bem. Minhas relações com a mãe dos meus filhos foram evoluindo lentamente de ruins para péssimas, depois da morte do primogênito. Passado aquele primeiro momento de dor, quando o casal se apoia um no outro para não cair, fui empurrando as culpas mais para ela, relevando as minhas. Mais para as loucuras dela e menos para o meu... digamos... meus descuidos, conjugal e paternal. Daí fomos escorregando para as acusações, entraram nas minhas acusações os vícios dela, as anfetaminas, os entorpecentes e o jogo, que o filho copiou e complicou com bebidas e prostitutas, e ela contra-acusou com minha ausência nos deveres de casa, o trabalho em primeiro lugar, as amantes... Enfim, não teve mais conserto. Vivemos um tempão assim, anos e anos, desconhecidos na mesma casa. Estava bom para mim. Meu filho Fernando estudava na Suíça nessa época, como o Jô Soares, depois foi para Yale, nos Estados Unidos. Não me faltava nada. Aí, na virada do ano noventa e cinco, encontrei num teatro do Bom Retiro uma garota, uma atriz inexperiente e fascinante, uma promessa, Bella Bier. Na curva perigosa dos cinquenta derrapei nesse amor. A bênção, Carlos Drummond de Andrade. Essa é outra história, para outro dia. A filial queria que eu me divorciasse para casar com ela, só se referia à matriz como 'a bruxa'. Que dava o troco referindo-se à outra como 'a puta', com perdão da palavra, que uso aqui para ser factual. Sentiram o clima? Acabei me decidindo pelo divórcio, não para casar; para me livrar. Ela já vinha se tornando um peso e um constrangimento nos eventos sociais, dopada. Chapada, se dizia. Assim que eu entrei com o processo e vim morar aqui, ela entrou com a depressão. As mulheres preferem ficar casadas infelizes a serem infelizes por conta própria. O processo demorou mais de dois anos. Depois da terceira overdose de comprimidos, que eram na verdade tentativas de suicídio, ela foi interditada e internada, sob os cuidados do filho Júnior, que teve de voltar dos Estados Unidos para cuidar dela. Ela saía da clínica e voltava, numa rotina dolorosa e desgastante. Isso em dois mil e três, ano em que me isolei aqui, um ano terrível. Não falei que seria uma história meio chata? Mais do que isso: triste, cruel, dolorida. Mas eu prometi não esconder nada, e aí ficam os detalhes... sórdidos. A imprensa de fofocas não nos poupava. Fica claro por que eu estava mal, beirando os sessenta anos."

(Bebe um pouco de água. Dirige-se a alguém do entorno.)

"Nada ainda?"

(Ouve-se uma palavra abafada, que poderia ser "nada", e o homem na poltrona faz um gesto contrariado.)

"Falar do meu castelo, então. Em oitenta e nove, aconteceu um fato estranho: um grande empresário foi sequestrado, o Abílio Diniz, do grupo Pão de Açúcar. Prestem atenção na data: 11 de dezembro. Já tinha acabado a ditadura, não sequestravam mais empresários para trocar pelos presos políticos mais judiados na cadeia. Os sequestradores queriam dinheiro, trinta milhões, mas foram descobertos cinco dias depois, o Abílio não pagou nada. Os caras eram chilenos e argentinos da esquerda revolucionária, o MIR. A imprensa, nós todos, demos o maior destaque ao material de campanha eleitoral do PT que a polícia plantou no cativeiro. Vestiu até camiseta do candidato Lula em dois camaradas. Era véspera do segundo turno da eleição de oitenta e nove — o Collor ganhou, não por isso, claro. Mas o que eu quero destacar aqui é a data do sequestro, 11 de dezembro. Pois bem. Exatamente no dia 11 de dezembro de 2001, vejam bem, 11 de dezembro, sequestram outro importante empresário, Washington Olivetto, publicitário, aquele que criou o slogan 'o primeiro sutiã a gente nunca esquece', lembram? Cinquenta e três dias sequestrado, um horror, um sofrimento enorme. Ele contou o que passou, uma coisa horrível, a morte rondando. Bom. Então, em dezembro de dois mil e três, eu fragilizado por tudo aquilo que estava acontecendo na minha vida particular, naquele ano terrível, recebo um bilhete de ameaça, este aqui, ó, guardei."

(Apanha na mesinha ao lado a metade de uma folha de papel sulfite, marcada por dobras antigas, e o exibe para a câmera no momento em que uma voz interrompe o gesto: "O cara está na linha, doutor! Nome dele é Palmério". O homem repõe o papel na mesinha enquanto comanda com voz animada.)

"Põe no ar! Abre o som no estúdio."

(Espera o ok da técnica e inicia a conversa.)

"Alô, Palmério, está me ouvindo bem? [Sim, estou.] Boa noite. [Boa noite, senhor.] Escuta, Palmério, não vamos perder tempo. Como que é essa moça que você entrevistou? [Como assim?] O jeito dela, a aparência. [Ah, normal. Tava... assim... arredia. Como que desconfiada do lugar.] Desconfiada? Como? [Assim, olhando, olhando o computador, o lugar, o pessoal... Arredia.] Parecia insegura? [Isso, me faltou a palavra.] E as roupas? A pessoa, como era? [Ah, normal.] Fala, homem, detalhes. [Ah, de altura média, cabelo castanho, mais ou menos igual na fotografia, mais curto, acho, olhos castanhos também, as mãos bem tratadas, eu reparo em mãos, de esmalte rosa-claro recente, sapato baixo de saltinho, que mais?] De vestido ou calça comprida? [Calça comprida.] Jeans? [Não, uma calça preta solta, blusa pink solta.] Gorda? [Nããããão, não. De jeito nenhum.] Tirou a máscara anticovid? [É padrão, né, doutor, tirar a máscara, igual entrevista de emprego.] E os dentes, bons? [Ela não riu nem uma vez, mas falando a gente vê que são bons, sim.] Afinal, é bonita ou feia? [Olha... Se ela olhasse mais de frente, e sorrisse e tivesse os gestos mais soltos, os olhos mais alegres, o rosto mais levantado, os ombros, a fala mais colorida, acho que seria bonita.] Sei, sei. Muito bom. Você está me saindo melhor que a encomenda, Palmério. [Obrigado, senhor.] E a idade? [Calculo uns quarenta e poucos, senhor.] Não mostrou documento? [Não quis mostrar, disse que não tinha que mostrar.] Qual o nome que ela deu? [Mara.] Sobrenome? [Não quis dar, disse: 'Vamos ver mais pra frente'.] Estranho. [Esse nome, Mara, é o mesmo que referiu uma outra mulher que disse que estudou com ela, marcou de vir aqui amanhã. Não lembra o sobrenome. Tem outras duas que disseram que estudaram com ela, mas deram nomes de colégios diferentes e nomes diferentes para ela também. Focamos nessa que vai vir aqui amanhã por causa da coincidência do nome, Mara. Tamos pesquisando o nome no colégio, para ver sobrenome e filiação, se tiver registrado.] Boa, boa. Ela tem alguma prova de ser quem ela diz que é? [Disse que tem, tava na bolsa. Eu pedi desculpas, pedi pra ver a prova, falei pra ela que muitas senhoras tavam alegando a mesma coisa, ela disse que tudo bem, que ia ver se mostrava 'mais pra frente'. Como se tivesse estudando o rumo da conversa.] E você perguntou, Palmério, o que ela estava fazendo ali, no momento da foto? [Perguntei, claro. Tá no questionário básico, né? Ela não respondeu logo, o que eu também achei meio estranho. Ela pensou, pensou e disse: 'Vamos ver mais pra frente'.] De novo? [É, de novo. Aí, do nada, ela disse que conhece o senhor.] Como é?!!! Como é que é?! [É, disse que conhece o senhor.] Meu Deus! Pessoalmente? Ela disse 'pessoalmente'? [Não, disse não. Eu perguntei: 'Conhece? Conhece ele? Conhece como?'. Ela só disse: 'Conheço', e se calou, sem explicar. Aí eu pedi pra ela esperar um minutinho, pedi licença, né, não falei que ia chamar o meu supervisor, mas era o que eu ia fazer, achei que era o caso...] Certo, certo. [E quando eu voltei com ele a moça tinha sumido. Não demorei um minuto, sumiu. Procuramos por toda parte, porque era um caso diferente, banheiro feminino, nada. Desde ontem à tardinha tamos tentando localizar.] E a mulher que diz que estudou com ela? [Foi outro colega que entrevistou. Ela diz que reconheceu a pessoa pela foto, não mudou muito. Nunca mais soube dela, depois da escola.] Não botaram as duas para conversar? [Horários diferentes, né, doutor?] Ah, tá. Estranho... Ela que nos procurou, quer dizer, me procurou, e sumiu por quê? [Isso que eu não entendi.] Foi bem tratada, tudo com delicadeza? [Tudo, demos até uma flor, seguindo as recomendações, copo d'água, oferecemos cafezinho, sorvete... Sumiu. Eu vi que ela não tava tranquila. A alma dela não tava tranquila.] Obrigado, Palmério, parabéns pela colaboração. Boa noite. [Boa noite, senhor. Parabéns também.]"

(A cara do homem é de "ora veja".)

"Ó, figura. Desligou. Estou sentindo que é ela, essa Mara. A mesma hesitação... E essa agora: me conhece! Como? Quando? Bom, isso não quer dizer nada, sou muito conhecido... Ela disse duas vezes: 'Vamos ver mais pra frente' — é sinal de que vai voltar, né? Que apareça logo! '*Angel! Come to me!*', implorava o Fantasma da Ópera. Nem sei se eu consigo terminar o que estava contando, o motivo pelo qual eu me isolei aqui nesta fortaleza. Preciso de um minuto zen. Diminuam a luz, por favor."

(A luz é reduzida ao ponto de penumbra. O homem se recosta, relaxa os braços na poltrona, cerra os olhos, medita. Passado um minuto, apruma-se, comanda.)

"Luz."

(Volta a iluminação intensa dos refletores. O homem apanha a folha de papel que havia deixado na mesinha e retoma a fala, tranquilo.)

"Parei no momento em que ia mostrar esta mensagem que

recebi num envelope fechado com meu nome, na sede da televisão, dezoito anos atrás."

(Mostra para a câmera o papel com uma frase montada com letras recortadas de jornal, coladas: "Dia 11 de dezembro será a sua vez". Lê.)

"Dia 11 de dezembro será a sua vez. Prestaram atenção na data? Onze de dezembro. Faltava uma semana. Comuniquei aos altos escalões da polícia, claro, eles começaram a investigar imediatamente. Seria a minha vez de quê? Poderia ser qualquer coisa. Aquela data teria algum significado? No começo eu fiquei pensando em trote, uma brincadeira. Depois foi me dando um pouquinho de medo. Passaram-se três dias, e a polícia, nada. Quatro dias, nada. Comecei a ficar mais tenso. Eu não estava nada bem naquele ano. Um repórter sugeriu pesquisar no arquivo do jornal o que havia acontecido no 11 de dezembro de anos passados. Aí bateu. Era exatamente o mesmo dia dos sequestros do Abílio Diniz e do Washington Olivetto! O mesmo dia, mesmíssimo! Empresários os dois, como eu! Um em oitenta e nove e outro em dois mil e um. Onze de dezembro! Faltava um dia, eu estava péssimo. A polícia mandou uma escolta, mas eu não me sentia seguro, não tive mais sossego. Aquela ameaça, mesmo se não se concretizasse naquele dia, por causa da escolta, não teria fim, espada pendurada sobre a minha cabeça. Acordei angustiado, 11 de dezembro, fui para a holding, trabalhei mal, sem concentração, e um incidente na sala de almoço — uma bandeja caiu com estrépito — fez com que eu me escondesse debaixo da mesa. O ridículo induziu minha decisão. Encerrei o expediente na sede da holding, dei uma volta pela cidade, sabendo lá no fundo que já estava me despedindo dela, protegido pela escolta policial, olhei as avenidas, as ruas, os jardins, as flores, a fachada do meu restaurante preferido, as pessoas no caminho de casa, e cheguei já com a decisão tomada de me fechar para o mundo. Ficar aqui, fechado, protegido, seguro no meu castelo, meu convento. Foi isso. Com medo de ser sequestrado, eu me sequestrei. Depois gostei. Me apaixonei pelo sequestrador."

(Ri, com certa amargura, e tosse, e pela primeira vez naquela noite o que parece trapos obstruindo a entrada do ar nos seus pulmões e bolhas atrapalhando a saída sacode seu grande corpo branco. Espera passar, irônico.)

"É a velha piada do faroeste: só dói quando eu rio. Quem pagaria o resgate deste meu sequestro? Eu. A mim mesmo. Estou pagando..."

(Leva a mão esquerda ao alto da testa, desce-a cobrindo os olhos, como se protegendo da luz, e assim permanece por alguns momentos, movendo um pouco os dedos, apertando as têmporas como quem tateia uma dor de cabeça. Desce a mão pelo rosto, pressionando-o, até o queixo, depois baixa-a para o braço da poltrona.)

"Estou meio sentimental, hoje. Gosto mais do meu lado malvado. Vou combinar as duas coisas, voltar a falar da Bella Bier. Sempre gostei de Bernard Shaw, uma combinação irlandesa de socialista, humorista, anarquista, teatrólogo, crítico e jornalista. Estavam levando uma peça dele num teatro do Bom Retiro, aqui em São Paulo, mil novecentos e noventa e cinco. Já falei disso? Enfim. Justamente uma peça que eu havia montado na faculdade, *A profissão da sra. Warren*, e tive vontade de assisti-la. Éééé, fiz teatro universitário, fica bem no currículo. Huhn-huhn-huhun. É a história de uma grande lady da sociedade britânica que fez fortuna e deu educação finíssima à filha única operando em segredo o negócio de bordéis. Nessa montagem do Bom Retiro, quem fazia o papel da filha, maravilhosamente, era uma novata, bem nova, mas um talento, chamada Isabella Bansenbier. Fui ao camarim cumprimentá-la, e! Derrapei, na curva perigosa dos cinquenta; derrapei, furei pneu, capotei. Vinte e sete anos de diferença entre nós. Como diz o D. H. Lawrence, '*man is a hunter*', o homem é caçador. Não sou um cretino para achar que a tigresa se deixou caçar atraída pelo meu pio de macuco. Eu já era metade do que sou, o que não era pouca coisa. Difícil uma jovem atriz bela e ambiciosa não vislumbrar um futuro de sucessos ao meu lado. Encurtei o nome dela de Isabella para Bella, o sobrenome de Bansenbier para Bier, botei estilista, cabeleireiro, esteticista, cirurgião plástico, modelador físico, professora de dicção e impostação de voz, professor de dança, ortodontista — em menos de um ano ela estava pronta para ser estrela. Na primeira novela virou o que chamam hoje de celebridade instantânea. Vivi com ela um soneto de Camões, por vinte anos, aquele contentamento descontente, um não querer mais que bem-querer, dor que desatina sem doer, fogo que arde sem se ver, ferida que dói e não se sente, e vai por aí afora. Com ela, por ela, para ela, vivi o melhor e o pior de um caso de amor. Passamos as tormentas do nosso amor paralelo, as batalhas do filho armado cavaleiro na defesa da mãe e seus milhões, as escaramuças do meu divórcio, a demência suicida da ex respingando culpas dolorosas, o meu retiro da vida urbana, as pequenas aventuras de lá e de cá, a decisão diária de continuar asilado... navegamos vinte anos sem terra à vista até a noite daquela traição inominável, aquele *kama sutra* de mau gosto com meu filho no sofá do bar. Tranquei minha porta à chave, não abri quando ela subiu e bateu, bateu, bateu, gritou, chorou, pediu, até desistir, descer, sair pela madrugada. Dei ordens para não a deixarem subir mais, nunca mais, e acabou. Vinte anos e nem um adeus."

(Joga um beijo debochado com a ponta dos dedos, artificial, teatral.)

"Adeus, então... Ah, antes que me esqueça: toda narrativa é versão."

(Sorri, malicioso.)

"Chega por hoje. Boa noite."

(As luzes se apagam.)

Dia seguinte

“Sim, d. Bella, eu digo que a senhora ligou, com o fundo musical de ‘bandeira branca, amor’, de Dalva de Oliveira. Pode deixar, eu digo que o recado está na música.”

“Por que ele não faz esse derrame de palavras num confessionário com um padre ou num sofá de psicanálise? Parece que ele quer é isso: ou perdão para os seus pecados, ou um modo de consertar a cabeça dele com as culpas. O melhor seria escrever um livro de memórias, evitaria essa coisa vacilante, essa descontinuidade, esse pra-lá-pra-cá.”

“O Júnior chegou às dez e meia e foi para o Tivoli. Local monitorado.”

“O ministro recebeu o seu recado sobre o vídeo, doutor.”

“O ministro das Comunicações, Eugênio Godinho, chegou na manhã de hoje a São Paulo, onde se reúne à tarde com representantes das operadoras de telefonia, no Tivoli Hotel, para tratar de assuntos relativos à implantação da tecnologia 5G no país."

DIRETOAOPHATO. NEWSLETTER DE GUSTAVO PATO. "Este blog, que não tem rabo preso, conseguiu mais informações sobre o aracnídeo gigante da avenida São Luís. Em 1968, durante o regime militar, sob as vistas grossas do Ministério das Comunicações, a Rede Nacional de Televisão fez um acordo societário secreto disfarçado de financiamento e tecnologia por dez anos com um grupo alemão, o que era expressamente proibido pela legislação brasileira de radiodifusão e telecomunicações. Esse acordo foi precedido pela crise de sucessão na empresa em virtude da morte súbita do presidente, Egydio Affonso. O sucessor natural, presidente em exercício aguardando confirmação em assembleia, seria Frederico Mello Aranha (Freddy), contrário ao acordo, que já vinha sendo objeto de conversações. E quem defendia o acordo? O nosso Homem-Aranha da São Luís, que era então um muito jovem e ambicioso diretor da RNT! E o que aconteceu na assembleia de escolha do novo presidente? Um imprevisto: Freddy renunciou! E quem deu o xeque-mate e virou presidente e selou o acordo secreto? Ele, Fernando Bandeira de Mello Aranha!"

"Os jornalões de São Paulo, Rio, Recife, Belo Horizonte, Brasília e Porto Alegre estão solicitando uma coletiva do dr. Mello Aranha, alegando que não conseguiram individualmente uma entrevista. É basicamente sobre os motivos que o levaram a fazer as transmissões do *Vida ao Vivo* e sobre a demora de uma decisão do governo a respeito do 5G. Favor consultar qual é a posição dele quanto à solicitação dos jornais, a fim de agendarmos a entrevista com os órgãos interessados."

"Eu sei que ele tem uma equipe médica de reconhecida competência acompanhando a evolução do tratamento pós-covid, mas como pneumologista com muitos anos de experiência eu gostaria de fazer algumas recomendações. Deixo aqui os meus contatos, obrigado."

"Estranho, muito estranho essa mulher não aparecer para receber essa grana. Vá lá que não queira casar, porque é casada, ou é lésbica, mas não aparecer para receber esse dinheirão não tem sentido. Muito estranho."

"Quantos anos será que ele tem? A esposa ainda é viva, será? Coitada, ficar ouvindo essas coisas, e ainda ver ele pedindo outra em casamento? Mesmo separada, dói, né? A gente tem sentimento."

"Informação interna. De: Clipping. Para: Dr. Fernando. Gravação de Neusa Maria, alegada colega de escola de 'Mara': 'A gente foi colegas do terceiro ano até o quinto, não era tipo melhores amigas mas a gente não brigava. A Mara era das adiantadas, eu não era do grupinho delas. Ela veio de uma outra escola, não sei qual, entrou no terceiro ano da nossa, sabia umas coisas mais do que nós. Ela vinha de perua, não morava perto da escola, era de outro bairro. O lanche dela tinha umas coisas que o nosso não tinha, mortadela, essas coisas, às vezes um bolo. Uma vez que a perua quebrou ela veio e foi de carro dois dias, no quinto ano, um carrão preto, muito lindo. Ela ficava se achando lá dentro. A gente perguntou do carro e ela disse que era do pai dela, mas era mentira porque ela não usava nada de rico, era tudo igual a nós. O sobrenome dela eu não sei, né, já faz tanto tempo, mais de trinta anos, trinta e cinco eu acho. Ela era magrinha, mas o rosto lembra o da foto na televisão, vi na banca de jornais também, prestei bastante atenção, o rosto ainda lembra, só o corpo ficou mais forte. Mais pro fim do quinto ano ela começou a faltar, ficou estranha, quase não falava, não tinha mais mortadela no lanche, era só pão, depois no fim do ano não veio mais. A professora contou pra nós que a mãe dela tinha morrido, se matou. Daí não sei mais nada. Terminou o ano letivo, no outro ano ela não veio mais'."

"Ele foi informado de que não há decisão de mostrar o vídeo da mala na televisão."

"O Júnior está querendo marcar um encontro com o senhor para amanhã."

"Com as mídias e as redes sociais da internet, com o streaming, com as plataformas todas que estão sendo criadas para transmissão de conteúdos e de dados, com os novos satélites e as novas tecnologias, as redes de televisão como essa daí vão ser engolidas, mano. Vai acabar o poder desse cara, vocês vão se foder, mano."

"Mil reais tá bom. É que eu vou perder um dia de serviço pra ir aí. Combinado, amanhã, quatro da tarde. É, Odete."

Quinta noite

(A luz reduzida dos refletores ilumina as mãos postas em formato gótico que cobrem parcialmente o rosto abaixado do homem, de olhos fechados, estando os dedos indicadores colocados de cada um dos lados da parte mais alta do nariz e os dois polegares sustentando o queixo, como se ele estivesse em meditação profunda. A câmera se afasta e mostra-o sentado na mesma poltrona negra, vestindo um roupão branco sobre camisa social rosa, com o indefectível fular bordô jogado sobre a gola. O homem branco, quase gordo, abre os olhos, afasta as mãos, levanta a cabeça, experimenta a garganta com alguns pigarros e fala.)

"Boa noite. Eu deveria estar animado porque demos mais um passo para saber o que aconteceu com a moça da fotografia."

(Apanha a foto na mesinha ao lado. Mostra-a para a câmera.)

"Esta. Mas não, não estou animado. Revelou-se um trauma na infância dela, um sofrimento muito grande que certamente marcou a vida dessa menina. Deve ter ficado esquiva, desconfiada, por causa disso, a ponto de fugir das pessoas. Se ela for a criança que uma amiga de escola primária descreve, é uma pena. Não vou contar aqui o acontecimento, seria invasão da vida particular de uma pessoa desprotegida. Quanto àquela pessoa que alegou ser a nossa procurada e depois sumiu sem explicações lá na sala de entrevistas, aquela que disse que me conhece, não vejo nenhuma chance disso, fora ter trabalhado em empresa minha. Pode ter conhecido de vista, de longe. E quanto tempo atrás, se eu estou fechado aqui há dezoito anos? Dezenove, vinte anos atrás? Tenho tão pouco contato com funcionários, sempre tive, que não me lembro de ter conhecido pessoalmente a não ser meus diretores, meu chauffeur, segurança, cabeleireiro, copeiro, secretária e acho que só. Serão a mesma Mara? As duas, a menina da escola e a mulher que desapareceu há dois dias no meio da entrevista? *Oh God*. Amanhã vai lá na central de recepção e triagem mais uma pessoa que conheceu outra Mara, ou é a mesma Mara e vamos ver com quantas Maras se faz uma pessoa."

(Dá um sorrisinho sem graça com sua graça e encara sério a câmera.)

"Espero, na verdade, e com toda a sinceridade, é que você me apareça, noiva."

(Volta ao seu natural galhofeiro maldoso.)

"Esqueci de comentar que o blogueiro patológico voltou, e repetindo aquela cantilena de que não tem rabo preso... Pelo que me informaram, o patusco tem, sim, rabo preso, não no sentido de compromissos escusos, mas no sentido de preso a folguedos, se é que me entendem... O que ele publicou sobre um acordo societário ilegal, secreto, que eu teria feito no início da minha gestão nesta organização não é nenhuma novidade, é intriga velha e superada que correu nos bastidores do setor de comunicações cinquenta e tantos anos atrás, e nunca foi provada. Foi na verdade uma negociação comercial de fornecimento de equipamentos distorcida por invejosos. Conta outra, pateta. Jornais não param de me pedir entrevistas; agora querem uma coletiva. Para falar o quê? O que eles quiserem? O que eles pautarem? Falo eu aqui o que eu quiser, quando eu quiser. E não se preocupem, vou falar tudo, o que eles querem e o que não querem. Não tenho papas na língua. Nem cardeais."

(Ri da própria piadinha, e isso provoca alterações no ritmo da respiração, e ele tosse, e aqueles reboos que parecem provocados por trapos e bolhas atropelam sua respiração, sacodem seu tórax. Leva algum tempo domando inspiração e expiração com o auxílio de uma bombinha de oxigênio. Recupera-se.)

"Essa foi forte."

(Inspira, expira.)

"Só dói quando eu rio... O meu espião de audiência diz que você está gostando do meu..., ia dizer discurso, mas ia parecer pretensioso. Um tal de Lacan inchou para sempre essa palavra 'discurso', como se trocar uma ideia precisasse de um código, um repertório, sei lá, uma chave, um sistema... Aqui não, aqui vou chamar de... prosa. Uma prosa sem cafezinho. Que diz o meu espião? Que você está gostando da minha prosa. Quer saber? Eu também... Meu espião diz que você me recusou no primeiro dia, veio olhar no segundo, chamou mais gente para ver no terceiro, mais gente ainda no quarto... Continuar assim vou pedir aumento de salário..."

(Sorri, sem coragem para rir. Retoma a fala, deixando transparecer na atitude certa preparação.)

"Um crítico de televisão fez um comentário elogiando a linguagem despojada desta live, como se diz hoje. 'Despojada' foi a palavra que ele usou, mas disse que o meio não é adequado, e terminou ironizando, que eu deveria resolver minhas culpas num confessionário de igreja ou num sofá de psicanalista. Pois olhe, senhor crítico — imagino que seja outro jornalista sem rabo preso —, não deixa de ser as duas coisas, confissão e autoanálise. Por fim, ele diz que seria mais adequado eu escrever um livro de memórias. Livro? Todo mundo sabe que eu leio muito e rápido, três livros por semana, às vezes quatro, às vezes dois, ou um, conforme. Política, economia, biografia, história, romance, poesia, filosofia, sociologia — leio tudo. Mas escrever, não. Muito trabalho manual, fora o intelectual, e depois pouca gente lê. Eu não conheço ninguém que lê, você conhece? Que lê como hábito, como alimento intelectual, conhece? Tem gente que tem livros na estante, carrega para lá e para cá, mas... lê? Um burro carregado de livros não quer dizer que os leu, hehehe. Se eu escrevesse e o livro fosse um baita sucesso, quantos iriam ler? Três mil, dez mil, cem mil? Quantas cidades têm livraria? Aqui neste canal eu falo com seis milhões, dez, trinta milhões de pessoas de uma vez! A arte da escrita é areia na ampulheta, escorrendo... Eu prefiro falar, gravar. Preguiça. E isso aqui não é literatura, eu não pinto belezas com palavras. Os escritores compõem belas passagens, reescrevem tudo — quem fala, não; quem fala joga no vento. Hoje está até mais fácil, corrigir, inserir, apagar no computador. E cinquenta, cem anos atrás? Datilografavam, anotavam, redigiam novas passagens, datilografavam de novo, inserindo as novas passagens, e emendavam de novo, e datilografavam... Ah, não. E lá mais atrás, na época da caneta e tinteiro, séculos passados, já imaginaram? Escreviam tudo de uma vez só, acabado e pronto, ou refaziam tudo à mão, várias vezes? Como, se o papel era raro e caro? Quanto custava o papel? No Brasil nem se podia fabricar, papel devia ser caro. Escritor tinha de ter posses? Essas questões inquietavam minhas leituras, quando eu era rapazinho."

(Cauteloso, para, faz um exercício de respiração, e retoma, no mesmo estilo.)

"Depois que a televisão dominou o entretenimento de todo mundo, mudou a maneira como as pessoas leem um romance. Perdeu-se a paciência, o gosto de imaginar, de ir entendendo devagar, de desmontar um jogo que o autor montou para criar o prazer de desmontar. Foi isso que a televisão fez com a leitura, desajustou, criou a pressa de entender, vapt-vupt, tudo pronto. A outra ponta, a pessoa que está no sofá, não precisa imaginar a coisa embutida nas palavras, recebe a imagem prontinha. O artista da palavra tem de construir imagens, sem tela nem pincel, sem pedra, sem barro, produzir visões e sons e luzes e sombras só com palavras. Os romances e os contos criavam mundos, o leitor penetrava neles pela imaginação. Um século de imagens em movimento, desde o cinema até o celular, distraiu o apreciador de palavras. E olhe, digo como leitor: modificou até o artista da palavra. Só escapam os gênios. Com os livros de ideias, então, piorou. O pensador é um aventureiro, sai desbravando, quebrando matos e mitos, vai na frente com seu facão e os outros vão atrás com seus temores. O homem de ideias e o homem de coragem não têm medo do que pode estar pela frente, o que faz o homem comum parar é o que os faz avançar. As pessoas preferem as coisas ralas, as simplificações. Autoajuda.

"Só mais um minutinho. A grande diferença entre os que têm mais de setenta anos, como eu, e vocês, de sessenta para baixo, é que vocês não têm o que nós temos: infância sem televisão. Antes da popularidade da televisão. Não podem saber o que é, como não se pode saber o que é um mundo sem as Américas, sem o tomate das Américas, sem chocolate, sem batatas, sem milho, sem roupas, sem pecado, sem proprietários... Podemos imaginar e supor, saber não. Os que não tiveram televisão até os dez anos, alguns até os vinte ou mais, e os que tiveram televisão desde bebês somos duas civilizações diferentes e contemporâneas, vivendo na mesma cidade, na mesma casa até. A vingança de vocês é que somos uma espécie em extinção, em vinte anos teremos desaparecido. E já vai nascendo outra civilização, crítica da sua: a da internet na palma da mão."

(Faz um gesto de quem se dá conta de que pode estar aborrecendo.)

"Desculpem, me empolguei. O assunto me empolga. Enfim. Voltando ao crítico de televisão, e arrematando: ele não entendeu que isto aqui não é memória, é diálogo, é conversa, é prosa, é busca. É jogo."

(Faz sinal com o dedo indicador para alguém além da câmera.)

"Passa um pedacinho do vídeo, só o final."

(Na tela aparece a imagem borrada no rosto de um homem baixo e gordinho de mala média na mão, saindo às pressas de uma pizzaria com folhagens na frente, correndo até um táxi parado a alguns metros, sob chuva moderada, que pode justificar a corridinha até o carro. O homem entra no táxi.)

"Basta."

(Reaparece o homem quase gordo, de roupão branco, sentado na poltrona negra etc. etc., sorrindo enquanto fala.)

"Amanhã vem aqui almoçar o meu amigo Eugênio Godinho, que foi colega de faculdade do meu filho em Yale. Na faculdade o apelido era Fatty, Gordinho. Queria que o meu filho viesse com ele, mas achei melhor não. Eu almoço um, depois janto o outro, hahahahaha-ahn. Para quem não sabe, ele é o ministro das Comunicações e está comandando um grande avanço tecnológico nas telecomunicações brasileiras. Como bons patriotas, vamos esperar o melhor para o Brasil."

(Faz uma continência militar irônica, seguida por um sorriso igual.)

"Por falar em avanço tecnológico, tem um 'mano' aí que ligou outro dia para o nosso call center dizendo que esse negócio de redes de televisão vai ser engolido pela internet e suas plataformas, e que nós vamos nos fffff..., enfim: ferrar. Esperto o 'mano', mas não está sabendo das coisas que rolam nas altas esferas.

Para começar, isto aqui não é só uma rede de TV, é um complexo de mídias, incluindo eletrônicas e cibernéticas. A web e as grandes redes de TV vão se fundir, os limites vão ser rompidos, já estamos trabalhando nisso, aqui, em várias partes do mundo, e quem não entrar nesse jogo vai mesmo para o buraco. Você vai usar a TV como usa o seu celular, suas redes sociais vão estar aqui nesta tela. Já imaginou a telona em vez da telinha do seu celular? Estamos trabalhando nisso, filosoficamente e tecnicamente. Nós vamos ficar mais parecidos com a internet, ou é a internet que vai ficar mais parecida com a TV? O que a web mostra é chato, pobre, produções de fundo de quintal, ridículas, infantis, e no futuro vamos integrar tudo, smartphones, plataformas, canais de televisão, aplicativos, streamings, mídias sociais, redes sociais, tudo à escolha, no dedinho, mundial. Estamos trabalhando nisso. O consumo paga a conta, o consumidor é o consumido."

(Imita o estilo de falar da periferia paulistana, do rapper Emicida.)

"Tá ligado, mano?"

(Dá um tempo, depois abre os braços, receptivo.)

"Bella! Você me manda mensagem de paz! Bota o som aí, a mensagem dela, com a Dalva de Oliveira."

(Ouve-se, forte, a marcha-rancho 'Bandeira branca'. Depois que ele começa a falar, o volume da música é reduzido e permanece no fundo.)

"'*Bandeira branca, amor/ Não posso mais/ Pela saudade que me invade/ Eu peço paz/ Bandeira branca, amor/ Não posso mais/ Pela saudade que me invade/ Eu peço paz./ Saudade, mal de amor, de amor/ Saudade, dor que dói, demais/ Vem, meu amor/ Bandeira branca, eu peço paz.*' Bonito, Bella, lindo. Ouvindo a sua mensagem musical eu me lembrei daquelas quermesses de pracinha de igreja em que os namorados mandavam mensagens pelo serviço de som, e o locutor anunciava pelo alto-falante a música que fulano oferece a fulana como prova de muito amor, ou os engraçadinhos mandavam tocar uma canção anunciando: 'que alguém oferece a alguém como prova de alguma coisa'. Eram amores namorados, Bella. Nós vivemos o auge do nosso amor naqueles anos de clandestinidade e tesão, tínhamos a intensidade necessária, Bella, a sinceridade e a entrega necessárias. Por que deixamos a frivolidade se meter em nosso sonho, Bella? Era perfeito: a frivolidade com seus tentáculos para lá, nós protegidos em nossa concha para cá. Por que tudo deu em tango? '*Mentira, mentira, yo quise decirle, las horas que pasan ya no vuelven más...*' Quem de nós dois corrompeu o outro? Quando você parou de falar em casamento foi um sinal, não foi? Eu ou você desistimos daquele um. Nos diluímos em festinhas e trios, abrimos a concha para a frivolidade e o champanhe. Não te culpo pelos nossos últimos anos, Bella, nós nos esculpimos a quatro mãos. O que eu não perdoo é você ter incluído o idiota do meu filho na sua ganância."

(Faz um gesto de maestro para alguém atrás da câmera.)

"Volta a música."

(Entra a primeira quadra de "Bandeira branca", som alto.)

"*Bandeira branca, amor/ Não posso mais/ Pela saudade que me invade/ Eu peço paz.*"

(Com novo gesto de regente o homem corta a música e fala.)

"Isso poderia ter funcionado, Bella, se eu não estivesse já acostumado com seus truques. Acabou!"

(Apanha a foto da moça na mesinha ao lado, mostra-a e, sem palavras, faz um gesto de "vem", com a outra mão. Apagam-se os refletores.)

Dia seguinte

"Informação interna. De: Clipping. Para: Dr. Fernando. Transcrição do áudio da gravação em vídeo das informações de Odete Gracinda sobre 'Mara': 'Eu conheci a Mara quando a gente era meninas, na Escola Municipal Oswaldo Cruz, na Vila Matilde. Quantos anos? Ah, não lembro, era o nono ano, catorze anos, eu acho. Ela era muito séria, muito estudiosa, não paquerava os meninos, nada, nem procurava amizade com as meninas. Não contava nada dela, só conversava coisas da televisão e de música. Ahn, música assim mais paradona, ela não gostava de dançar. A gente deu certo porque eu procurava, brincava, falava pra ela de um menino que queria dar um pega nela, e ela nem aí, não queria saber. Disse pra mim que não ia casar nunca, perguntei e ela nunca tinha beijado. Eu já era meio namoradeira, ela não. Chegava sozinha e saía sozinha da escola, ia embora a pé. Me disse que morava com os pais, mas eu nunca vi nem pai nem mãe, nunca foram na escola, nem na festa de fim de ano. A minha mãe foi, conversou com ela, gostou dela. Aí a gente passou de ano e foi pra outra ala da escola, pro ensino médio. Nossa!, sabia muito aquela garota. Não sei se era a primeira da turma, das primeiras era. As professoras eram muito na dela, protegiam ela. Por ela ser meio esquisita ninguém queria ser amiga dela, só eu era amiga dela, apesar de que ela não me contava nada dessas coisas que as amigas contam. Aí, no segundo ano, eu acho, a gente tava no ensino médio, né, eu muito curiosa, porque eu achava que ela escondia alguma coisa, achava misteriosa, e como amiga eu queria saber, aí eu segui ela. É, não foi muito bonito isso, eu meio queria dar uma de detetive, e segui ela. Foi fácil porque ela não olhava pra lado nenhum na rua. Eu me lembro dos detalhes porque foi uma coisa feia que eu fiz. Era bem longe, não sei quanto. Ela parou numa casa de muro muito alto, portão largo de metal pintado de verde, daqueles que não se vê nada do outro lado, e eu me escondi atrás de um carro. Ela tocou a campainha, falou: "É Mara", uma mulher abriu, ela entrou, a mulher fechou. Não achei que era a mãe dela, porque era preta. Eu achei a casa meio diferente, perguntei na quitanda da esquina e a mulher disse que era um abrigo de órfãos e vulneráveis, da Prefeitura. Fiquei chocada e fui pra casa meio chorando, entendendo aos poucos por que ela era diferente, imaginando o que ela estava passando, o que tinha acontecido na vida dela, minha amiga misteriosa, inventando histórias pra se esconder. A gente tinha dezesseis anos, acho. No outro dia não tive coragem, força, de falar muito com ela, agora era eu que tava esquisita. Não contei pra ninguém. Passou não sei quanto tempo eu falei pra ela o que tinha feito, nunca me esqueço da cara de magoada que ela fez, e ficou sem falar comigo dias. Um dia, chorando, eu pedi que ela falasse comigo, me perdoasse, que eu não tinha contado pra ninguém, nem pra minha mãe, e a gente conversou, se beijou e chorou, e ficamos amigas de novo, mas ela nunca me disse o que tinha acontecido na vida dela, só que os pais tinham morrido e o Juizado tinha mandado ela pra lá, porque não tinha avó nem tios. A gente só se beijou naquele dia, foi a emoção, carinho, calor humano. De vez em quando ela ia na minha casa, me ajudar nas matérias, minha mãe gostava dela. Quando terminou o terceiro ano, ela só foi na formatura, não foi na festa da quadra, imagino que não tinha condições de comprar vestido, sapato. No dia que nos despedimos ela disse que tinha de deixar o abrigo com dezoito anos, tinha de fazer o vestibular e passar com nota para ganhar bolsa. Pois ganhou, era muito estudiosa, muito adiantada. Passou em segundo lugar, foi fazer biologia em São Carlos, no interior. Trabalhava lá vendendo Avon de casa em casa, para completar a renda, e morava numa pensão baratinha de irmãs católicas, acho que era mantida por uma ONG. Quando vinha a São Paulo ficava lá em casa. Depois que formou fez estágio numa clínica de reprodução assistida na avenida Brasil, e saiu porque o dono enganava as pacientes, não implantava os embriões fertilizados e assim elas voltavam e pagavam de novo. Aí a gente já não se via mais, eu fiquei grávida, tive um filho, fui pra outro rumo, trabalhava de auxiliar de escritório. Quando morreu minha mãe, de desastre de ônibus voltando do Paraguai — ela ia lá comprar coisas para vender —, a notícia saiu no jornal com os nomes das vítimas, e a Mara veio me dar os pêsames. Contou coisas, disse que tinha trabalhado fazendo não sei o quê na televisão, acho que era uma assessoria sobre reprodução, e estava há anos trabalhando num laboratório farmacêutico da França, ficava lá e cá, eles bancaram várias especializações para ela, coisas modernas, DNA, essas coisas, foi promovida e estava pra assumir um cargo bom lá na França, não sei qual cidade. Fiquei contente porque ela teve o sucesso que merecia. A morte da minha mãe foi em 2007, nunca mais vi a Mara. Tem o quê: catorze anos. Outro dia levei um susto quando vi a foto dela na televisão, no jornal, e uma proposta daquela, de meio milhão de dólares! Depois, aquela proposta de casamento... isso aí já é meio esquisito, mas o homem falou, eu vi... Não sei se ela sabe dessas coisas, nem sei se voltou pro Brasil. Se voltou, não me procurou. O nome do laboratório também não sei, eu tinha acabado de perder minha mãe, e isso nem era importante na conversa. Já passou muito tempo, não vou me lembrar. Tenho certeza de que é ela na fotografia'."

"O profeta Ezequiel foi tratado com muita leviandade pelo senhor dono da verdade dessa emissora. Ezequiel clamou pela volta da dignidade ao povo escravizado pelos babilônios e usou palavras duras porque era duro e os tempos eram duros, e ele não era só um desbocado como quer o senhor dono da verdade. Ele pregava a libertação e a dignidade e condenava a corrupção em Jerusalém. Se vivesse hoje seria um líder da nossa recuperação moral e cívica."

"Eu conheço essa vagaba baranga tá dano o rabo na via Dutra kkkkkk."

"Avisa aí para o dono que o nome do programa dele é chupado de um quadro do *Fantástico* que a Globo apresentou no final dos anos oitenta chamado 'Vida ao Vivo Show', com o Luís Fernando Guimarães e o Pedro Cardoso. Pega mal, né? Depois chamam de plagiário e ele acha ruim."

CRÍTICA DE TV. FOFOCAS E LANCES DE NOVELA. "Esta coluna, pela circunstância de ser semanal, tem a vantagem de comentar em bloco a série de lives diárias que o empresário multimídia e multibusiness Fernando Bandeira de Mello Aranha vem apresentando na sua Rede Nacional de Televisão desde a última segunda-feira. Ficasse restrita à análise de uma ou duas lives — que ele preferiu chamar de 'prosa' —, esta coluna poderia cair num erro de perspectiva. Essa é, de fato, a primeira dificuldade: em qual gênero televisivo ela se enquadra. Depoimento, documentário, reality show, reportagem ou mesmo novela, como sugere, irônico, o personagem? (Agora, queira ou não, ele é um personagem de um espetáculo de televisão.) Talvez devêssemos pedir emprestada ao mundo dos livros a denominação autobiografia, ou ao francês a palavra 'récit'. Uma boa denominação, devido à errância, à descontinuidade, à submissão ao acaso e à improvisação, seria 'happening', palavra do mundo da arte dramática moderna. Durante os anos de 1970, tivemos a 'intervenção', uma interrupção anárquica de um espetáculo teatral qualquer, na qual um grupo de atores vestidos de preto invadia o palco e impunha nova trama, para desespero impotente dos donos do espetáculo. E também tivemos a 'performance', que o dicionário *Houaiss* define como 'tipo de espetáculo em que o artista atua com plena liberdade e autonomia, interpretando papel ou criações de sua própria autoria'. Qual das três? As três juntas definem bem o que estamos vendo na Rede Nacional no horário nobre.

"Tecnicamente, o espetáculo é pobre. Um homem de branco sentado numa poltrona preta, mostrado predominantemente em plano americano médio, com poucos cortes para detalhes, closes oportunos, giros de câmera discretíssimos, iluminado por luz chapada de refletores. A intenção é o despojamento, pouca interferência técnica para não 'amaciar' ou glamorizar a imagem, uma das características do neorrealismo italiano. Nessa linha, o personagem não é maquiado, não se procura esconder seus defeitos de pele ou o porejar de suor ou reflexos de luz. Ele não se desloca; movimentos só de mãos, braços, ombros, cabeça, boca, lábios, olhos, sobrancelhas, inclinar-se, recostar-se. Também não usa a tecnologia que está à mão, como a de acionar falas ou textos pelo celular e exibi-los na tela, em vez de ficar virando papéis. Com tão poucos recursos cênicos, a narrativa que ele faz, embora errática, como o stream of consciousness de um personagem, consegue prender o público e ganhar audiência. Não dura muito, entre vinte e cinco e trinta minutos, o suficiente para não cansar.

"O edifício narrativo sustenta-se com eficácia em três colunas, a saber: o mistério de uma personagem feminina que não aparece, e que não se sabe até agora se foi criada para manter o interesse do público; a exposição indiscreta de pessoas da vida real, conhecidas, com uma franqueza no limite da calúnia e difamação; e uma fala dinâmica, sem erros de português, sem tropeços, sem cacoetes ou cacofonia, desfilando fatos, revelações, citações, acusações, lembranças, opiniões, tiradas filosóficas, sociológicas, maledicência. Tudo isso envolvendo celebridades, entre elas o narrador — cardápio do gosto do grande público.

"Até o quinto capítulo, entretanto, não vieram à cena, conforme prometidos no primeiro capítulo, fatos reveladores a respeito de celebridades políticas, dos quais o sr. Mello Aranha tem conhecimento como protagonista, há décadas. Por enquanto, *Vida ao Vivo* só nos deu boas fofocas e lances de novela."

"O que essa moça está esperando para ir pegar o seu meio milhão de dólares? Meu palpite é que essa mulher não existe, é mais uma jogada da Nacional para atrair audiência."

TRANSCRIÇÃO DE ÁUDIO DO *SPNEWS*, 14H25. "Estamos falando aqui da avenida São Luís, em frente ao histórico edifício Souza Queiroz Palace, residência do empresário Fernando Bandeira de Mello Aranha e também sede de suas empresas. Terminou há pouco o almoço do empresário com o ministro Eugênio Godinho, das Comunicações, que já se encontra no hall de saída do edifício. Vamos tentar obter uma palavra do ministro."

"Ministro, ministro, o senhor pode dar uma palavrinha sobre os assuntos tratados no encontro?"

"Gastronomia e lembranças."

"Ministro, a gestão da implantação do novo sistema, de custo bilionário, fica com o Ministério da Ciência e Tecnologia ou com o seu ministério?"

"Nada a declarar."

"Foi exibida ontem na televisão uma cena que está viralizando nas redes sociais mostrando uma pessoa não identificada que se presume ser o senhor saindo às pressas de uma pizzaria com uma maleta de viagem na mão e eu queria —"

"Nada a declarar."

"Mas, ministro..."

"Nada a declarar."

"Bom, vamos encerrando por aqui. Parece que o ministro Godinho está com pressa ou o almoço não caiu bem. Boa tarde a todos."

"Ele não me engana. O que esse magnata quer é manipular as pessoas. O resto, esse trololó todo, essa novela, é ornamento, é enfeite. Quer manipular o público, o governo, os negócios, as pessoas que ele cita. Tudo supérfluo, enfeite, camuflagem."

Sexta noite

(Escuro por alguns segundos, depois luz. Na grande poltrona negra, o homem branco, quase gordo etc. etc., camisa bege, o mesmo fular bordô etc., levanta os olhos de umas folhas de papel que segura displicentemente com a mão esquerda, sorrindo, termina a inalação dos vapores de uma bombinha de ajuda respiratória, coloca-a na mesinha, ao lado de um copo do dourado vinho de Sauternes, e encara a câmera.)

"Hoje é o sexto dia da criação — desta criação. No sexto dia, Deus criou a pulga, o percevejo, a cobra, a minhoca, a lombriga, a hiena, o mosquito da dengue, o elefante, o escorpião, as bactérias, os vírus, todos os viventes terrenos, e por fim criou o homem e a mulher. Só o homem precisou de um molde de barro. Hehehehehe-han. Essa lenda tem uns três mil anos. Há outras, até mais antigas, mas essa fez mais sucesso. E faz até hoje. Um brinde ao sucesso."

(Levanta o copo de vinho, estende-o na direção do público, bebe um gole, devolve o copo à mesinha, dá uma olhada nos papéis que tem na mão.)

"Ora, ora, um sabido quer saber mais do que eu sobre o que estou fazendo aqui. Olha o recado que ele deixou no call center."

(Lê.)

"Ele não me engana. O que esse magnata quer é manipular as pessoas. O resto, esse trololó todo, essa novela, é ornamento, é enfeite. Quer manipular o público, o governo, os negócios, as pessoas que ele cita. Tudo supérfluo, enfeite, camuflagem."

(Levemente argumentativo, mas divertindo-se.)

"Nem todo enfeite é supérfluo, meu caro, meus caros, minhas caríssimas. Às vezes o ornamento é tão bacaninha, tão bem-feito, tem tanta graça que suplanta o principal. Vejam uma flor, o principal é a reprodução, mas olha a beleza, o perfume... Um automóvel tem o necessário para transportar pessoas e tem os enfeites, e hoje em dia eles até suplantam o principal, não é verdade? O que seria da música sem os enfeites do arranjo e da harmonia? Um vestido, um chapéu, um sapato — tudo tem enfeite, por que o meu trololó não pode? O sexo feminino, por exemplo, e não estou falando do gênero feminino, se é que me entendem. Se só o canal e o que está lá para dentro bastariam para a reprodução, ou seja, para o principal, o que se vê por fora não está ali para isso, correto? Para que aquelas coisinhas todas em volta, para quê? É enfeite! É para encantar! Tudo está ali para deleite!"

(Levanta a taça de vinho e brinda.)

"Ao enfeite!"

(Sacode-se, prendendo o riso, consegue pousar o copo e não tossir, ou o que consegue é uma tosse prisioneira, avermelhando-se pelo esforço. Recupera-se, sem pressa.)

"Está meio certo o nosso sabichão. Toda narrativa é versão, toda fala tem lado, todo discurso tem manipulação, bem-intencionado que seja, mal-intencionado que não seja. Heh-heh-heh-heh. Eu hoje estou meio barroco. Hanh-hanh-hanh. O que faz um advogado criminalista senão manipular os fatos e as leis? Que faz um pregador senão manipular narrativas milenares para dominar o rebanho? Que faz o líder populista senão manipular as massas para jantá-las com molho de tomate? Que faz uma criança senão manipular os pais para ganhar um brinquedo? Que faz um juiz senão manipular as leis para botar um nordestino na cadeia? O que eu quero, caros, caríssimas, é ganhar meu brinquedo."

(Sorri, melífluo. Alcança a taça novamente e levanta um brinde.)

"Ao brinquedo."

(Pousa a taça, passa os olhos pelos papéis que tem na mão.)

"Tenho aqui a transcrição da entrevista de outra mulher que foi amiga da moça que estamos procurando. Estamos?! Eu e vocês? Nós, o rei? Mais de duas páginas sem parágrafo, enorme, parece documento de tabelião. Deus salve o parágrafo, sem parágrafo perco o fôlego. Já falei: eu leio muito, leio tudo tudo, mas uma página sem parágrafo me inquieta, duas me angustiam, três me irritam. Se você olha para o lado durante a leitura, se bebe um gole de água, quando volta os olhos não sabe mais onde está, perdido. Proust. Proust você tem de ler com o dedo na linha, um gênio com birra de parágrafo. Pedro Nava é outro que tem birra de parágrafo, não fosse proustiano confesso. Falei de tabelião, há dez séculos que é assim. Outro dia tentei ler o primeiro documento escrito em português, curiosidade minha, dei com o testamento do rei Afonso II, século treze. Um tijolão sem um único parágrafo! Comparei com textos latinos, pergaminhos, incunábulos — quase todos assim, tijolão sem parágrafo. Não se pode beber um copo d'água! Salve o parágrafo, salve quem inventou, salve os escribas que tiveram essa elegância para facilitar a leitura. Parágrafo é isso, é gentileza."

(Alcança a taça de vinho, respira três vezes profundamente, pigarreia, eleva um brinde.)

"À gentileza."

(Bebe, recoloca o copo na mesinha. Apanha a foto da moça, no mesmo movimento.)

"Não sei por que saí à deriva, falando de parágrafo. É nervoso, por estar chegando perto da moça, será?"

(Mostra a foto, depois abaixa.)

"Já não duvido de que ela se chame mesmo Mara e que a mulher entrevistada a conheça de verdade. Falou um bom tempo sobre ela na nossa sala de entrevistas, deixou muitos pontos no escuro, mas não tem motivos para mentir nem esconder nada. Vocês me desculpem, vou contar só o essencial, por respeito aos sofrimentos dela. O resto está lá no site. Ela é sozinha desde menina, tem um trauma de infância, estudou com muito esforço pessoal, sempre boa aluna, e depois de muito sofrimento espiritual e psicológico formou-se em biologia. Trabalhou em laboratório de embriões, assessorou os autores de uma novela que tinha um núcleo sobre bebê de proveta — tivemos uma novela com esse tema. Foi contratada por um laboratório francês, foi morar na França e encontrou-se com a depoente pela última vez há catorze anos. É isso, miudinho. A mulher entrevistada não sabe se ela voltou para o Brasil, mas eu tenho um feeling de que ela é mesmo a mulher que se evaporou na triagem de quarta-feira passada."

(Fala olhando para a foto, transmite sinceridade.)

"Minhas propostas continuam valendo, moça. Meio milhão de dólares para esclarecer esse mistério de um breve momento da minha vida, um momento que a gente isola na memória e vai colocando nele tudo de simbólico que nos acontece, e o significado dele vai crescendo, crescendo, ajudado por nossas fantasias, a ponto de atingir um nível quase místico, quase não, místico mesmo, eu que sou um homem não religioso mas sei que mistérios existem e este é um, e é meu. Para simplificar eu a chamei de anjo, mas como Rilke diz na primeira elegia, todo anjo é terrível. Os poetas dizem verdades improváveis. A proposta de casamento também continua valendo, moça — posso te chamar de Mara? Sou muito só, não vou durar muito. Isso me lembra o meu amigo Darcy Ribeiro insistindo com uma linda moça alemã que o recusava — ela era sua guia num congresso de escritores na Alemanha: 'Eu tenho câncer, incurável. Você não quer ser uma viúva rica?'."

(Ri, como fazem os que acabam de contar uma anedota, e aquilo que parece trapos e bolhas a obstruir sua respiração provoca um acesso de tosse que sacode seu grande corpo branco. Espalma a mão, recusando a ajuda da equipe médica, espera passar o espasmo, respira pausadamente, com a ajuda da sua bombinha de oxigênio, inspira profundamente para controlar o diafragma e retoma a fala.)

"Está vendo, anjo? Eu não devo durar muito. Não, não, não! Não estou insinuando que você me aceitaria por interesse. Não é isso e não faz sentido, pois se é você que me recusa, não aparece, não atende ao meu apelo. No caso, o interesseiro seria eu. Faz dezoito anos que convivo com você — agora, em dezembro. As pessoas que viam pela primeira vez seu retrato ampliado na parede do meu escritório perguntavam: 'Quem é?'. Achavam que eu estava brincando quando dizia: 'Não sei, é só um anjo assustado'. Sabe quando a gente guarda fotos como um fã, um admirador? Eu na pré-adolescência recortava fotos de Ingrid Bergman, uma atriz de Hollywood, linda. Por que as pessoas guardam fotos de ídolos? Não é amor, você não ama uma pessoa que nem conhece. Não é só uma referência de beleza ou de excelência. É alguma coisa naquela pessoa, alguma coisa que conversa com você. Isso vai ficando místico. E não deixa de ser amoroso o olhar, lá longe uma ligação… longe. Loucura?"

(Recoloca a foto na mesinha.)

"Um filósofo importante e grande poeta francês do começo do século passado, Paul Valèry, conta que se apaixonou aos vinte anos por uma desconhecida que viu passar na rua e com quem nunca conversou, e escreveu cartas para ela, que nunca enviou, e praticamente se fechou em casa, vinte anos escrevendo um diário em cadernos, trinta mil páginas de anotações que depois alimentaram a obra dele. Não me sinto tão absurdo. Numa das cartas ele a chamou de anjo."

(Retoma na mesinha uma das folhas de papel que teve há pouco na mão.)

"Aqui chega de tudo, até bronca do fundamentalista bíblico. Esse pessoal é muito corporativo, religião hoje é meio de vida. O apóstolo Paulo, o fundador, não ganhava a vida como pregador, tinha profissão, fabricava e vendia tendas. Era um judeu turco que trabalhava e viajava e vendia sua tralha, um mascate, enquanto criava os fundamentos do cristianismo. Não se pendurava no dízimo como fazem hoje os milionários de Cristo. O nosso homenzinho fundamentalista ficou mordido porque num dia desses eu chamei o profeta Ezequiel de maluco desbocado. Pois não é? Eu até gosto de Ezequiel, da indignação dele. Mas, olha, ele via disco voador girando pertinho dele, com etês dentro e tudo mais, e também disse que Javé mandou que ele comesse uma dieta de pão recheado com excrementos, primeiro de gente e depois Javé amenizou a dieta, mudou para o de vaca. Eca! Um profeta desses hoje seria trancado no manicômio. O exegeta ainda diz que eu fui leviano. Fui? Outro, colunista de televisão, critica isso aqui como se fosse um programa de grade, planejado, escrito, decupado, dirigido, e logo depois não sabe se o chama de happening, intervenção ou performance, e aí, contraditório, passa a dizer que é pobre tecnicamente, como se, de novo, falasse de um programa planejado. Enfim, críticos... A certa altura ele insinua que sou antiquado porque não uso tecnologia smart a fim de eu mesmo acessar imagens pelo celular e pôr na tela falas e textos citados aqui. Ara! Na verdade, é precaução. Um engano digital qualquer e posso pôr na tela o que não é para pôr. Melhor não. O tempo no papel é outro, dá para pensar antes de fazer besteira. Por último ele reclama que não estou cumprindo uma promessa feita no primeiro dia, não estou revelando fatos comprometedores sobre os políticos, diz que não estou dando o que prometi. Ora, senhor crítico, até noivas se casam e não dão o que prometeram…"

(Ri e tosse, tosse e ri, sem muito descontrole.)

"Falei que gostava de uma cafajestada de vez em quando, não falei?"

(Demora-se. Seu rosto vai mudando de debochado para sério, lábios cerrados.)

"Preciso contar o encontro com meu filho Júnior, duas horas atrás. Encontro que não houve, aliás. Conto. Chegou, mandei subir e esperar no bar, aquele do *kama sutra*. Ele pensou que eu ia descer, mas falei para ele que iríamos conversar pelo circuito interno, ele lá no bar, eu na minha suíte. Minha intenção era que ele tivesse noção real do que eu poderia ter visto naquela noite de cão. Eu fui muito afetivo, até caloroso, no boa-noite e no como tem passado. Depois eu disse, meio en passant, bem leve: 'Me lembro de você nesse sofá no dia 15 de novembro de 2015, seis anos já'. Ele pareceu meio intrigado, sem entender, e logo se ligou: 'Esquece isso, pai!'. Esquecer, quem há de?, expressão que lá no poema rimava com 'saudade' e aqui rima com 'penalidade'. 'Vamos logo esquecer isso', ele disse, 'e fechar essa história com um abraço.' 'Eu ainda não amadureci para esse abraço', eu disse a ele, 'ainda estou em processo, com a ajuda do meu anjo da guarda.' Aí ele disse uma coisa que eu meio não entendi: 'Se for depender de anjo esse abraço não sai nunca'. Ara! Parece que ele não acredita em anjos. Não comentei, disse que já estava muito tarde para eu jantar, que ele me desculpasse, e perguntei qual era o assunto que o fazia pular a cerca de espinhos do nosso relacionamento. Para que ele percebesse o grau de precisão da lente do meu zoom e o que eu poderia ter visto naquela noite do passado, comentei que ele havia feito um pequenino corte no queixo ao se barbear. Ele sorriu bem sem graça, passando a mão no queixo, e disse que o principal assunto era justamente o nosso relacionamento, o meu perdão, a reconciliação. Aquele ataque direto ao assunto, no estilo humilde, era inesperado e me abalou, quase pariu um filho, e eu reagi, não no estilo sinuoso em que sou melhor, mas fui também direto e disse que o caso Bella Bier não era a única questão entre nós, havia também a minha contaminação criminosa pelo coronavírus. 'Pai, isso é loucura!', ele gritou, 'não faz o menor sentido, aí fora tá todo mundo falando que você tá louco de pensar uma coisa dessas, é delírio de perseguição!' Ele falou com a indignação da verdade, sabe aquela indignação que abala as outras verdades, as nossas? A veemência dele mexeu menos comigo do que ele dizer o que estão pensando de mim lá fora. Como, louco? É perfeitamente plausível essa suspeita numa família caótica como a nossa, e com tanto poder em jogo. Como, louco? Olha Shakespeare! Olha o Nelson Rodrigues! Ele continuou argumentando, tentando botar um pouco de racionalidade na conversa, e eu permiti que ele dominasse a palavra. 'Como eu poderia', ele dizia, 'como eu conseguiria fazer uma coisa dessas? Eu sou um inútil, lembra?, um despreparado, lembra?' A voz dele tremia, era o próprio filho menosprezado falando, o próprio Fredo do *Poderoso chefão*, me comovendo, me remetendo às minhas velhas culpas paternas. E ele foi, senhor da palavra, me abalando com meus próprios argumentos: 'um incompetente, lembra?, e eu sempre detestei figo', ele disse, 'aceitava porque era a sua fruta favorita, a sua, não a minha, comia para te bajular, te agradar, e trouxe para te agradar', ele dizia com aquele tremor na voz, e eu ouvindo culpado. 'O senhor por acaso investigou sua própria copa e cozinha, procurou saber se alguém de lá esteve doente e foi substituído, se teve covid e morreu ou não morreu com a doença? Não, não procurou porque tinha à mão o filho problema para culpar, o filho incapaz, o filho que você fantasiou estar mancomunado com outros diretores para te derrubar, o delfim malévolo conspirando na corte contra a vida do rei!' Nossa!, eu nunca pensei que ele tivesse força e ideias para um discurso desses, e comecei a reconsiderar tudo que eu achava dele. Fiquei calado, ele se calou, cansado. Nenhum de nós tomou a iniciativa de continuar a conversa, parecia que dali em diante não caberiam mais palavras, teríamos o que pensar. Ele se levantou, falou boa-noite e saiu. Me deixou comigo, eu mesmo me incomodando. Ó céus! Ao que nós somos, acrescentamos erros."

(Dá um suspiro fundo, que disfarça como um exercício de respiração, e repete ritmicamente o sopro por alguns momentos. Abre dois largos espaços entre as curtas frases.)

"É isso."

(Inspira, expira.)

"Foi isso."

(Inspira, expira.)

"Estamos nisso."

(Seu olhar fica de novo esperto e a fala retoma o ritmo normal, como se ele voltasse de uma distração.)

"Se o jantar não foi muito bom para mim, o almoço não foi muito saboroso para o meu convidado, que eu chamo carinhosamente de Gordinho. Ele chegou com fome, mas não saiu daqui mais gordinho, hanhanhan. Teve de dividir a sobremesa com glutões inesperados. A gastronomia de São Paulo dá muita fome nos homens do governo. Ele mesmo fez a gentileza de partir o bolo, suficiente para todos. Eu faço dieta, não comi, mas gravei o momento feliz, para recordação, na velhice."

(Não consegue segurar o riso, o diafragma se descontrola, sacode o corpo, o rosto tinge-se de vermelho. O médico intervém, já sentindo o pulso e o peito, aplica um comprimido sublingual, espera, medindo a pulsação, faz sinal para ele se acalmar, fala alguma coisa no seu ouvido, ele faz que sim com a cabeça, esperam um minuto, o médico confere a pulsação, ausculta o peito, faz novamente sinal de calma e se afasta.)

"Não foi grande coisa, pessoal, um pico de pressão combinado com sequela da covid. O doutor pede que eu encerre por hoje. Mas disse que tudo bem se eu falar apenas amenidades. Bela maneira de encerrar a noite, não?, falar abobrinha. Vamos lá, que me acalma. Posso contar por que escolhi o negócio televisão, por exemplo, entre tantos à minha disposição. Por que Brasil, entre tantos países. De pequeno eu queria ser bombeiro, desses de casa, de consertar pia, encanador. Achava aquilo o máximo, aquelas ferramentas, os barulhos, o esguicho de água, fecha!, abre! Depois, adolescente, estudando na Suíça, eu queria ser médico, consertar as pessoas, enfaixar, esparadrapar. Aí, dezenove anos, fui estudar administração na FGV, no fundo no fundo para consertar coisas do país, como todo garoto que estuda administração. Depois que eu me formei, eu assumi uma diretoria no grupo RNT, justamente na área de televisão. Estudei muito a televisão, o meio e a mensagem, hahaha, o que era, o que podia ser. Nessa época, meu avô, pai do tio Freddy e do meu pai, morreu de morte macaca. Aí me veio de novo aquela coisa de consertar, mas tinha muita gente zanzando na minha frente, eu não conseguia fazer nada quando meu tio Freddy era presidente provisório. O único jeito de fazer o que eu queria seria me tornar o chefe, como eu já contei, aquele meu momento Riobaldo Tatarana. Essa ideia de consertar as coisas acho que veio de querer consertar minha família. Freud explica. Televisão é uma armadilha, você tem de crescer para ter relevância e influência, e crescer te mete na engrenagem de coisas maiores, você cede para conquistar e acaba fazendo parte do sistema. Tem uma peça do Sartre, Jean-Paul Sartre, que mostra esse processo, *A engrenagem*. Uns revolucionários tomam o poder, ingênuos, idealistas, e acabam caindo na engrenagem que arruinou o governo que eles derrubaram. É o mal dos idealistas, dos consertadores de pias, hehehehe. Foi o mal dos militares e em parte o meu, só que eu nunca fui ingênuo. Eles proibiram a política ideológica, tomaram conta da economia, da segurança, eliminaram as oposições, tentaram controlar os costumes, mas nos costumes quem influiu fomos nós, o que chamam aí de mídia, nós e o teatro, as novelas, o cinema, a música, o Carnaval, a moda... A culinária brasileira saiu do feijão com arroz, aconteceu o milagre da multiplicação dos motéis. A área da segurança tinha mais poder no governo que a da moralidade, e veio o milagre econômico rendendo dinheiro, dando força para a gandaia. Aí foi difícil segurar. A onda deu uma chacoalhada em São Paulo, no país, nos anos setenta. Daí para a frente, nunca se viu tanto corpo pelado, tropicália, no Carnaval tinha até genitália, beijação geral, pornochanchada, telenovelas sociais — aspas nesse sociais, hein? —, bichos saindo dos armários, secos e molhados, motelaria, motéis por todo o país com fila de carros na porta, e veio junto índio de beiço de pau, veio junto o meio ambiente e aquilo entrou pela Nova República, o Brasil virou um espetáculo, teve até modelo com xota de fora fotografada ao lado do presidente da República no Sambódromo do Rio."

(Respira fundo, várias vezes. Apanha na mesinha a taça de dourado vinho de Sauternes e ergue um brinde.)

"Ao espetáculo."

(Mantém a taça na mão.)

"Ufa! Lá ia eu me empolgando de novo, falar não tem ponto e vírgula. O doutor está ali, me fazendo sinais. Vou parar, senão ele me demite. Amanhã eu falo mais de TV, quem sabe. Quanto ao Júnior, vou passar a direção da área de novas tecnologias para ele. É mais do que um aceno, Júnior."

(Ergue a taça de vinho, brinda.)

"Ao aceno."

(Bebe, recoloca o copo na mesinha, apanha a foto da moça, exibe-a para a câmera.)

"Aceno para você também, anjo. Humilde e ansioso."

(A um sinal seu, as luzes se apagam.)

Dia seguinte

"É a Mara. Eu não confio nesse homem. Começou a fazer papel de bonzinho, e todo mundo sabe que ele não é bonzinho. Por que está bisbilhotando a minha vida? Quem é essa mulher que ele disse que me conhece? Ofereceu dinheiro para essa coitada inventar histórias? Ele mesmo disse outro dia que a fala dele é um jogo. Pois eu também sei jogar."

"O que é essa morte macaca que ele falou ontem? Disse que o avô morreu de morte macaca. Caraca! É vírus? Nunca ouvi falar dessa doença."

"É estranho. Se ele queria consertar o país, como falou, por que escolheu a televisão e não a política? O *Cidadão Kane* pelo menos tentou a política. O Chateaubriand foi senador."

"Vocês ainda não sacaram? Ninguém reconhece essa moça que ele mostra na televisão porque ela está usando a máscara da covid-19. Ela deve usar essa máscara o tempo todo, até no prédio onde mora, na rua, na padaria. Não é só porque ela envelheceu, dezoito anos passados. Pode andar pela cidade à vontade. Não sacaram que ela está é se escondendo? Alguma coisa ela aprontou."

"Está explicado! Ela mora na França."

"Tentamos várias vezes uma entrevista com o sr. Fernando Bandeira de Mello Aranha, presidente das Organizações RNT, a fim de que ele esclarecesse alguns pontos do seu já longo discurso em capítulos, que tem ido ao ar diariamente na sua rede de televisão às vinte e uma horas. Todas as nossas tentativas foram baldadas pela recusa, sob a alegação de que ele não tem nada a dizer fora da linha a que se propôs. Já se vislumbra que ele só vai dizer o que quer dizer, segundo seus interesses. A nós e aos nossos leitores interessa saber várias coisas. O sentido das suas insinuações contra o ministro Eugênio Godinho. Qual foi o papel que o sr. Mello Aranha desempenhou em 1998 no chamado escândalo do grampo no BNDES. Como pretende realizar operações de câmbio do vulto de meio milhão de dólares para transferi-los a uma terceira pessoa, ainda desconhecida. Quais são seus interesses na exploração de serviços de 5G junto com grupos chineses, conforme se especula no mercado. Para essas e outras questões que poderiam ainda ser formuladas esperamos obter respostas."

"Quando é que vai terminar esse programa? Estou querendo é ver minha novela."

ENTREVISTA DE BELLA BIER À REVISTA *FAMA*. "Deslumbrante no seu ousado vestido de tecido transparente, ornado com estampas de flores e ramagens distribuídas nos pontos estratégicos, protegida do sol por um enorme chapéu de palha italiana e óculos escuros Dolce & Gabbana, e protegida de olhares invasivos por uma fina lingerie cor da pele apenas na parte de baixo, a atriz *Bella Bier* nos recebeu para esta entrevista na pérgola da sua piscina, com refrescos e champanhe. '*Não tenho nada a esconder*', comentou a estrela com um sorriso dúbio, podendo estar se referindo ao próprio corpo ou à promessa de não fugir dos assuntos delicados. A atriz, que tem sido um dos assuntos da live diária protagonizada pelo dono e presidente das Organizações RNT, Fernando Bandeira de Mello Aranha, não sabe como explicar essa apresentação. '*Acho muito estranho ele se abrir assim, com essa língua solta. Ele sempre foi um homem muito discreto a respeito de sua vida pessoal e de seus negócios, não imagino por que essa leviandade de repente. Quem tem de explicar é ele.*' Mello Aranha contou numa das suas lives que encontrou Bella Bier muito nova, trabalhando numa peça de Bernard Shaw num teatro do Bom Retiro, em 1995, peça que ela pretende remontar agora, na mesma sala, comemorando os seus trinta anos de carreira. '*Eu tinha vinte e quatro anos naquela montagem de* A profissão da sra. Warren, *quatro de carreira. Eu fazia o papel da filha, que descobre que a mãe, uma lady muito esnobe, fez fortuna dirigindo uma rede de prostíbulos. Agora eu vou fazer o papel da mãe, que é um papel muito mais denso. Estou fechando o elenco, só falta a atriz que vai fazer a filha que eu fiz.*'

"Bella Bier sorve com visível prazer um gole de champanhe, que ela diz não tomar muito gelado, *comme il faut*, porque precisa cuidar da voz, e faz questão de afirmar que sua carreira vai muito bem, na televisão e no teatro, que nunca precisou pedir trabalho depois que saiu da Rede Nacional, seis anos atrás, '*pelas circunstâncias que todos ficaram sabendo agora, em razão das cafajestadas recentes do Fernando*'. O tom de ressentimento ficou evidente nas palavras da entrevistada, e *Fama* perguntou se ela guardava mágoa do ex, que a havia descoberto e transformado em estrela. '*A mágoa, por aquela exposição pública de mau gosto, essa vai ficar. Porque a decisão e os motivos e a forma de acabar uma história de amor só interessa às duas pessoas envolvidas. A exposição pública não faz parte, ele não tinha o direito de me expor daquele jeito. Mesmo assim, eu lhe ofereci a paz.'* A grande estrela se referia à sua tentativa de fazer as pazes com o magnata das telecomunicações, no episódio da canção 'Bandeira branca', que viralizou nas redes sociais nesta semana. '*Ele não aceitou minha bandeira branca de paz e eu não aceito as fumaças de guerra dele. Talvez ele tenha pensado que eu queria reatar com ele, mas não é nada disso. Tenho a minha carreira para cuidar e isso me basta.*'

"Nessa altura, descontraídos pelo champanhe, *Fama* tocou no delicado assunto que Mello Aranha escancarou na televisão, o de que ela teria se interessado pelo filho dele por ser mais bem-dotado. Bella Bier riu, nada incomodada com o assunto, disse que ficou espantada por ele ter tocado nesse detalhe, '*assim publicamente*', e que não existe essa questão de tamanho. '*O que importa para a mulher é a intensidade e ele tinha perdido a intensidade. Andava distraído, digamos assim.*' Perguntamos o que ela teria a dizer sobre a vingança dele, ao revelar só agora, com seis anos de atraso, que as pedras preciosas do anel de separação que ele lhe dera são falsas. Bella Bier deu uma gostosa e longa gargalhada. '*As pedras não são falsas coisa nenhuma! Conhecendo o Fernando como eu conheço, levei as pedras a um especialista, a esmeralda e os diamantes, e elas são absolutamente verdadeiras! Ele pensava que eu, temperamental como sou, acreditaria nele e jogaria fora o anel, ou daria para alguém na rua, para ele depois rir na minha cara! Mas eu saquei essa última maldade dele. No fundo ele sabe que eu mereci essa joia, pelos nossos vinte anos de história.*' Com um gole de champanhe, um sorriso e esse furo, que é mais um lance nesse jogo de esperto contra esperto, a estrela Bella Bier encerrou a entrevista."

"Percebi, senhor dono da verdade, a sua ironia para desmoralizar a Criação divina, falando que no sexto dia o Senhor Deus criou a pulga, o percevejo e outros bichos nojentos. Isso não diminui de maneira nenhuma a Grande Obra, senhor dono da verdade, nem destrói a perfeição e a beleza dos animais criados para andar sobre a terra, sob o domínio do homem. O seu deboche contra os profetas tampouco prosperará. O pensador católico Agostinho, que eu respeito apesar de ser católico romano, explica que houve profetas e milagres na terra enquanto Deus achou necessário, para que os homens cressem. A sua negação não afeta o Milagre."

REVISTA *LEIA* (TRECHO). "Professor, o senhor concorda com a recente afirmação do presidente das Organizações RNT, de que enquanto os militares engessavam o Estado e promoviam mudanças profundas na produção, na administração, no desenvolvimento econômico e na estrutura política e social, as mídias eletrônicas e impressas e as artes, embora censuradas, promoviam insidiosamente mudanças radicais nos costumes brasileiros?

"*Professor Edney*: Eu próprio tenho trabalhado temas nessa linha, e não sei se o empresário terá sido original ao formular essa hipótese. O que eu disse foi mais amplo: que nos últimos anos da década de sessenta, pouco antes do AI-5, que instituiu o regime da brutalidade no país, e durante a década seguinte, a sociedade — veja bem, a sociedade liderando o processo, e não as mídias —, a sociedade, junto com suas vanguardas de fala, como essas mídias, e também o teatro, os shows, as festas populares não religiosas, como o Carnaval, os banhos de mar, a moda popular etc., deu um olé nos costumes, apesar da censura e tal. Era a cultura do mundo, isso vem pelo ar. O que estava represado foi procurando um caminho para sair. Foi a liberdade possível. Ele deveria, como pessoa inserida nesse processo, é falar como as coisas aconteciam. Não cronologia e tal, mas a vida, o burburinho, a cidade... Isso eu acho que poderia ser interessante." (Da entrevista do professor de ciência política Edney Celestino Leite à revista *Leia*.)

"Eu li sobre essa morte macaca num livro do Pedro Nava. Ele conta que um presidente francês tinha morrido nos braços da amante e que um escritor amigo dele disse que essa morte se chamava morte macaca. Foi o que aconteceu com o avô do sr. Mello Aranha?"

COLUNA SOCIAL. ROAHN. "O ministro das Comunicações Eugênio Godinho retornou ontem à noite a Brasília. Seu último compromisso em São Paulo foi um jantar com Fernando Mello Aranha Júnior, filho do magnata das comunicações. O curioso é que ontem mesmo o ministro almoçou com o pai, um almoço que, a julgar pelo humor do ministro à saída, não foi o que ele esperava."

CONCLUSÃO DE PROCEDIMENTO 5/2021

Nome completo: Mara Canuto Gomes

Filiação: Gilberto Filinto Gomes e Amarílis Canuto Gomes

Local e data de nascimento: 05/11/1975 — São Paulo, Capital

Curso médio: Escola Municipal Oswaldo Cruz, Vila Matilde

Curso superior: Universidade Federal de São Carlos — Faculdade de Biologia — bacharelato e pós-graduação

Sétima noite

(O homem de roupão branco, meio gordo etc., sentado na grande poltrona preta, passa os olhos nas quatro folhas de papel que tem nas mãos, deixa-as na mesinha ao lado, apanha um copo cristalino de água, bebe, deixa-o na mesinha, olha para a câmera.)

"Chegamos ao sétimo dia. Eu deveria descansar, como diz o livro."

(Sorri, sem entusiasmo para rir.)

"Mas... surgiram detalhes intrigantes. E provocações, e sugestões, e insinuações. Não resisti. O que há nesses papéis é uma transcrição depurada do que o nosso call center recebe por telefone, Twitter, WhatsApp, recortes, cartinhas, bilhetes etc., e não sei se o pessoal seleciona direito. Não tenho tempo para olhar tudo. Tempo... Enfim."

(Suspira. Cansaço ou inquietação?)

"A coisa se complica. O meu anjo da fotografia transformou-se no anjo de Rilke, o poeta que disse que todo anjo é terrível.

Um anjo torto, desses que vivem na sombra, ajunta outro poeta, Drummond."

(Apanha a primeira folha dos papéis na mesinha e mostra-a para a câmera.)

"A mensagem chegou manuscrita hoje à tarde, em envelope fechado com meu nome. Suponho que a pessoa não queria ser rastreada. Eu não confio nesse homem, diz ela. Ara! Seria uma justificativa para não ter vindo até agora falar comigo, não aparecer? Por que precisaria confiar em mim? Eu não pedi isso! E reparem: ela não se dirige a mim, eu sou a pessoa de quem se fala, não a pessoa com quem se fala. Eu não confio *nesse* homem, ela diz, aponta para *esse* homem, eu. Ela se dirige a vocês! Dizendo: vejam, ele está fazendo papel de bonzinho, mas bonzinho ele não é, todo mundo sabe. Ela previne vocês contra mim — por quê, para quê? Como se a minha imagem não combinasse com este eu aqui, que tenho me desnudado diante de vocês. Na sequência ela se pergunta e a vocês por que estou bisbilhotando a vida dela. Vejam a sequência: eu não confio, ele não é bonzinho, está me assediando. Ara! Bisbilhotando? Aqui é tudo às claras, no ar, ao vivo! *Vida ao Vivo*. Não é segredo que estou procurando por ela. É o contrário de bisbilhotando: procurando intrigado, oferecendo ajuda, de certa forma agradecido por ela ter me feito companhia nesses dezoito anos, mesmo que só em fotografia... Fala como se eu tivesse interesses inconfessáveis! Encadeando uma coisa na outra, ela joga no ar dúvidas sobre a ex-colega do curso médio, que se lembrou dela de maneira até carinhosa. Contei aqui ontem o que essa colega disse para a minha equipe, não mostrei a gravação completa por respeito e porque é longa demais. Agora vem esse bilhete encadeando uma dúvida na outra: quem é essa mulher, ela pergunta, e dessa forma insinua que a outra é uma impostora; mulher que 'disse' que a conhece, e com esse 'disse' lança dúvidas sobre a palavra da outra, ao mesmo tempo que passa o recado de não a conhecer; e afirma que eu teria oferecido dinheiro para ela inventar histórias. Inventar? Isso é o que vamos ver... Ela joga minhas palavras contra mim, porque eu disse outro dia que isso aqui não é uma memória, é uma conversa, uma busca, um jogo, falei jogo de maneira genérica, e ela me atribui intenções que eu não tive, de que estou brincando com vocês e com ela. Ah, as palavras enganam, elas vêm de muito longe, trazem muito corpo estranho agarrado, muita crosta. E essa frase aqui no fim, anjo, é ameaça? Esta, ó: se é um jogo eu também sei jogar. Que significa isso?"

(Recoloca o papel na mesinha, bebe um gole de água, para pensativo durante um tempo quase incômodo.)

"Tem uma coisa: esse bilhete pode ser falso. Pode ser uma molecagem como tantas outras que mandaram para cá. '*Indeed we live in dark ages*', diz um poema do Brecht. Vivemos tempos sombrios, é verdade. É preciso pisar nesse chão devagarinho, como diz o samba."

(Apanha na mesinha uma cópia 18 × 24 da fotografia, contempla-a com olhar investigativo, um vinco entre as sobrancelhas, queixo apoiado no punho da mão esquerda. Pensativo. Recoloca a foto na mesinha.)

"Se esse recado for verdadeiro, é o caso de ver por outro ângulo o meu anjo terrível, desde o momento dessa foto. Por enquanto, é isso: apuramos o nome e o sobrenome dela, a filiação, o último colégio e a faculdade. Tudo bate com as informações daquela mulher entrevistada antes de ontem na triagem. Então, meu anjo, a sua amiga Odete não inventou nada, se é que essa acusação é mesmo sua. Ou é um despiste."

(Abre as mãos como quem oferece uma bandeja de hipóteses. Sorri, fatalista.)

"Estamos em terreno pantanoso, cheio de se se se. E aqui vai mais um. Se eu fosse um detetive e não um jornalista de entretenimento — gosto desse atributo de vez em quando, melhor que 'empresário', comparando com o que temos por aí hanhanhan — eu iria investigar mais de perto a mulher que bateu aqui na portaria no primeiro dia querendo subir, alegando que eu queria falar com ela. Iria comparar todos os vídeos feitos na sala de triagem com o dessa mulher. Comparar com aquela que desapareceu da sala de triagem, depois de dizer para o entrevistador Palmério que me conhecia — sou muito bom de memória, ainda. Iria procurar fotos da bióloga que assessorou os autores da novela sobre bebê de proveta, o RH deve ter foto e dados dela, ninguém entra na emissora sem crachá. Iria procurar os lugares da infância e da adolescência dela."

(Pausa, suas grandes mãos brancas esfregam o rosto por um instante.)

"Vamos chegar a isso? Será preciso isso? Não sou policial. Tomo banho todo dia. Como de boca fechada. Não coço o saco. Controlo meus gases. Puxa vida, todo esse clima por causa de um maldito bilhete! Sair desse astral… dar um tempo… Falar de coisa mais leve: Bella Bier!, minha querida amiga… querida inimiga. Falemos de Bella Bier. Deliciosa a entrevista dela na *Fama*, vocês leram? Graaande Bellinha! Ela descobriu que a esmeralda, os brilhantes e o ouro do anel são verdadeiros, não chegou a jogar fora o meu presente de desnúpcias. Heheheheh. É, a joia não era falsa, Bella, a falsidade foi só uma metáfora. Ou um pleonasmo, escolha aí. Leiam a entrevista, é divertida, até quando ela fala da minha falta de… qual foi a palavra que ela usou?, intensidade. Éééé, Bellinha, quando o filme perde a graça o espectador dorme… Não, não posso rir, senão o atropelo que herdei da covid me ataca. Hoje ainda não tive nenhum acesso, e não é que esteja melhorando, estou me policiando, não posso mudar de repente o ritmo da respiração, o sistema não aguenta o tranco. Sou um carro velho na subida… Ela, na entrevista, estranha essa minha fala sem pé-atrás, diz que eu sempre fui discreto em relação a minha vida pessoal e negócios, não sabe explicar o porquê desta live, eu que explique. Pois. Não tenho de explicar, mas posso explicar. Não com minhas palavras, com as palavras do Pedro Nava. No *Beira-mar*, lá na metade do livro, ele dá conta ao leitor de por que estava escrevendo aquelas memórias. Abre aspas, *porque eu queria ter esse encontro urgente, capital, inadiável comigo mesmo*, fecha aspas. É isso, encontro comigo mesmo. Um dia, de repente, dobro uma esquina, e lá está esse sujeito esquisito, eu. Quase não o reconhecia, um Dorian Gray depois que a mágica do retrato acabou. Em algum momento eu havia me afastado de mim, e acho que foi no instante simbólico dessa fotografia, quando eu vi e perdi essa moça e em seguida me isolei nesta ermida."

(Bebe um gole de água e respira compassadamente após a longa fala.)

"Estou me cuidando... Por falar em Pedro Nava, me lembrei da morte macaca do meu avô, que alguém aí pediu para eu explicar. É, o Nava fala dessa morte quando o presidente francês Félix Faure, o último do século dezenove, morreu entre as pernas da belíssima amante dele, Madame Steinheil. As pessoas falam 'morreu nos braços' sabendo que abraço não mata... Pois é. Morte macaca é português muito antigo, lá de trás, mil e seiscentos. Significava 'morte violenta, sem glória', depois pegou esse sentido de 'morte durante uma trepada', desculpem lá a rudeza. No Brasil não corremos o risco de ver um presidente morrer disso. Mudaram muito os presidentes, agora até chifres eles usam, sem grandes problemas. Haanhanhaanhaa. Antes, não; desde o Império governante brasileiro era um sátiro. O Pedro I era quase um rufião, metralhadora giratória de espermatozoides. O segundo Pedro, santinho do pau louco, hahahaha, foi até personagem de uma peça de teatro de revista da época, *Um monarca da fuzarca*. O presidente Washington Luís tomou um tiro da amante italiana Elvira, trinta e um anos mais nova que ele. Foi hospitalizado, registraram o caso malandramente como apendicite, e a moça suicidou-se quatro dias depois. Getúlio Vargas teve caso com uma vedete do teatro rebolado, Virgínia Lane, e sempre deu suas escapadas à tardinha, 'depois do expediente', como escreveu no diário dele. Juscelino teve casos e um caso fixo de vinte anos com a mulher de um deputado, José Pedroso, que tinha fama de bravo, e quando preveniram o presidente de que ele corria risco, JK falou que do Pedroso só tinha medo da chifrada, hehehehehe, piadinha grosseira para um homem tão fino. Conheci, era fino, mineiramente. Jânio Quadros até virou personagem de uma escritora de livros pornôs. Tivemos outros aí, Efe Agá Cê e Collor tiveram filhos por fora. Esse, então… Cada história… Um belo dia, o presidente aparece sem a aliança de casado, a maior especulação na imprensa, detalhe de foto da mão esquerda sem a aliança. O motivo? A mulher tinha dado a ele a boa notícia de que estava grávida e então — surpresa! — ele revelou que havia feito vasectomia. Escândalo? Não, surdina. Pouco tempo depois, ele aparece de novo com a aliança, detalhe de foto da mão esquerda na imprensa. Que que houve? Ameaças de revelação na imprensa de uma história escabrosa de supositórios de cocaína, hahahahahah. Ai-ai. Não fui eu quem contou isso para a revista americana *New Yorker*, nem para o *The Sunday Times*, nem para o *Jornal do Brasil*, foi o irmão dele, foram os amigos deles. E o Itamar Franco?, fotografado no camarote especial do Sambódromo do Rio de Janeiro de dedinhos trançados com certa modelo sem-vergonha, quer dizer, sem calcinha, e lá do asfalto quem levantava a cabeça podia ver que ela estava com a borboleta batendo asas ao vento… As coisas mudaram, não há mais caçadores de borboletas no Planalto Central do país hahahahaha-han."

(O riso descontrola o diafragma e a tosse sacode seu grande corpo. Socorre-se com um lenço branco de linho, faz sinal para o médico, que não venha, o ar passa com dificuldade por aquilo que parece trapos e bolhas no seu peito, ele respira pausada e ruidosamente por algum tempo disciplinando o diafragma, acalma o peito, retoma a fala, devagar.)

"É uma mer... — perdão. Desculpem a minha raiva, a outra maneira de dizer era mais elegante: só dói quando eu rio. Não posso mais assistir a uma comédia, ouvir uma piada, ver um tropicão. A gente ri de um tropicão não é por maldade, é nervoso. Bergson explica isso, o filósofo, num livrinho muito bom sobre o riso, fala da nossa reação com a quebra inesperada de um ritmo. Chaplin explorava muito isso, a quebra de ritmo. Bom, ó eu aqui de novo à deriva... Voltando ao meu avô: ele morreu daquele jeito, uma síncope lá naquela hora, e foi aí que o comando das nossas empresas passou para o meu tio Freddy. E já que falei no Nava, ele diz num dos livros dele, acho que no *Baú de ossos*, que o coletivo familiar precisa de um bode expiatório que peque por todos. O tio Freddy era esse pecador, o bode dos Mello Aranha. Eu não podia deixar o tio no comando de tudo, ele era fraco, dissipador, desmoralizado, entende? Uma ótima pessoa, eu gostava dele, gostava mesmo, mas era fraco, sem malícia, com ele iria tudo para o beleléu. Entendem que eu não podia deixar? Não podia! Não deixei! Pedi para ele renunciar, deixar comigo os negócios, ficar apenas com os lucros, e ele não quis, disse que eu não tinha o direito de exigir isso dele, eu, um fedelho de vinte e quatro anos, ele disse. Fui... fui impelido. Providenciei o flagrante fotográfico dele na sauna do Hotel Danúbio surubando com dois caras fortões, mostrei a ele as fotos, houve choro e ranger de dentes, ele renunciou e fomos todos felizes para sempre."

(Para, cansado ainda pela tosse e pela tensão de abrir um segredo de cinquenta e três anos. Fecha os olhos, demoradamente, como quem se refugia em si mesmo, paisagem de cego.)

"Na falta de outra paisagem, a reclusão nos leva a abrir janelas para dentro de nós... Piegas isso, não? Vocês, prisioneiros da covid, são novatos nisso, mas eu... tenho pensado, faz uns dias... quanto daquele idealista arrogante eu carreguei comigo até aqui? Quanto daquele oportunista sem escrúpulos dos anos do regime militar? Quanto daquele devorador da vida restou neste inapetente de hoje? Um professor de ciência política está sugerindo que eu fale daqueles tempos... Já disse que isso aqui não é memória, é mergulho. Talvez fale outro dia, amanhã, com outro espírito, outro mood. Estou igual ao Camões naquele cansaço de fim de viagem: '*Não mais, Musa, não mais, que a lira tenho destemperada e a voz enrouquecida*'."

(Alcança as folhas de papel na mesinha, passa os olhos por uma, por outra, detém-se na terceira, coloca-as de volta na mesinha. Bebe um gole do seu dourado vinho, sem brindar.)

"Ah, aquele jovem idealista arrogante, consertador de mundos. Sinto que há dias ele se mexe aqui dentro, sem acordar. Dorme, neném... Alguém mandou um tuíte para cá com a pergunta: se ele diz que queria consertar o país, por que não escolheu a política em vez da televisão? Eu sou jornalista, não um político. Jornalista também quer consertar, mas não de dentro do governo, não combina. Não há um presidente, um governador jornalista. Tem médico, engenheiro, muito advogado, militar, fazendeiro, até operário, jornalista não. Carlos Lacerda foi governador, mas era um político, não um jornalista; um político que usava a imprensa. Assis Chateaubriand foi senador, mas não queria consertar nada, queria imunidades e oportunidades. É muito difícil fazer alguma coisa pelo povo brasileiro. Ele não protesta nas filas enormes onde aguarda seus direitos, passa fome calado, fica na cadeia sem culpa formada, apanha da polícia e volta calado para casa, é despejado sem ter onde morar — aguenta tudo calado. Democracia para ele é o Carnaval. O político é o contrário: falastrão, amigão, aproveitador, faz qualquer negócio, põe qualquer máscara — é um carnavalesco sem fevereiro. Não vê nada errado para consertar. Não não não, não tem lugar para um homem como eu nesse palanque."

(Balança a cabeça negativamente. Dá de ombros, como quem diz: nada a fazer.)

"Que barra, hein? Vamos tentar levantar o astral mandando um recado para o nosso criacionista ofendido. O mesmo fundamentalista bíblico de outro dia voltou a atacar. Ele se ofende com minhas leviandades, confesso que são leviandades, não precisa brigar, irmão. Somos todos mamíferos do mesmo saco. Gosto de umas tiradas de humor, como esta do poeta Murilo Mendes: '*o homem é o único animal que joga no bicho*'. Ele pega aquela frase lugar-comum, 'o homem é o único animal que ri', e dá uma sacudida nela, percebeu, ô criacionista? Sei ver, sim, 'a beleza dos animais criados', como você diz, só que sou curioso, faço perguntas. As espécies de mamíferos, cada uma é rascunho da outra? Sim, porque nós todos temos boca, estômago, tripas, dois pulmões, diafragma, um coração, dois rins, dois olhos, duas orelhas, quatro membros, cérebro, unhas, pelos, ossos, dentes diferenciados, glândulas mamárias, aparelhinhos para fazer neném... — com pequenas diferenças. Seria a natureza procurando diversificar sua obra ou seria Deus fazendo rascunhos, um depois do outro, indeciso? Na minha terrestre opinião, um Deus entregaria tudo pronto e acabado, sem vacilações, sem precisar mudar nada. Ou então ele falou assim, e os cronistas se esqueceram de anotar: pronto, o principal está feito, agora tratem de crescer e de se multiplicar e vão acertando por aí os detalhes, um rabo aqui, um chifre ali, porque agora acabou o expediente e eu vou descansar. Eu também."

(O homem faz com as mãos um gesto horizontal, significando que terminou. As luzes se apagam. Ouve-se sua voz no escuro.)

"Ah! Peraí, peraí! Volta, volta! Acende!"

(As luzes se acendem, ele está se recostando novamente na poltrona.)

"Tem mais um detalhezinho importante. Ou não."

(Apanha na mesinha o papel que está por cima.)

"Ia esquecendo. Falei que não estou bem hoje. Pessoal da técnica, prepare, por favor, aquele trechinho de vídeo. Obrigado. É o seguinte. Saiu na coluna social de um tal de Rohan, nem sei quem é, que o nosso Gordinho ministro jantou ontem com o Júnior antes de voltar para Brasília. Almoçou aqui comigo, depois o Júnior esteve aqui se explicando, e mais tarde foram jantar juntos. Foi se queixar de quê, com o Júnior? Põe o vídeo na tela."

(Entra vídeo. Numa sala de escritório, um homem alto, moreno, nariz adunco, de terno escuro e gravata, aparece arrumando grande quantidade de pacotes de dinheiro numa pequena mala de viagem que está sobre a mesa, dessas malas que se acomodam em cabines de avião. Depois de bem cheia, ele fecha a mala à chave. A câmera capta na parede um diploma de advogado onde aparece o nome Frederico Queiroz. Fim do vídeo.)

"Que dinheiro é esse?"

(O homem faz sinal de advertência movimentando o indicador da mão direita apontado para o alto, combinado com o olhar.)

"Boa noite, meus amigos, meus inimigos."

(Escuro.)

Dia seguinte

"#VidaaoVivo. Fique esperto, sr. Mello Aranha, o senhor está sendo vítima de uma trama muito bem armada. Me admira um homem tão inteligente e experiente não enxergar os lances desse xadrez. Sequela de covid? Siga o meu raciocínio de mulher esperta suspeitando de mulheres espertas. Ponho-me no lugar de uma delas. Digamos que entre as pessoas reais que eu teria conhecido no passado houvesse uma bióloga chamada Mara que foi morar na França. Nunca mais vi essa pessoa, nunca mais voltou. Aí vejo um cara poderoso na televisão oferecendo meio milhão de dólares para uma desconhecida total. O que eu, malandra, faria se quisesse passar a mão nesse meio milhão de dólares? Lógico, criaria uma pessoa para ser essa desconhecida. A Mara bióloga que se mudou para a França seria perfeita. Primeiro, montaria uma story de vítima da sociedade e procuraria encaixar dados reais. Segundo, conseguiria na Biologia de São Carlos o perfil da bióloga que eu teria conhecido. Ela teria passado pelo ensino médio em São Paulo em bairro de periferia pobre. Terceiro, arrumaria uma comparsa que faria o papel de minha amiga da adolescência, e a gente montaria essa personagem fake com muitos detalhes reais e não reais, lances de novela, sofrimentos e coisa e tal. Quarto, arrumaria documentos em nome dela com o pessoal do artigo 171 na praça João Mendes. Eles te preparam qualquer documento que você precise. Quinto, lançaria a isca do nome Mara como sendo da desconhecida fotografada e esperaria o peixe vir atrás."

"Prefiro usar e-mail e laptop. Foi ótimo, ótimo, ótimo o que o gordo de branco falou na televisão dele sobre a virada na moral e nos bons costumes no final dos anos sessenta e nos anos setenta. Governo baixando o pau nas passeatas, nos estudantes, nas greves e nos subversivos terroristas e o povo mandando ver no que interessa, que é a mulherada dando o que é delas e ninguém tem nada com isso. Imagina, anos sessenta e hotel de praia exigindo certidão de casamento para a gente se hospedar, tem cabimento? Tinha de levar certidão de casamento para passar um fim de semana na praia, pode uma coisa dessas? Aconteceu comigo e com a minha namorada, não foi no interior não, foi no Guarujá daqueles tempos! Depois que começaram os motéis a coisa melhorou, as mulheres tiveram igualdade de aproveitar a mocidade delas com conforto e água quente. Falei. Edvaldo, setenta e sete anos, igual o homem de branco."

"Tem razão o sr. F. B. de Mello Aranha ao acentuar em seu bem fundamentado depoimento que os militares fizeram obras que modernizaram tecnicamente o país enquanto a imprensa, as emissoras de televisão e as artes modernizaram os costumes. Contemplem esta cena, acontecida bem ali, próximo à Biblioteca Municipal e aos jornais *O Estado de S. Paulo* e *Jornal da Tarde*, então sediados na confluência da avenida São Luís, rua da Consolação e rua Major Quedinho. Realizava-se ali, na praça da

Biblioteca, todos os dias, na hora do almoço, o que se chamava, na época, de "futebol dos office boys", com traves, bola oficial e juiz. Era um campeonato, juntava gente, tinha torcida, uma farra que a polícia tolerava porque o governador Sodré dizia que era bom para a turma relaxar. O Centro, naquela época, 68, tinha centenas, se não milhares, de office boys. A conta seria essa: cada mil escritórios, mil office boys. Um belo dia, chama a atenção da torcida uma espetacular garota de minissaia que vinha por fora do jogo de bola para atravessar a São Luís. Minissaia naquela época não se usava no Centro, São Paulo era uma cidade puritana. Imagine, dois anos antes era obrigatório homem usar paletó nos cinemas do Centro. Pois a torcida deixou para lá o futebol, excitada com as pernas da guria, começou a gritar 'pega!', 'vagabunda!', 'curra ela!', 'vamo pegar ela!', e a garota saiu correndo esbaforida, entrou pelo prédio do *Estadão* adentro. A turba que vinha atrás foi barrada na porta e aí, agitada, procurou outra vítima e começou a correr atrás dos cabeludos, que também não eram bem-vistos, e a gritar 'pega!', 'corta o cabelo dele!'. Eu vi porque estava lá, era repórter do *Jornal da Tarde*."

"Meu, verdade, motel na sexta-feira era no sufoco, teve noite da gente ficar duas horas na fila e ir embora a seco porque chegou a hora da mina ir pra casa. Kkkkkk."

DIRETO AO PHATO. NEWSLETTER DE GUSTAVO PATO. "Demorou mas o aracnídeo gigante da avenida São Luís admitiu afinal a sua culpa na chantagem homofóbica que afastou seu tio Frederico Mello Aranha da presidência das empresas do grupo Mello Aranha, na histórica assembleia de 1968, ano do AI-5, não custa lembrar, lá se vão cinquenta e três anos.

"Numa confissão até emocionante, feita no seu programa de ontem, o poderoso empresário de comunicações detalhou os porquês da sua chantagem criminosa para afastar o tio gay do comando da empresa, que ele classificou como 'uma ótima pessoa', mas sem capacidade administrativa e moral para chefiar o grupo. Embora criminosa, sua ascensão ao poder no grupo resultou em crescimento nunca visto nesse segmento econômico. Ademais, transcorrido esse meio século, o crime de chantagem já prescreveu, e nenhum eventual reclamante poderia recorrer à Justiça.

"O que parece estar fazendo água é a sua tentativa sensacionalista de conseguir uma noiva, pois a pretendente, pescada aleatoriamente numa jogada de marketing entre as fotos de seu arquivo particular, parece não estar disposta a enfrentar o peso pesado que vem junto com o prêmio dessa loteria."

"Cara, quem não viu não pode falar. Com dezessete anos eu estava no Tuca vaiando Caetano, não entendendo nada, e com vinte e cinco eu estava desbundando total no Festival de Águas Claras em Iacanga, o primeiro, de 75, dançando quase pelado na lama com garotas de peitos de fora, trinta mil caras brincando no Woodstock brasileiro, todo mundo chapado com aquele rock de bandas que a gente mal conhecia, dois dias muito loucos, e lá em Brasília os caras estavam proibindo livros e notícias de jornal, revistas de mulher pelada, não estavam entendendo que já tinha virado, cara. Mando este e-mail para testemunho: concordo totalmente com a fala de ontem do meu xará e contemporâneo Fernando."

"#VidaaoVivo. Não sei se alguém se lembra das pichações de muros de 68 em diante. Hoje ficam pichando hieróglifos que ninguém entende até no alto dos prédios, coisas que não querem dizer nada, não dizem nada pra gente. Lá atrás eram recados, as turmas davam recados. Proibido proibir. Faça amor, não faça guerra. CCC. Brasil, ame-o ou deixe-o. Dá logo, menina! Rendam-se, terráqueos! E a melhor de todas: Liberte o gay que existe em vossa senhoria."

"*Não deu para segurar.* José Carlos Marangoni, oitenta e seis anos, antigo chefe de Coordenação e Controle da Divisão de Censura de Diversões Públicas da Polícia Federal, durante os governos Costa e Silva, Médici e Geisel, afirma para esta coluna que não foi por falta de empenho do órgão que as coisas aconteceram: 'Trabalhei na Divisão desde o começo, 67, com o coronel Campello, depois com o Cupertino, o Albuquerque, o Nilo Caneppa, o Bandeira, fui até o dr. Armando Falcão, com o Geisel, todo mundo muito empenhado. Teve um dia que a gente incinerou três mil quilos, isso mesmo, três toneladas de material apreendido, no incinerador do Aeroporto Internacional de Brasília. Janeiro de 77. Era filme de trinta e cinco [milímetros], de dezesseis, livro, fita, disco LP, vídeos, revistas, jornais, pedaços cortados de filmes, peças de teatro. Nos outros estados a gente usava incineradores das indústrias amigas, para não gastar dinheiro com o transporte daquela porcariada', completa Marangoni. Apesar de todo o empenho da equipe de censores, a moral e os costumes mudavam no país, é o que afirma o empresário Fernando Bandeira de Mello Aranha no seu programa *Vida ao Vivo*, e mudavam em grande parte graças aos próprios setores censurados. Marangoni abre os braços para concordar: 'Não deu para segurar. A onda veio vindo'."

"Estou observando que a condição respiratória do dr. Fernando Mello Aranha melhorou um pouco nos dois ou três últimos dias. Eu sou o pneumologista que ligou outras vezes e deixou na portaria dois medicamentos que achei importante ele tomar, conforme a prescrição. Se a melhora foi devida a eles, recomendo continuar por mais duas semanas."

"Creio que eu vi essa mulher que aparece na fotografia do *Vida ao Vivo* entrando no prédio do jornal *Diário de S.Paulo*. Ela usava máscara sanitária, mas o olhar é bem parecido, desconfiado, virava a cabeça ora para um lado ora para outro, testa de pessoa inteligente, sobrancelhas bem marcadas, cabelo liso meio curto, pescoço fino. Vejo o programa todos os dias, reparo nos detalhes porque acho que uma mulher não desaparece assim, a menos que ela queira desaparecer. Vi que ela se identificou na portaria, vocês podem checar lá."

"Não entendi a razão daquela cena de um homem guardando ou escondendo pacotes e pacotes de dinheiro numa mala. Se é dele, ele guarda onde quiser, não? Se não é dele, em vez de filmar a pessoa deveria é chamar a polícia, não? Pelo que parece é vídeo de araponga, e arapongagem que eu saiba é crime."

"É a Mara. Muito eficientes os seus detetives, dr. Fernando. Quem sabe eles poderiam encontrar para mim o capitão Gil?"

Oitava noite

(Abre no homem gordo mas não obeso vestindo roupão branco de algodão egípcio sobre camisa de cor violeta muito clara, fular bordô sobre os ombros, sentado numa larga poltrona de couro preto, auscultando o próprio peito com um estetoscópio cujos auriculares se colam diretamente a um sensível microfone, transmitindo para os espectadores o som do ar vencendo obstáculos nos seus brônquios e alvéolos pulmonares, como se trapos e bolhas produzissem um som parecido com o flaflafla de uma bandeira ao vento, e em seguida ele leva os auriculares aos próprios ouvidos, ouve por instantes, sorri e afasta tudo, estetoscópio e microfone, que põe numa mesinha ao lado, na qual se pode ver uma garrafa suada de dourado vinho de Sauternes e um copo servido.)

"Ouviram? Muitos meses, já, que eu convivo com esta sonoplastia, ligeiras melhoras, ligeiras pioras. Tem muita coisa inesperada acontecendo, mas nada, nada, nada vai me desviar hoje da viagem que me prometi fazer à São Paulo dos meus vinte e tantos anos. Sei lá se eu chego ao fim dos meus setenta...

Anteontem falei daqueles anos, meio por cima, e fiquei com aquilo na cabeça à noite, durante o dia... muitas pessoas comentaram... Hoje fui reler minhas coisas... *Voilà!*, vamos ao jovem. Já entrei nos meus vinte anos casado e pai. Descuido de namorados de faculdade, aquela empolgação de começo de vida universitária. Mas casei e fiquei casado quarenta anos. Uma vida... Na faculdade, mesmo casados vivíamos aquela empolgação da época, eu fazia teatro, participava de assembleias, tentava música, tudo era politizado, romantismo de jovens, né, fazia parte da vida universitária, e foi nessa época que eu comecei a trabalhar nos negócios da minha família. Antes de me formar, ficava ali assuntando, aprendendo. No começo do regime militar a politização foi virando radicalização. Eu acompanhava tudo que estava acontecendo, as linguagens, as formas novas, festivais de música, teatro, festas, cantava, fumava também um baseado, mas não gostei, não gosto de perder o controle. Depois de formado — fiz administração — mergulhei mesmo foi na televisão, jornal e televisão da família. As coisas que a gente fez na empresa naquela época, as novidades e toda aquela criatividade eram o espírito daqueles anos, Beatles, pisar na Lua, poder jovem, pop art, minissaia, amor livre, baseado, desenvolvimento... Aí meu avô perdeu a vida em cima de uma mulher da vida, e com vinte e quatro anos eu enfeixei tudo na mão, poder jovem, comandava todos os negócios da família. Dois dos três amigos que estão comigo até hoje compunham as diretorias econômica e jurídica. Agora a gente mais joga bridge e pôquer do que resolve problemas, hahahahan."

(Alcança o copo do vinho dourado de Sauternes e ergue um brinde.)

"Ao pôquer da vida."

(Bebe, recoloca a taça na mesinha.)

"Os anos setenta não vieram da noite para o dia num primeiro de janeiro. Não, senhor. Vieram vindo, caminhando contra o vento. Os primeiros sinais do que vinha vindo, eu acho, foram as mulheres que deram, eu digo as moças. Foram as moças que sinalizaram ali nos últimos anos sessenta que elas não precisavam nem queriam deixar para depois, não queriam mais deixar. Os homens sozinhos não iam fazer nada acontecer. O amor estava no ar. Aí não deu mais para segurar, como diz o cara da Divisão de Censura, o Marangoni, entrevistado no jornal de hoje. O censor confirma o que eu disse, que apesar da censura, a moral e os costumes avançavam. Leiam, está lá. As pulsões sexuais botavam outras criatividades em movimento. Tudo que começou a acontecer tinha esse mote: liberdade. O nu total da Ítala Nandi na peça *O Rei da Vela* estimulava outras liberdades. No anúncio da peça no *Estadão* aparecia o aviso: 'impróprio para quadrados'. O próprio Caetano Veloso, que morava em São Paulo na época, aqui ao lado, bem aqui no número 43, aliás foi preso lá, pouco tempo depois, preso em casa — o próprio Caetano conta que o espetáculo, não apenas a bonita moita da atriz, o espetáculo soltou alguma coisa dentro dele, representou a revelação de que havia de fato um movimento acontecendo, alguma coisa estava acontecendo apesar da censura, alguma coisa, ele disse, que transcendia a música popular. Numa peça sobre o psicanalista maluco Wilhelm Reich, o ator fazia xixi no palco toda noite, *golden shower* toda noite! Como ele conseguia, na frente de todo mundo? Nas festas, nossa!, centenas de festas, cada qual menos tal qual, nas festas aconteciam coisas. Parte dos artistas, dos estudantes, dos jornalistas e dos intelectuais refugiava-se e expressava-se nas festas. Como se festa fosse um ato de protesto. Tudo misturado, esquerdistas, fragmentários, orientalistas, naturistas, álcool barato, drogas, rock and roll. Aquelas festas eram política, as pessoas estavam vibrando de ir contra alguma coisa, não importava que fosse uma vibração entre amigos. Começou o sexo amizade, sem namoro e sem ciúme, só porque os moralistas eram contra e porque era bom — que é que tem? Numa festa, uma atriz novinha, fez teatro comigo na faculdade, distribuía santinhos vestida de freira riscando uma bênção no ar, e os santinhos eram cartas de baralho pornô. Entre uma bênção e outra levantava o hábito, sem calcinha. Noutra festa um ator famoso comandava e encorajava uma novata, preta, 'tira a roupa, Zazá!', e Zazá tirava até o último paninho, dançando o *Bolero* de Ravel. Para vocês terem uma ideia, poucos anos antes as barrigas das mulheres eram secretas, até nas praias. Os maiôs eram inteiriços, tinham uma abazinha na frente, escondendo as perseguidas. Ninguém nunca viu o umbigo de Esther Williams, a rainha das águas de Hollywood. Nunca vimos o umbigo da Martha Rocha, nossa miss mais famosa. Achava-se que a barriga tem subúrbios perigosos. Mesmo depois da invenção do biquíni, umbigo de fora era para moças que não eram moças, vedetes... Voltando. A criatividade estava no ar. Olha aquele *Jornal da Tarde* que os Mesquita bancaram, olha a revista *Realidade* dos Civita, olha *O Pasquim* do Rio, um jornal de costumes contra os costumes, olha os festivais de música, os humoristas que se meteram na televisão, no teatro... As coisas foram acontecendo, um ano depois do outro tinha peça nova, cada qual mais radical. Teve *Roda viva*, com tanta provocação que o CCC invadiu o teatro e quebrou o cenário, os camarins, as cadeiras e os atores. Teve *O balcão*, atores seminus escalavam uma espécie de gaiola, um cone de vigas de ferro de boca para baixo, vocês não imaginam o que era aquilo, destruíram o miolo de dois andares do prédio onde ficava a plateia de dois teatros e implantaram no meio aquela gaiola enorme, que era o palco onde eles representavam, e os atores escalavam aquilo fazendo provocações obscenas para o público que ficava nos balcões em volta do cone, um espanto. Teve muita provocação entre os anos sessenta e sete e sessenta e nove."

(O homem sorri com malícia, pega a taça do dourado vinho do Château d'Yquem na mesinha, ergue um brinde.)

"Ao sessenta e nove."

(Pousa o copo na mesinha.)

"Gosto de uma cafajestada de vez em quando, hahaha-haha. Opa, não posso rir."

(Respira pausadamente, profundamente, disciplinando-se.)

"Os sessenta foram anos seminais. Em sessenta e sete já se tramava na cidade uma sacudida na música feita para cantar e dançar, uma coisa mais tropical do que um banquinho e um violão, do que o *she loves you yeah yeah yeah*, do que o sambolero para embalar a noite do meu bem. Nós, dos canais de televisão, abrimos espaço para a música nova. Festivais de MPB escanteavam a bossa nova já cansada, proibindo proibir, caminhando contra o vento, alegria alegria, quem sabe faz a hora e que tudo mais vá pro inferno. Maestros enfiavam harmonias, poetas sugeriam deboches, enquanto o cinema botava a terra em transe, pintores ousavam papagaios e parangolés — e olha a tropicália aí, gente!"

(Ri.)

"Não falei que eu já fui ator?"

(Apanha o copo, ergue um brinde.)

"Aos atores! Isso inclui você, tá, Bella?"

(Bebe, devolve o copo à mesinha.)

"Foi como se a cidade se preparasse para a *big party* dos anos setenta, procurasse se reinventar, comprasse roupas de estilo, se vestisse, se maquiasse, se perfumasse, ensaiasse poses e bocas, contratasse músicos, cantores, atores, diretores, bailarinos, arquitetos, decoradores, estilistas de moda, pintores, iluminadores, artistas vários, gente de ideias e talento, alguns gênios, por que não?, e instalasse palcos, passarelas, salões, pistas, balcões, bancadas, atraísse os melhores cozinheiros, recomendando: criem, porque o pessoal tem fome de novidades, e multiplicasse as adegas e os rótulos, dizendo: inventem, porque o pessoal tem muitas sedes, e convidasse para a festa os amantes da esbórnia, os pequeno-burgueses, os milionários, os ricos trabalhadores, os endinheirados ociosos, os intelectuais, os professores, os produtores, os comerciantes de inovações, os leitores, os espectadores, os moradores, os escritores, os jornalistas, os prestadores de serviços, os trabalhadores — ah, mas também vieram os penetras, os secretas, os ditadores com seus atos, os censores com suas canetas, os torturadores com suas maquinetas... Podem me chamar de tudo, menos de cego ou de inocente. Se eu aceitei o regime, aceitei sabendo, como todos sabiam e se calaram ou foram proibidos de falar. Aceitei com o oportunismo dos novos, não com a hipocrisia e o cinismo dos velhos. Que fique isso para depois. Como diz o sábio Jesus Ben Sirac no Eclesiastes, há o tempo de calar e o tempo de falar, o tempo de rasgar e o tempo de coser, o tempo de atirar pedras e o tempo de ajuntar pedras."

(Alcança o copo, que está sempre servido, e brinda.)

"Ao tempo."

(Repousa o copo, respira com ritmo de recuperação, tosse de leve duas vezes para limpar a garganta e retoma a fala.)

"Estou me estendendo muito sobre isso? Será? É que esse tempo, o meu e o da cidade, não me deixa sem palavras. Hahahan. Da capo. Foram surgindo na cidade mais lugares para o repouso dos guerreiros. Não só os motéis, centenas de motéis, porque a carne foi ficando cada vez mais fraca, mas também bares finos, restaurantes, hotéis de primeira. Havia humor, criatividade, até nisso. Bar Branco, todo branco, só almofadas e sofás e mesinhas, tudo branco. Pauliceia Desvairada, olha que nome. Casa da Mãe Joana, a dona se chamava Joana de verdade e os filhos trabalhavam lá. Esquina das Cem Calcinhas, com 'c', bar decorado com cem calcinhas penduradas, acho que foram doadas ali mesmo pelas freguesas. Mondo Cane, lá no fim da rua Augusta, insuperável na criatividade. Minha sala preferida era uma vitrine que dava para a rua, só com almofadões, mesinhas baixas no centro para drinques coletivos, que podiam vir em aquários redondos enormes, canudinhos para todos. O cardápio, uma piada. Camarão muito do fresco, peru gostosão, galinha porém honesta, frango atropelado, que era o galeto desossado, ostras para cair de boca e o filezão bem-dotado, um bife de trezentos gramas. Enfim, a cidade se relaxava e relaxava as pessoas."

(Pigarreia, limpa a garganta, apanha a taça de vinho e ergue um brinde.)

"À cidade."

(Bebe, devolve a taça à mesinha e no mesmo movimento apanha algumas folhas de papel. Lê, pode-se dizer que com desatenção contrariada, sacudindo negativamente a cabeça, recoloca os papéis na mesinha, passa a mão pelo rosto, como se limpasse contrariedades.)

"Bom. Esta não é uma cidade para se conhecer. Não se pode dizer: eu conheço São Paulo. Ninguém conhece. Nem dizer: São Paulo é assim — porque não é. Você sabe de partes, não tem ideia do todo, nem sobrevoando teria uma ideia, pois sem as pessoas esse todo não tem sentido. As cidades vão inventando seus moradores, vão criando um estilo. Reparem no jeito da paulistana ou do paulistano de caminhar na rua: o passo é firme, decidido, eles não gingam o corpo em balanceio de quem se dá tempo, não perambulam sem destino, não seguem a esmo nem andam torto. Todo mundo sabe aonde vai, e vai indo. Pisam nas calçadas sem dó nem piedade. O visitante é um turista desocupado, não tem paisagem para ver nem resorts para lagartear, o que tem é onde comer bem, se puder pagar. Tem bons museus, mas não é cidade museu, como as de Minas, não guardou raridades barrocas, era pobre, nunca teve essas joias. Não tinha, não tem ladeiras de casarões coloniais ou casinhas como as de

Drummond, com janelas que olham devagar e burros que vão devagar e pessoas e burros que olham e meditam. Os lindos casarões que esta cidade teve quando ficou rica de tanto vender café ela botou abaixo para trocar por luxos mais modernos. Não tem, nunca teve atrações calientes de balneário tropical, coqueiros, morros, itapuãs, morenaças doce balanço caminho do mar. Nada nesta cidade é natureza. Até os rios foram arrumados ou metidos à força debaixo do asfalto. O ar que respiramos é receita nossa, mistura de óxidos de carbono, muito material particulado, dióxido de enxofre e, em menor proporção, hidrogênio e oxigênio. A paisagem não é metade natureza, como a do Rio de Janeiro, Salvador, Recife; aqui, o que a vista alcança é paisagem criada. Vista do alto, a cidade se estende sobre o planalto como uma colcha de retalhos costurados, esfiapados nas beiradas, quatrocentos e sessenta e sete anos costurando-se, sem desenho. Vista de baixo, selva de pedra. É um clichê, mas não é impróprio. Não se enxerga um quilômetro adiante do nariz. Quem é novato aqui logo percebe a falta de pontos de fuga entre os retalhos, as ruas não levam as pessoas para fora, não são uma saída. São labirintos de morar."

(Faz uma pausa, apanha os papéis na mesinha, passa os olhos por eles. Movimenta irritado os papéis, resmunga, mas se ouve:)

"Querem me irritar ou me preocupar, mas não vão conseguir."

(Solta o corpo na grande poltrona negra, respira como se fizesse um exercício de ioga para relaxar, e então se ouve muito discretamente aquele borbulhar nos alvéolos, e ele recoloca os papéis na mesinha.)

"Parece que estou falando mal da cidade? Dou essa impressão? Mal, não — é amor. Admiração. Você amar uma mulher não quer dizer que ela não tenha celulite. São Paulo não aparenta a idade que tem, fez muita plástica, hahahaha. Eu li em alguma parte que a cidade só tem oito prédios — eles usam uma palavra horrorosa, 'edificações' —, oito edificações do século dezenove, e nada para trás. Oito! Numa cidade do século dezesseis! Derrubou tudo! Um quarto dos imóveis que pagam IPTU foi construído nos anos setenta de mil e novecentos, já imaginaram? Dez anos! Um em cada quatro de todos os imóveis da cidade. Éééééé! Dois quartos dos imóveis são das outras nove décadas de mil e novecentos. Isso significa que em uma década se construiu a quantidade de imóveis construídos em nove décadas. É mole? Desculpem a vulgaridade da expressão. O resto dos imóveis é deste século vinte e um, um quarto dos três milhões de imóveis que pagam IPTU. Entenderam? Já imaginaram a força disso, o trabalho que foi nos anos setenta? É uma cidade dos anos setenta, o planejamento é dos anos setenta, o primeiro plano diretor é dos anos setenta, avenidas radiais, marginais, rótulas, viadutos, vias expressas, elevados, metrô, primeiros shopping centers, Sistema Cantareira, reservatórios de água, canais — tudo anos setenta. Haja dinheiro! E de onde veio o dinheiro? Do Milagre. Haja Milagre!"

(Apanha o copo na mesinha, olha a cor do vinho contra a luz, ergue um brinde na direção da câmera.)

"Ao dinheiro."

(Sorri, cínico.)

"As turmas jovens eram duas. Os caretas e os desbundados. Os caretas tinham vários subgrupos: os certinhos, os engajados, os comunistas do Pecezão, os simpatizantes, os burguesinhos agitados, os playboyzinhos e os quadrados, que eram basicamente a turma do copo, do álcool. Os desbundados se dividiam em hippies, descolados, tropicalistas, debochados, festeiros e alienados ou odaras — todos das esquadrilhas da fumaça. Eu estava naquele momento de inconformismo jovem, cursando faculdade, conflitos com a família e de repente tive de optar. Não vou negar, depois que me formei, o dinheiro e a possibilidade de comandar e fazer coisas grandes me levaram para a empresa da família e logo, logo a disputar a chefia do grupo. Aquilo que eu já relatei, o meu momento Riobaldo, do *Grande sertão: veredas*, quando meu avô morreu de repente e eu bati na mesa e falei: 'Agora quem é aqui que é o chefe?'."

(Ergue outro brinde, sorri.)

"Ao chefe."

(Bebe um gole, devolve o copo à mesinha, apanha as folhas de papel.)

"Tem umas coisas aqui me incomodando, tirando minha concentração. Depois eu volto a falar daqueles anos, se for o caso. Agora vou falar de uma hipótese muito bem construída de que foi montada uma tramoia para me furtar. Vejam bem, não estou dizendo que a hipótese é verdadeira, estou dizendo que é bem construída. Segundo essa hipótese, duas espertalhonas se associam, combinam histórias com alguns dados reais, criam personagens que seriam a moça da fotografia e uma amiga de escola, de nomes Mara e Odete, fazem um jogo de esconde-esconde para parecerem verdadeiras, tudo isso a fim de embolsar o meio milhão de dólares que estou oferecendo para a verdadeira moça da fotografia. Estariam só esperando o peixe — eu — morder a isca. Faz sentido? Faz. Só tem um detalhe: a moça da fotografia, esta moça aqui,"

(Apanha a foto na mesinha e mostra-a.)

"é real. Se não houver semelhança física, se não trouxer provas de que é ela, *no deal*, não recebe nada."

(Olha a foto, ainda com suavidade mas intrigado.)

"A menos que tenha morrido."

(Faz uma longa pausa, olhando a foto, e recoloca-a na mesinha.)

"Se tivesse, as duas espertalhonas poderiam manobrar com mais segurança, inventar indícios... Acontece que outra pessoa mandou e-mail dizendo que viu uma mulher em tudo parecida com a moça da foto, andando ressabiada, olhando para os lados e para trás, e que essa pessoa entrou num jornal concorrente nosso, identificou-se na portaria e subiu. Foi fazer o quê, lá? A pessoa que mandou o e-mail não tem espírito investigativo, não esperou que ela saísse do jornal, não mediu quanto tempo ficou lá, não a seguiu... Enfim, um bisbilhoteiro pela metade. Bom... sempre podemos conseguir alguma informação lá no jornal, no registro da portaria, se é que registram. Quem é, foi falar com quem. Enfim. Agora, ainda nesse assunto, vou ler para vocês o curtíssimo recado que chegou manuscrito ao call center. É muito impressionante. Ele derruba, se não for outra jogada, a história da trama que estaria sendo armada por duas espertalhonas para ficar com o meio milhão de dólares da minha proposta. Vou ler o recado para vocês."

(Lê.)

"É a Mara. Muito eficientes os seus detetives, dr. Fernando. Quem sabe eles poderiam encontrar para mim o capitão Gil?"

(Faz uma cara de "e essa agora?", dialogando com a câmera, coloca os papéis na mesinha e apanha novamente a fotografia.)

"Muito eficientes os seus detetives. Óbvio que ela se refere aos dados que eu obtive sobre a pessoa que entrou nessa história com o nome de Mara. Eles confirmaram nome, filiação, colégio e faculdade. Noto alguma ironia nessa palavra, 'eficientes', insinuando que obter esses dados seria moleza, como se diz vulgarmente. Na verdade, se as duas espertalhonas, supondo que elas existam, tivessem se baseado nos dados de uma pessoa real, a história delas não seria derrubada por esses dados pessoais, claro. Curioso ainda nesse recado é o uso do tratamento 'dr. Fernando', sem o sobrenome, que é usado quase só pelas pessoas que convivem comigo, me conhecem mas não têm intimidade, tipo funcionários, prestadores de serviço. Pensando nisso, assuntando, eu me lembrei daquela mulher que foi entrevistada na triagem do nosso call center, que deu o nome de Mara e que disse, sem ser perguntada, jogou assim no ar, que me conhece. Lembram-se do Palmério, entrevistador lá da nossa central de triagem que falou conosco aqui pelo telefone, com som direto? Lembram-se de ele ter contado isso, e aí a mulher sumiu? Liguei as duas coisas. A última e mais forte das cutucadas — porque são cutucadas! — desse recado é pedir que meus detetives encontrem 'para ela' o capitão Gil. Aí arrepiei. Ó, arrepiei de novo. O capitão Gil era o meu segurança."

(O homem apanha a fotografia na mesinha, fala para o câmera.)

"Mostra a foto."

(Aparece na tela a foto ampliada. A voz do homem de roupão branco fica em off.)

"Este aqui, ó, de costas, terno preto, rosto de perfil, óculos escuros, era o meu segurança, capitão Gil. Aposentou-se há muitos anos, sumiu no mundo. Como que essa desconhecida descobriu o nome dele? Não é impressionante? Ou, se não descobriu agora, como que ela sabia o nome? Ou como soube? O mistério está nos tempos do verbo. Sabia ou procurou saber? Se a moça do recado é a moça da foto, é preciso considerar a hipótese de que ela estava ali por algum motivo."

(Tira a foto da frente da câmera, e a imagem é substituída por sua cara de intrigado.)

"E mais: o que ela quer com o meu antigo segurança, ou o que ela quer *do* meu antigo segurança? Notem que ela disse, aspas, poderiam encontrar para mim o capitão Gil, fecha aspas. Para mim, ela disse! Para uso dela, para o interesse dela. Ó Rilke, Rilke, meu tristonho Rainer Maria, você bem que avisou, todo anjo é terrível. Seria tão simples aparecer e conversar. Apareça, moça. Não quero te perder, ou, a essa altura, não quero me perder, não quero perder esse fiapo de mim que me escapa…”

(Contempla demoradamente a foto, procurando algum detalhe.)

“Agora que o nome surgiu, eu me sinto obrigado a falar alguma coisa sobre o capitão Gil. É um direito de quem está acompanhando esta minha prosa, seria indelicado não falar. Ou suspeito. Se falo, dou alguma informação que ela poderia usar. Se não falo, dou a entender que tenho medo de alguma coisa que ela possa vir a saber. Estão vendo as armadilhas? Do nada, começo a agir como se houvesse alguma coisa misteriosa nos ligando ou nos opondo. Como? Uma pessoa que eu nunca vi! Cabeça ruim a minha? Mas uma coisa não se pode negar: o tom dela é meio desafiador. A menos que seja um erro de leitura da minha parte. Veremos. Antes de encerrar, eu devo a vocês uma palavrinha sobre o capitão Gil. Fez segurança na minha família por uns quase vinte anos, meus filhos eram moleques quando ele começou. Era capitão reformado do Exército, foi agente de um daqueles órgãos de segurança desde tenente, uns dez anos. Saiu no fim do governo Figueiredo, e aí, como eu estava precisando de um segurança para a família, indicaram esse capitão. Foi minha mulher que o entrevistou e aprovou. Ganhou a confiança dela e foi ficando, depois foi meu segurança. Saiu quando eu resolvi me isolar aqui, no meu refúgio. Disse que não tinha mais serventia e se afastou. Isso já faz muito tempo, eu não soube mais dele, se está vivo ou morto. E agora eu pergunto de novo: o que essa moça teria para tratar com ele?”

(Recoloca a foto na mesinha.)

“Eu ainda teria dois assuntos: um, agradecer ao pneumologista que procura ajudar na minha recuperação pulmonar; outro, dar uma lambada no pato pateta, mas fica para depois.

Chega por hoje, passei da conta, estamos cansados. Eu me despeço citando de novo o poeta Rilke: '*Os anjos muitas vezes não sabem se caminham entre vivos ou mortos*'."

(Escuro.)

Dia seguinte

"Audiência/Relatório. Constatada pequena queda de 1.2 entre as 21h08 e 21h20. Segmento vinha acumulando pequenas altas diárias há 3 dias. Regiões Nordeste e Oeste tiveram mais peso na variação. São Paulo estável. Seguem os dados. Sugerimos atenção e análise."

"Meu nome é Mara Fontenelli, sou bióloga e trabalho na França, em laboratório de medicamentos na região de Saint--Denis. Não sou a mulher da foto, não pleiteio esse meio milhão de dólares, só não quero me ver envolvida em falcatruas. Alguém está usando minha biografia para levar vantagem. Se interessar o contato, favor fazê-lo por meio deste e-mail."

"Conheci muito, quer dizer, conheço ainda o capitão Gil, que essa moça da fotografia quer encontrar. Fui sócio dele numa balsa de exploração de ouro no Pará, rio Juma, o Garimpo do Juma. Ele queria fazer dinheiro muito depressa e tava escondendo ouro de mim, quer dizer, me roubando, aí acabou a sociedade e a amizade. Isso tem uns doze anos, agora acho que ele tá no Tapajós com a balsa, outros sócios. Muito antes, lá pra trás, oitenta e tanto, ele teve outro sócio militar, que também queria enriquecer depressa, tenente Jair, mas não tiveram muita sorte, parece. Pra encontrar ele tem de conversar lá com o pessoal de garimpo de balsa. Hoje eu trabalho na receptação em SP."

"O dr. Mello Aranha falou aí na lereia dele no capitão Gil Bozzano. Falou mais ligeiramente do que o homem merece. Esqueceu-se de dizer, ou não quis dizer, que esse seu prestativo funcionário pessoal foi um dos mais depravados torturadores dos órgãos de segurança na época dos presidentes Médici e Geisel. Sei porque fui um dos torturados por ele. E o apelido dele, impossível que o doutor não saiba, é Gil Bozzano, como ficou conhecido na Força. O nome é Gil Emerenciano da Costa, o Bozzano é apelido. Esse homem que cuidou dos filhinhos do doutor ganhou esse apelido carinhoso quando arrancou a barba de um companheiro nosso que foi da VPR sem usar lâmina de barbear, puxando chumaços com alicate! Sabia disso não, doutor?"

"Somos um grupo de paulistanos sobreviventes daquela década de ouro da cidade, os anos setenta, fundamos até um clubinho e um grupo de WhatsApp, o Fumos e Ficamos, para lembrarmos daqueles tempos, dando um tapinha, naturalmente. Continue, sr. Aranha, a falar daqueles vapores, o senhor tem graça, e mal começou a falar dos anos da década. Manda brasa."

"Agradeço as referências do brilhante jornalista dr. Mello Aranha ao nosso trabalho na Divisão de Censura de Diversões Públicas da PF, da qual fui coordenador entre 1967 e 1977. A prova maior da nossa dedicação e dos resultados obtidos está nesta declaração do presidente Emílio Garrastazu Médici publicada em março de 1973: 'Sinto-me feliz todas as noites quando ligo a televisão para assistir o jornal. Enquanto as notícias dão conta de greves, agitações, atentados e conflitos em várias partes do mundo, o Brasil marcha em paz, rumo ao desenvolvimento. É como se tomasse um tranquilizante após um dia de trabalho'. Atenciosamente, ass. José Carlos Marangoni."

"É feio e arriscado jogar pedras no telhado de vidro dos outros e esquecer do seu nessa história de censura. Pois é censura o que essa emissora faz ao selecionar para nós, telespectadores, o que podemos ler das mensagens que são enviadas ao programa *Vida ao Vivo*. As entrevistas feitas no que chamam aí de call center também são censuradas, relatam só pedaços para nós. E também não mostram os recortes de jornais inteiros, só as partes que interessam ao programa. E a quantidade de coisas que chegam aí e nem entram nesse resumo? Vocês mostram o que querem e escondem de nós o resto. Não é isso que a censura fez e faz?"

"É a Mara. O senhor, dr. Fernando, alguma vez procurou saber quem era o homem que o senhor tinha em casa como seu empregado por quase vinte anos, como o senhor revelou ontem à noite, cuidando da segurança dos seus filhos e da sua mulher? Sabia que o capitão Gil foi afastado do serviço no DOI-Codi por excessos sexuais nos interrogatórios? Sabia que ele acabou sendo reformado sem vencimentos por contrabando do Paraguai? Por que não procurou saber quem era ele antes de contratá-lo como empregado? O que se pode concluir é que o senhor não condenava os métodos dele, ou que o contratou justamente por esses talentos."

"Duas noites atrás pôs-se o senhor dono da verdade a blasfemar contra a Criação Divina, ao dizer que o Senhor Deus ou fez rascunhos, por terem todos os mamíferos sistemas fisiológicos semelhantes, ou não sabia Ele o que queria fazer. Na sua maneira desrespeitosa, o senhor tripudiou sobre a crença alheia, que merece tanto respeito quanto a sua explicação evolucionista para a origem humana. Dias atrás o senhor de novo feriu sentimentos religiosos ao falar da Trindade Divina dos cristãos, sustentando que o cristianismo não é monoteísta, é politeísta, que o judaísmo, sim, era monoteísta em Jerusalém e que a concepção da Trindade surgiu na Turquia, três séculos depois de Cristo. O senhor copia, sr. Mello Aranha, copia descaradamente as ideias de Voltaire no *Dicionário filosófico*, capítulo sobre o cristianismo. Se quer ser iconoclasta, que pelo menos não seja um copiador. Ass. Pastor Dimas, doutor em teologia pela Universidade de Tel Aviv."

"Pra que time esse homem torce?"

"Agora me diga, um homem como esse pode gostar de doce de leite?"

"A história dessa Mara da fotografia de dezoito anos atrás vai acabar virando o caso da princesa russa Anastásia, da família do tsar Nikolai Románov, exterminada pelos bolcheviques. Nas covas que foram descobertas anos depois faltava uma ossada, e criou-se a lenda de que uma das princesas teria escapado do massacre. Apareceram sete falsas Anastásias candidatando-se a ficar com o título de princesa e com as joias e o ouro da família, guardados em bancos suíços."

"Sr. Fernando Bandeira de Mello Aranha, saudações. Venho colocar na medida justa algumas colocações insatisfatórias que o senhor fez sobre o período que vai do fim dos anos sessenta aos primeiros setenta. O senhor, por ser de um extrato careta, como é a alta burguesia paulista, não deu nenhuma importância ao movimento hippie mundial, não deu um toque sobre a grande onda hippie em São Paulo e no Brasil. Talvez a razão do seu preconceito seja o fato de que aderir ao movimento significava deixar para trás toda a caretice e os confortos da vida burguesa. '*Turn on, tune in, drop out*', sintetizou genialmente o propagador Timothy Leary. O senhor falou de todos os espetáculos de teatro avançados da época, mas não deu uma palavra sobre *Hair*, no teatro Bela Vista, em outubro de 69, espetáculo pacifista que inundou o bairro do Bexiga de cabeludos de bata indiana durante nove meses. O senhor, que valorizou tanto a nudez nos espetáculos que citou, não viu vinte atores e atrizes pelados no *Hair*. Não falou que dois meses antes, bem longe daqui, em Woodstock, perto de Nova York, gestava-se um comportamento pacifista que foi útil contra os horrores da ditadura, o desbunde. Não falou que muitas cidades e praias se coloriram de hippies, a saber: Ouro Preto, Canoa Quebrada, São Tomé das Letras, Arembepe, Trindade, Trancoso, Pirenópolis, Guarda do Embaú, feiras hippies se espalhavam por Belo Horizonte, praça da República em São Paulo, Ipanema no Rio, Paraty, Florianópolis, as roupas do estilo hippie viraram moda, festivais de música como o de Woodstock se repetiram aqui, como o de Iacanga, que reuniu trinta mil pessoas… Enfim, nada disso foi assunto para o senhor. Tem explicação, dr. Mello Aranha?"

Nona noite

(Abre com o close-up da tela de um telefone celular mostrado por mão bem tratada de homem, onde se pode ler a curta mensagem sob o título "Hoje": "Pai! Capitão Gil! Nem me lembrava mais dessa figura, pai. P q mandaram cópias p mim? Vc sabia dessas coisas q estão falando?". Entra voz em off.)

"Passa para mim."

(Vê-se o homem quase gordo, de roupão de algodão egípcio branco fechado na frente por um laço do mesmo tecido, sobre uma camisa social cor salmão claríssima, fular bordô escorregado displicentemente sobre o peito, iluminado por luz neutra branca, apanhado no movimento de virar o celular para si.)

"Boa noite. Deu para vocês lerem o que está escrito neste WhatsApp do Júnior? Eu leio para quem não conseguiu. 'Hoje. [É notação do sistema, quer dizer: chegou hoje. A hora está no final, dezoito e quarenta e oito.] Pai, exclamação. Capitão Gil, exclamação. Nem me lembrava mais dessa figura, pai. Por que mandaram cópias para mim, interrogação. [Foi ordem minha.] Você sabia dessas coisas que estão falando, interrogação.'"

(O homem coloca o smartphone na mesinha ao lado.)

"Estão vendo, não faço segredos. Não preciso esconder mais nada. Essa exclamação de espanto do meu filho eu mesmo fiz ontem quando o nome do capitão foi lançado pela moça da fotografia, que agora passo a chamar de Mara, porque parece não haver dúvidas de que esse é o nome dela. E o espanto continua: por que essa figura agora? Por que acordar esse fantasma? Mandei para o Júnior uma cópia das mensagens que chegaram ao call center para ver se ele saberia de alguma coisa que eu não sei, se ele teria alguma explicação. Não tem, já se vê."

(Apanha folhas de papel na mesinha.)

"Três pessoas mandaram mensagens contando coisas alarmantes sobre o capitão Gil: um e-mail, um WhatsApp e um bilhete escrito à mão. Quem se interessar pode ler o que tenho aqui nestes papéis acessando o portal Nacional1.com.br, que disponibiliza tudo que chega ao *Vida ao Vivo*. É aberto. Eu já havia criado um acesso ao site antes de uma pessoa escrever reclamando que tudo aqui é censurado, que só mostro o que me interessa. A experiência com a televisão me ensinou que a leitura de textos longos afasta o espectador. O público, que já não lê, também não gosta de ouvir ler. Mandei criar esse portal para isso, para quem quiser ler. Está bom assim? A reclamação também está lá, na íntegra. Nestes papéis aqui eu tenho uma seleção e resumo, que eu mando fazer, para meu uso. No portal tem tudo, está bom assim? Gente, jornalismo, no mundo inteiro, é seleção e resumo, a patacoada fica de fora. Chamar de censura é... é... Bom, deixa. Falar do capitão. Põe a foto na tela."

(A tela mostra a foto em que aparece a moça de frente, em movimento congelado, e, de perfil, óculos escuros, o segurança, já identificado como capitão Gil.)

"Mandei apurar os fatos. Ainda não tenho detalhes, mas parece que as histórias são verdadeiras. O nome dele. É claro que eu sabia, trabalhou lá em casa, carteira assinada, como que eu não ia saber? Nem lembrava que ele tinha esse apelido, Bozzano, Gil Bozzano... Eu não me dou a essas intimidades, chamava-o de Gil ou capitão Gil. Fiquei sabendo que era conhecido pelo apelido, capitão Gil Bozzano. É como João do Pulo, ninguém se lembra do nome do João do Pulo. Volta para mim."

(A imagem do homem novamente domina a tela, em primeiro plano.)

"A razão do apelido. Confirmei que corre mesmo essa história na esquerda que combateu o regime militar. O que se diz é que ele torturou um preso político arrancando a barba dele com alicate. Vamos ver se tem outra explicação para o apelido, na família, entre os colegas de farda... sei lá. Eu já disse aqui uma vez: toda história é versão. E podem acrescentar, não me importo, que o que eu conto aqui é versão. Outra história é a do garimpo. Alguém diz que ele está na Amazônia, no garimpo de balsa. Rio Tapajós, falaram. Pode ser, um ex-sócio dele nesse negócio é quem diz. Mandei um repórter nosso daquela região procurar algum traço dele por lá. Espero que não demore. Aquilo é dois mundos, um de água, um de terra, e em nenhum deles Deus passeia. Outra acusação, muito pesada, vem da Mara, o nosso anjo terrível. Como que ela soube das coisas que colocou no bilhete escrito à mão? Por que motivo terá futricado o passado do meu segurança? Como que ela soube dos excessos do capitão Gil nos interrogatórios? Como que ela soube que ele foi exonerado por contrabando no Paraguai? Eu mesmo não sabia de nada disso, eu!, que me gabo de saber de tanta coisa sobre as pessoas. Procurei uns conhecidos no Exército, me deram retorno faz uma hora. É tudo verdade. Ela me questiona, me cobra, como... como... como se tivesse o direito! Porra! Desculpem, desculpem o palavreado chulo de reunião do Palácio do Planalto.

Desculpem. Ela pergunta por que não procurei saber quem era ele, antes de contratá-lo. Adianta eu dizer que isso foi naqueles anos em que eu só me ocupava da empresa?: crescer, atropelar, engolir os outros, ocupar espaços — não me envolvia nessas miudezas da casa, empregados domésticos, contrata, manda embora, carro bateu, filho bebendo, escola, compras, receber pessoas, problemas, gripes e resfriados, que sei eu! Precisei de um segurança, indicaram esse homem, ex-militar, minha mulher aprovou, contratou, ele foi ficando, segurança da casa. Um tempo depois que meu filho mais velho morreu e o outro foi estudar fora é que ele virou meu segurança. Eu trabalhava até tarde da noite, saía muito, também, precisava de segurança."

(O homem alcança um copo de vinho de cor dourada na mesinha, toma um pequeno gole, apenas insinua um brinde, rabisca um sorriso, recoloca o copo na mesinha.)

"Minha respiração melhorou, perceberam? Já falei bastante e o peito só pedia essa pausa. Não posso é rir, a engenhoca respiratória se descontrola. Voltando à Mara. Que atitudes estranhas. Eu praticamente inventei essa pessoa, nove dias atrás, quando divulguei essa foto que ficou famosa depois de dezoito anos guardada nos meus devaneios. A pessoa não existia, é revelada, aparece, desaparece e de repente fica agressiva, faz movimentos nas sombras, invisível, como — sim — como estratégia! Pode?, uma pessoa não querer meio milhão de dólares? E vem jogando bilhetinhos na minha correspondência, uma hora para despistar a identidade, outra hora para desqualificar uma amiga da adolescência dela, outra hora para me deixar intrigado sobre meu antigo segurança, como se o passado dele me sujasse de alguma forma... O que ela quer dizer com isso, que não me procura porque não sou confiável? Mas eu não peço confiança, só quero luz! Que ela ilumine aquele momento da fotografia, aquele momento da minha vida. É pedir muito?"

(O homem estende a mão e pega na mesinha o smartphone.)

"Tem outra coisa, mais intrigante ainda. É sobre a pessoa que foi vista entrando no prédio de um jornal concorrente nosso, descrita como muito parecida com a moça da fotografia. Eu ontem falei que ia mandar ver e, de fato, ela se identificou na portaria deles como Mara, não quiseram nos dar o nome completo, tudo bem, já sabemos, e pediu para falar com o diretor de redação. Eu o procurei, foi ele que me retornou hoje, para este celular. Perguntei se podia gravar, ele concordou, 'não tem problema nenhum'. Resumindo: ela deixou sob a guarda dele um envelope lacrado para ser aberto caso ela seja morta! Morta! Fiquei perplexo. Morta? Por quem? Por quê? E o que tem dentro desse envelope? Uma carta, ela disse para o diretor de redação, uma carta antiga. E mais ele não disse, nem sabia. Será por medo que ela se recusa a aparecer? Medo de morrer? Por mais que eu revire os fatos não percebo a razão desse temor. É um velho truque de Agatha Christie esse: o narrador nunca tem os dados todos na mão, não pode explicar o que está acontecendo... Esta não é a última das coisas intrigantes de hoje. Recebemos um e-mail de uma bióloga brasileira que trabalha num laboratório francês de contrastes nos arredores de Paris, chamada Mara Fontenelli, dizendo que não é a moça da fotografia, não reivindica o meu meio milhão de dólares, estão usando seus dados biográficos e não quer ser envolvida nessa falcatrua. Pode uma coisa dessas? Nossos retornos não tiveram resposta. Tenho um especialista em golpes cibernéticos analisando isso, vamos aguardar."

(Recoloca o celular na mesinha, apanha os papéis.)

"Não adianta ficar aqui dando voltas e voltas, bora mudar de assunto, como dizem hoje. Alguma coisa mais leve. Ah! Temos aqui um pastor, não de ovelhas, de almas. Dimas. O bom ladrão. Hahahahaha. Nada a ver, piadinha. Talvez seja aquele mesmo exegeta bíblico que já veio polemizar antes, agora resolveu se identificar. Dimas. Me acusa de blasfêmia, porque eu disse que o Criador fez muito rascunho, e me chama de copiador, diz que eu copio Voltaire. Vão lá atrás no arquivo on-line, vejam se eu falei algum absurdo. Somos animais como os outros, fisiologicamente parecidos, a diferença é que nunca precisamos que nos domesticassem, nós mesmos nos domesticamos. Essa ideia talvez seja de alguém, não sei, leio tanta coisa que acabo misturando o meu e o seu. Olha aí eu copiando de novo, seo Dimas. A questão fundamental da humanidade é esta: por que quisemos nos domesticar? Isso é metafísica, seo Dimas. A domesticação do rebanho humanoide só foi possível, meu caro pastor de ovelhas, pela imitação, pela cópia. Caminhar sobre dois pés não ocorreu a todos os humanoides de uma vez: vamos andar assim e pronto. Milhares de anos, imitando, um pé aqui, outro pé adiante, um braço equilibrando de um lado, outro braço do outro lado, imitação, imitação, imitação, cópia, cópia, cópia. Não há notícia de homens, por mais isolados que sejam, que caminhem de modo diferente. Apanhar uma pedra no chão e atirar, um gesto quase igual em qualquer lugar, em qualquer época, foi um saber por imitação. Proteger os olhos do sol com a mão, fomos aprendendo e imitando. Rir! Abrir devagar os lábios, afastar mansamente as bochechas, e nesse movimento apertar levemente os olhos, abrir mais os lábios a ponto de se verem os dentes, não no esgar do ataque mas no molde da simpatia, toda essa dinâmica do sorriso disseminou-se por imitação. Cópia, seo pastor. Pegar com a mão foi aprendizagem, pôr o polegar aqui, ó, confrontando os outros dedos, e contrair todos de uma vez em torno de um objeto, foi um avanço definitivo: pegar! Cozinhar, plantar, guardar, construir — tudo fizemos igual, brancos, pretos, amarelos, plantar couves é imitar alguém. Isso das couves quem disse foi um poeta antigo, acho que Musset. A linguagem é cópia! As palavras, herdamos e guardamos. Foi a espécie que começou a criar palavras, lá atrás; criou as palavras, o som e a fúria das palavras, o conceito, a fala, e nós copiamos, milênios copiando. Aprendido o truque, acrescentamos; os acréscimos que fazemos são quireras, a fala instalada em nós é imitação, cópia milenar. Quem fala em nós é a Humanidade. O canto dos pássaros é imitação, o muu do boi é. E qual foi o papel da religião na domesticação humana, lá no começo? Isso deveria ser objeto da sua meditação, seo Dimas, em vez de ficar cobrando originalidade de bagatelas. E outra: não me consta que Voltaire tenha dito alguma coisa do que eu disse, mesmo porque ele não era o enganador que eu sou. Hahahahahaha-ahah-haha."

(Tosse e se descontrola, tosse, tosse, tosse. O médico, o mesmo de outro dia, intervém com respirador, estetoscópio, comprimido sublingual, inalador, medidor de pressão. A imagem é substituída pela foto tipo documento de um homem branco, cabelo castanho de corte militar, rosto escanhoado, olhos castanhos, idade presumível entre trinta e cinco e quarenta anos. Permanece no ar durante segundos e é substituída pela foto habitual da moça procurada. Minutos. Reaparece o homem quase gordo de roupão branco sobre camisa social cor salmão muito suave, fular bordô arrumado sobre o peito, e pode-se ouvir discretamente sua respiração dificultada pelo que lembra bolhas ou trapos nos seus pulmões. Ele respira fundo, controlado, atento, cinco vezes, e retoma a fala.)

"Ufa! O doutor recomenda assuntos neutros, menos emoções. Rir sem controle também não posso. Vamos lá. Eu falava da imitação, da fala. Até o jeito de falar se copia, olha aí o sotaque: é um jeito. Agora, a relação entre a palavra e o pensamento, aí já não alcanço. Com que palavras pensa um surdo de nascença? Um que nunca ouviu uma palavra? O equipamento de pensar ele tem, o de ver e falar também, mas não existem palavras dentro dele. O que ele vê não tem nome! Sabe o que é dor, sede, mas isso não tem nome. O passarinho não canta, o cão não late, a vida é silêncio... Não, não, vamos parar. Isso aqui não é metafísica, é prosa. Prosa prosaica. Filosofia não dá ibope. Por falar nisso: o Ibope mostra que eu perdi pontos quando falei sobre a São Paulo da minha mocidade. Falei demais? Aqui no estado de São Paulo não perdi audiência, até ganhei, perdi foi no Nordeste, Norte e Oeste. Quem tem medo do *people meter*? Eu nem aceito propaganda neste horário. Falei no primeiro dia: não tem audiência que me derrube nem governo que me proíba. Na TV não é só o assunto que atrai, a própria luz em movimento captura a atenção. Dá para não seguir o zigue-zague de um vaga-lume? A chispa de um cometa? A chama de uma fogueira? Alguém contando histórias, pontos luminosos do fogo se movendo... isso também foi nos domesticando... pacificando... Mágica. TV é a fogueira ancestral. Sombras da caverna na sua sala, te prendendo a fantasmas. Televisão não é para pensar. A imagem não te dá tempo, assim que você a vê ela é substituída. É como se te mostrassem uma pintura de Caravaggio por um centésimo de segundo e pusessem outra no lugar. O que você gravou dela? Como você vai pensar sobre ela? Vem outra imagem, e outra, e outra: dá tempo de pensar? TV é excesso. No princípio era o verbo, mas o rádio se fez imagem e a TV habitou entre nós, dominou a terra dos homens como tiririca, açambarcou as culturas ao redor, lambiscou em todas as artes, comeu em todos os pratos. Matou a linguagem dos bons modos, porque é excessiva, vai desconvertendo os domesticados. Banalizou a porrada, disseminou a violência, pelo excesso. Eu faço TV, mas não sou cego nem burro. Os domesticados voltaram a apreciar os costumes bárbaros. A imagem rápida estetizou as brigas, animais em luta, homens em luta, robôs em luta, as discussões, os combates, as guerras, as mortes, corridas de carros, capotamentos, amor aos trancos, imagens em velocidade, não pense!, não pense!, bocas mordendo em primeiro plano, uma imagem eliminando a outra... A eliminação é a mensagem."

(Estende a mão, alcança o copo do dourado Sauternes, ergue um brinde.)

"Ao excesso."

(Bebe um pequeno gole, recoloca o copo na mesinha, expira ruidosamente.)

"Ufa de novo! Isso me cansou. Vinho pode. O doutor disse que pode."

(Faz sinal de pouquinho com o polegar e o indicador.)

"Como escreveu o Bernard Shaw no prefácio ao *Matusalém* — olha o Shaw aí de novo —, a natureza não tem preferência pelo homem. Se o macaco não der certo ela vai providenciar outra espécie. Enfim... Comecei a falar de audiência e me desviei. Desculpem, eu navego meio à deriva depois do meu covid. Então, por que eu falei que não tem Ibope que me derrube? Porque é assim que funciona: se não tem audiência, não tem propaganda; se não tem propaganda, a coisa não dá lucro e sai do ar. Eu não estou procurando anúncio, isso aqui não é novela de vilão. Eu sei que vocês precisam dos vilões para se sentirem bons, poder dizer 'oh, quanta maldade, eu não seria capaz de fazer uma coisa dessas'. As novelas crescem de audiência quanto mais os vilões mexem com fantasmas dentro de vocês. A violência deles serve para vocês se excluírem, 'ai, que estúpido; ai, eu não sou assim' — mas vão achando cada vez mais normal. Eu sei como é, porque é isso que eu vendo. Aqui neste *Vida ao Vivo* não, aqui não vendo nada, a não ser o meu peixe, hahaha."

(Abre os braços e faz uma cara como quem diz: conformem-se.)

"Então é isso: com audiência ou sem audiência volto a falar da velha cidade desvairada, pequena e grande, muito amada. Hoje, quem vive em São Paulo não tem orgulho da cidade, não cuida dela, não faz nada por ela nem para ela. Picha, suja, depreda, vandaliza, xinga, não liga, e no nível alto, imobiliário inclusive, explora como um gigolô. Esse morador novo não *pertence*, não adere, não é daqui, veio ganhar uma grana, *está* aqui. Só um de cada cinco moradores nasceu em São Paulo. É uma pena. Você abria uma larguíssima avenida ajardinada, enchia de belos casarões, não era só para se mostrar, era para enriquecer a cidade. Implantava um bairro, não era só para vender lotes, tinha um projeto harmonizado com a cidade. Fazia restaurantes finos, hotéis de primeira, não era só para ganhar dinheiro, era para sofisticar a cidade. Multiplicava casas noturnas, teatros, museus, livrarias, motéis, não era só pelo negócio, era para a cidade se orgulhar de oferecer comida, diversão e arte, e lugares para um chega mais, como cantava Rita Lee fechando aqueles anos exagerados. Setenta começou com o tri na Copa, a Seleção era um dos exageros. Outro exagero, esse de ilusão, estava começando: o Milagre, a farra da Bolsa de Valores, a classe média brincando de gente grande, pobres comprando, indústrias crescendo... Era o milagre da multiplicação dos papéis. 'Vende Villares, compra Acesita, joga na Bolsa, fica bonita', cantava um amigo meu. A febre da Bolsa estava tão alta que em setenta e um chegaram a negociar no pregão o lançamento de ações de uma tal Merposa, empresa que ninguém sabia do que era, mas comprava, e ela foi negociada até o fim do pregão, quando se descobriu que Merposa era, desculpe a má palavra, era Merda em Pó S.A., Mer-po-sa, brincadeira de um operador para mostrar que estavam vendendo muita porcaria no mercado. O grupo Mello Aranha cresceu nessa época, fui comprando empresas quando elas começaram a quebrar, com estoques lá no alto e o povão sem dinheiro. Comprei empresas sem dó nem piedade, me chamavam de predador. Nos anos milagrosos a bolha cresceu, mas murchou sem fôlego na metade da década. Murchou por quê? Teve a alta do petróleo, teve, mas o que bagunçou mesmo foi a queda na demanda. Nós, os muito ricos, comprávamos muita coisa lá fora, carros, roupas, aparelhos domésticos; as classes médias já tinham comprado o que queriam e as mais baixas não tinham dinheiro para comprar o que se produzia. Faltou melhorar essa renda, aí começou a quebradeira. Antes, era uma farra. Houve um ano, setenta e três, em que os comerciantes da rua Augusta cobriram o asfalto com carpete colorido, da noite para o dia, placas de carpete quadradas de quatro cores coladas sobre o asfalto, na época do Natal. Carpete igualzinho ao que as pessoas punham nos pisos das casas e dos escritórios. Imaginem o que era isso: acarpetaram uma rua inteira! Foi no ano em que nasceu meu filho Júnior, eu tinha vinte e nove anos, havia cinco que eu era o *capo* do grupo Mello Aranha. Os carros, os ônibus rodavam sobre o carpete colorido, quadriculado. Era para ganhar dinheiro, isso? Não. Era show. A rua era elegante, cheirosa, passarela de gente bonita, na moda e nos modos. Três criadores de perfumes, ali do bairro, davam borrifadas pelo ar: o Aparício, da Rastro, a Giovanna, da Giovanna Baby, e o Seabra, da Natura. A rua cheirava bem. O Seabra, no Dia dos Namorados, botava moças bonitas na rua distribuindo rosas para as pessoas... Tudo pelo charme daquele pedaço. Eu conhecia esse pessoal, morava nos Jardins nessa época. Houve uma epidemia grande no meio dos anos setenta, de meningite, morreu muita gente, crianças e adultos, mas ela não fez a cidade parar, nem o governo parar. Para atiçar o consumo os produtores criaram feiras, muitas: de roupas e modas, a Fenit; de carros, o Salão do Automóvel; de utilidades domésticas, a UD; de coisas para os filhos das mães, o Salão da Criança; até feira rural fizeram, com venda de gado e cueca de couro, na Água Funda. Surgiram dezenas, dezenas!, de casas de dança, São Paulo fervia de lugares excitantes para resolver desejos e de comidas do mundo para saciar apetites. Pizzarias, mais de três mil. E ainda havia os antros do populacho, botequins, quiosques, lanchonetes, padarias, pensões, quitandas, tendas, bibocas, baiucas, bodegas, todos produzindo comida. Vivíamos satisfeitos, obrigado."

(O homem se recosta, como cansado, alcança o copo do dourado vinho de Sauternes, toma um gole, espalhando o gosto pela boca, e recoloca o copo na mesinha.)

"Uma coisa que a síndrome pós-covid não me tirou foi o paladar, como aconteceu com tanta gente. O cansaço e a estenose do pulmão são dela. Vou vencendo com minhas receitas, minha fisioterapia. Bora voltar para os anos setenta. O dinheiro daquele milagre do Delfim Netto saiu de um bolso e foi para o outro, o dos imóveis, e aí deu-se que um quarto de todos os imóveis de São Paulo foi construído nesses anos do exagero. Financiamento? Muito empréstimo de fora. Depois eu pago! Fizemos até carro para disputar a Fórmula 1, o Copersucar, incrível! O governo levou uns seis anos para acabar com os comunistas e depois foi afrouxando, festival de hippies pelados podia fazer, shows de gays, dos secos aos molhados, dos croquetes aos pauletes, e os enrustidos foram saindo do armário... Acho que foi por aí que apareceu aquela pichação nas paredes, '*Liberte o gay que existe em vossa senhoria*'... Vou fazer um atalho para citar um que saiu do armário nessa época e eu levei o maior susto. Num daqueles encontros que a Associação Interamericana de Imprensa fazia para se denunciar casos de censura no Continente, eu comentei com o Ruy Mesquita, do *Estadão*, que o Lacerda havia feito uma visita ao meu jornal e eu estranhei que ele estava todo queimado de sol, camisa aberta até o estômago, peito depilado, cheio de colares, e o Ruy comentou com a maior naturalidade, naquele vocabulário franco dele: 'O Lacerda, depois de velho, virou veado'. O susto que eu levei! Depois encontrei num livro de memórias, *O livro de Antonio*, do Antonio Carlos Villaça, amicíssimo dele, a história da paixão dele por um cara na fazenda do

Severo Gomes, em Campinas. O Severo nunca comentou isso comigo, um homem muito fino. Aí eu bisbilhotei mesmo, e fiquei sabendo que em setenta e seis o SNI infiltrou um jardineiro bonitão no sítio do Lacerda, no Rocio, em Petrópolis, e o bonitão gravou uma cantada que levou dele. Não sei qual era a chantagem que o SNI estava preparando com uma gravação dessas, mas imagino. Governo Geisel... Golbery... Figueiredo... Eh-eh. Eu mesmo já joguei esse jogo com meu tio Freddy. O historiador americano Foster Dulles, muitos anos depois, publicou uma biografia dele de setecentas páginas, e só fez uma referência a homossexualidade, duas ou três linhas, assim mesmo para terminar dizendo que não achava plausível. Quer dizer, para o Dulles esse detalhe não interessava. Tem razão. Um gênio, o Lacerda, uma cultura enorme, bom escritor, basta ler *A casa do meu avô*, um livro de evocações da melhor qualidade. Eu tenho boa memória, mas quem me dera ter a cabeça desse homem. Memória absurda. Fiquei pasmo com o *Depoimento*, o livro. Fundamental. Os políticos de hoje parecem formigas comparados com ele. Tradutor também, dezenas de traduções, até Shakespeare ele traduziu. Editor importante. Ainda bem que foi cassado; parou de perturbar e voltou para a literatura. Enfim... Onde é que eu estava? Ah, no afrouxamento... Morreu Juscelino, morreu João Goulart, morreu Lacerda, suspenderam a censura à imprensa, abriram as pernas, e com as pernas abertas as chanchadas viraram o quê?: pornô, hahahaha, aprovaram o divórcio, suspenderam o AI-5, veio a anistia em setenta e nove, os comunistas fugidos e os exilados começaram a voltar, aquele rapaz da sunga de crochê anunciou o crepúsculo do macho, acabaram-se os anos setenta, e Rita Lee lançou o mote para a nova década, '*me deixa de quatro no ato*'."

(O homem alcança o copo de vinho, brinda.)

"Ao ato."

(Bebe e pousa o copo na mesinha.)

"Os retornados voltaram sem assunto, desatualizados, a luta nos anos oitenta já era outra, o dilema era modernizar o país ou idealizar o atraso. A fala deles tinha ficado antiga, o capitalismo tinha ficado mais esperto. Hehehe. Chega, não? Me alonguei demais hoje e nem cheguei aos oitenta. Boa noite."

(As luzes se apagam.)

Dia seguinte

"Relatório para a presidência. Ref. e-mail de 2/12. A missivista Mara Fontenelli não consta como funcionária no laboratório francês em que alega trabalhar. A suspeita, a ser complementada com investigações junto ao servidor de e-mail, é de que se trata de manobra semelhante àquela de 1/12 que lançou suspeitas de conluio entre Mara e Odete com vistas à apropriação indevida do prometido USD meio milhão."

"É a Mara. Dr. Fernando, quando acharem o seu capitão Gil, pergunte a ele a verdadeira razão de ter se demitido da sua segurança."

"Falando, o senhor até parece uma pessoa progressista. Por que não diz essas coisas nos editoriais da televisão Nacional e dos seus jornais? Porque no fundo sua imprensa é a voz da direita ideológica."

"O senhor diz que comprou empresas quando elas começaram a quebrar a partir do fim do Milagre. Esqueceu-se de dizer que as comprou com financiamento do BNDE a juros baixíssimos, graças às suas boas relações com o governo Médici."

"Parece-me correta a sua avaliação sobre o fim do período de prosperidade no Brasil nos primeiros anos da década de setenta, chamado de milagre econômico ou simplesmente Milagre. Eu, o Belluzzo, o Bresser, a Conceição, o Coutinho concordamos, com pequenas diferenças, que o que houve foi, grosso modo, um desequilíbrio entre produção e consumo. No pico do ciclo, o PIB crescia 11,3%, a indústria crescia 26,5%, a produção de bens de consumo durável crescia 23,6% e os salários cresceram só 3,1%. Se fôssemos um país exportador, com moeda favorável, poderia ter dado certo. O consumo ainda aguentou um pouco, com o relaxamento do crédito, até a capacidade de endividamento do consumidor atingir o limite da inadimplência; os investimentos se mantiveram por algum tempo com o gasto público elevado em grandes obras; e a produção de insumos se manteve com capital externo. Veio a crise do petróleo de 1973, e o quadro piorou. As empresas multinacionais começaram a mandar seus lucros para fora, os investimentos das indústrias caíram de 26,5% para 0,1%, a acumulação de bens nos estoques das empresas tornou-se crítica e depois demolidora, a queda das Bolsas redirecionou a poupança para as especulações (imobiliária e outras), a dívida externa começou a preocupar os observadores e investidores estrangeiros. A desaceleração foi suave a partir de 1974, não tivemos uma crise brusca como a dos Estados Unidos de 1929, porém o fracasso indicou que os Planos Nacionais de Desenvolvimento I e II não poderiam ter deixado de fora a renda do consumidor."

"Como pode uma pessoa de respeito se expor assim? É falta

de consideração com a família, com a minha prima e amiga, que sofreu tanto, e intolerância com a doença. Ela não merecia isso da parte desse machista predador."

"Quantos anos terá esse capitão Gil?"

"Na sua memória eufórico-cor-de-rosa do período dos anos 69-75, o sr. Fernando Mello Aranha maquiou os fatos ao escamotear que foi a época de sequestros de embaixadores, trocados por presos políticos, desvio de aviões a jato para Cuba, morte de presos políticos sob tortura, resistência armada, assaltos a bancos, guerrilha na selva, bombas na madrugada, censura na imprensa e nas artes (censuraram até as notícias da epidemia de meningite, não deixaram o povo saber da epidemia, e milhares de pessoas morreram), suspensão do habeas corpus, cassações de deputados, senadores, professores universitários, juízes e políticos mesmo sem mandato, ciranda financeira, início da grande inflação e da gigantesca dívida externa. Quero ver vocês publicarem esta minha mensagem, porque o faraó não admite críticas."

"Quando é que vai entrar a novela *Frutos Proibidos*, que foi anunciada antes de entrar esse programa esquisito? Tem uma semana que estou querendo saber. As cenas da chamada eram pesadas. Voltou a censura?"

"E a noiva? Continua valendo a sua proposta de casamento para o anjo da fotografia? Não falou mais nisso..."

"Blasfêmia! Os blasfemos morriam na fogueira. Não se fazem mais fogueiras santas, esse homem vai arder no inferno!"

"É bonita a sua inquietação com aqueles que são surdos desde o nascimento e a falta de palavras no mundo deles, sr. Mello Aranha. Hoje há aparelhos cerebrais e tratamentos para muitos casos de surdez congênita. No século passado, há o caso extraordinário da norte-americana Helen Keller, que ficou surda e cega aos dezoito meses, e aprendeu a ler, falar e escrever, e tornou-se escritora e conferencista premiada. O senhor não conhece uma peça de teatro que virou filme, *O milagre de Anne Sullivan*, sobre a construção da linguagem no cérebro dela, aos oito anos? Anne foi a professora que fez entrar a luz no cérebro da Helen, ensinou basicamente que as coisas tinham um nome e os nomes eram palavras. Uma beleza. Admira o senhor não saber disso."

"Não tenho medo de dar meu nome, Emanoel Faustino dos Santos, o Mano, da comunidade de Rio das Pedras, Cidade Maravilhosa. Reconheci o capitão Bozzano por uma foto que entrou, acredito que por engano, no programa *Vida ao Vivo* de ontem, quando o artista que faz o papel do dono do canal passou mal em cena. Sou muito bom fisionomista, poeta popular e repentista. Trabalho na comunidade de Rio das Pedras desde o começo do projeto Favela-Bairro, conheço todo mundo que passou por aqui desde o começo da ocupação, 1960. Esse capitão Bozzano chegou aqui quando a minha escola do coração Beija-Flor de Nilópolis ganhou o Carnaval do Rio pela oitava vez, ano 2004, com o enredo sobre a Amazônia. O homem chegou chegando, na base da pontaria, quando a Zona Oeste virou faroeste. Dominou, virou chefe, até que se formou a Liga da Justiça, do Batman, e matou uns tantos, tomou conta. Já fazia uns quatro anos ou mais que o capitão pipocava o seu 38 por aqui quando a facção do Batman dominou, não tinha pra mais ninguém. Se o capitão Bozzano não some, já era. Antes de ir, ele matou dois pretos da Liga, escolheu pela cor, não gosta de nós, pretos, e aí se foi pro garimpo. Chegou aqui com a Amazônia da Beija-Flor e se foi pra Amazônia do uirapuru…”

Décima noite

(Abre no homem de compleição forte, roupão branco de algodão egípcio muito branco e fino, camisa social de um cinza suavíssimo, o mesmo fular bordô escorrido sobre o peito, respirando profundamente através de uma pequena máscara de inalação manual ligada ao mecanismo de um tubo de oxigênio, que ele dispensa em instantes e depois encara a câmera.)

"Boa noite. O Júnior veio me visitar. Visita de filho. A primeira depois daquela conversa emocional de quatro, cinco dias atrás, quando eu percebi que estava pegando muito pesado com ele. Deixa o caso Bella Bier para lá. Passou. Foi bom eu ter falado nisso aqui, me exorcizei. Não sei se terei sido sempre injusto com ele, cobrando dele o que o primeiro filho me negou com aquela dissipação, aquele talento jogado fora, desperdiçado nas anfetaminas, no jogo, na mulherada à toa. Lé com lé, cré com cré. O Júnior já fez quarenta e oito. Não se casou, não acredito que se case. Netos, nunca cobrei. Lá atrás, talvez, quando comecei esta família, posso ter pensado em descendência, passar o bastão, descansar um dia vendo alguém continuar o trabalho.

Erro de cálculo. Eu não sou, talvez já não fosse essa pessoa. Não me via assim como vejo agora, como devo ter sido sempre, centralizador, arrogante, melhor que os outros, o cara. Não encaminhei o Júnior para o que ele gostaria de ter sido, um diplomata de carreira, afastei dele a namoradinha pobre, na verdade tratei o garoto como estepe do irmão mais velho. Quando o irmão morreu, aos vinte e três anos, ele tinha treze. Um menino, vivia em casa, nem aprender a andar de bicicleta ele quis. Quem sabe... sei lá... tinha medo da liberdade, de sair pedalando na vida. Ou queria estar sempre perto, tinha medo de a mãe pirar com a morte do filho. Para poupá-lo foi que o mandei estudar fora, até a universidade, Yale. Eu não fui um pai presente, sempre fui é um empresário presente, tempo integral. Não podia dar certo, não deu. Agora, *anyway*, se eu morrer, ele assume. Bom, voltando à visita dele. Correu tudo bem, pisamos no chão devagarinho. Primeiro cerimoniosos, falando coisas banais de visita, é bom esse café, ficou boa ali essa escultura. Relaxados, ele falou de quando começamos a viver em casas separadas, quando eu me mudei para cá, dois anos antes de me isolar aqui. Contou como foi difícil assumir a mãe enlouquecida, sabendo que nunca foi o filho preferido, mas teve muita pena dela, por mais breve que tenha sido a pena. 'Você sabe, pai, do que ela morreu?', ele perguntou, e respondeu antes de mim: 'De solidão'. Me lembrei da peça do Samuel Beckett, *Fim de jogo*, quando um personagem pergunta para o outro, não me lembro o nome, o homem que cortou a luz dela: 'Você sabe de que morreu a Mãe Peg?', e responde: 'De escuridão'. Duas coisas dolorosas, solidão, escuridão. Eu olhei para o Júnior procurando acusação nas palavras dele, mas não era acusação, era ele lidando com o não ter podido fazer nada, e acrescentou: 'Tinha perdido o queridinho dela já fazia quinze anos e ainda se culpava de ter influído nos vícios dele. Separação também dói, botou na cabeça que você a culpava pela perda do filho querido. Eu não contava'. Não havia acusação no tom dele, era um balanço, uma memória para nos situar. Talvez houvesse alguma queixa quando ele disse que 'não contava', não era importante. Aguentou aqueles quase dois anos de depressão dela, as tentativas de suicídio com comprimidos, a vida se esvaindo dela, até o fim, naquele ano terrível, que terminou com o meu recolhimento neste castelo."

(O homem alcança a fotografia tamanho 18 × 24 na mesinha ao lado, não a exibe, olha-a, pode-se entrever que é a foto do dia do seu recolhimento. Desiste de falar dela, devolve-a à mesinha.)

"Um ano depois que o primogênito morreu, mandei o Júnior estudar fora, curso médio na Suíça, faculdade e pós-graduação nos Estados Unidos. Yale. Era a moda. Doze anos estudando, férias no Brasil, mais dois anos no nosso escritório de Miami. Eu queria poupá-lo da decadência da mãe. Aaah! Chega! Voltando à visita do Júnior. Ele falou também do capitão Gil, estava muito intrigado depois que leu aquelas mensagens relatando barbaridades. Era garoto quando o capitão começou a trabalhar na casa como segurança, difícil lembrar de alguma coisa. Um episódio que ele não esqueceu, uma daquelas coisas que ficam na memória da gente a vida inteira, foi o do capitão contando a brincadeira de criança dele e da turma do bairro onde ele morava, a pescaria de urubu, que era o seguinte: ele ou os outros meninos da rua pegavam uma tripa de frango que a mãe tinha matado para o almoço, enfiavam um anzol dentro da tripa amarrado a um rolo de linha de empinar pipa e levavam para o lixão, davam corda, um dos meninos colocava a tripa lá perto dos urubus e quando um deles engolia a tripa o da corda puxava, fisgava, o bicho levantava voo, ele dava corda, dava corda, e a meninada festejava aquela pipa preta de asas se debatendo, ele dava um puxão de vez em quando, até o bicho cair estrebuchando no chão, e ele disse que dava para fazer com cachorro vira-lata de rua também. Outra coisa de que ele se lembrou: que o Gil falava para ele ser mais durão, era muito mole. 'Teve também um dia', ele falou, 'que eu voltei da escola e tinha um clima estranho, não sei o que era, coisas nebulosas aconteceram, quarto fechado, um clima estranho.' 'Que coisas, quando?', eu perguntei. 'Não sei', ele disse, 'como que eu posso lembrar, sei lá, trinta, quarenta anos atrás?' 'Não se lembrou do urubu? Então dá para lembrar', eu argumentei. 'E quem explica o que a gente lembra ou não?', ele rebateu, e ficou nisso, ele com a razão. Aquela pouca coisa inquietava sem ajudar. Ou ajudava inquietando. Aí eu disse, quase como encerrando o assunto: 'Quando a gente o localizar você pergunta sobre essas coisas nebulosas'. E o Júnior, natural: 'Pai, não é estranho ele ter sumido?'. Essa conversa foi hoje de manhã."

(O homem alcança o inalador na mesinha, que está ligado ao respirador de oxigênio, aspira algumas vezes, profundamente, depois devolve o inalador à mesinha e no mesmo movimento apanha algumas folhas de papel.)

"À tarde, recebo um bilhete da Mara, que vocês podem ler no portal indicado aqui embaixo — lá tem tudo que nos chegou, sem censura. Ela diz no bilhete: 'quando acharem o seu capitão' — perceberam a ironia? O *meu* capitão. Ironia e mais alguma coisa que ainda não captei. 'Pergunte a ele', ela diz, me dando ordem!, querendo saber por que ele se demitiu da minha segurança. Ara! Como se eu tivesse de dar satisfações a ela, como se ela soubesse de uma razão oculta. E mais: criando intriga, insinuando sei lá o quê. Acho que já falei da justificativa dele, de que ficando eu confinado aqui no meu refúgio e tendo a patroa falecido, ele não seria mais necessário como segurança, ia procurar outra coisa para fazer. E foi; falou e foi, aventureiro. Então. Agora reparem numa coisa: o bilhete da Mara e a dúvida do Júnior se complementam! Por que o capitão se demitiu, ela pergunta; e o Júnior pergunta: não é estranho ele sumir daquele jeito? Uma pessoa maliciosa poderia pensar: será que eles combinaram? Eu não sou essa pessoa, não sou mais. Novelão tem limites hahahaha. Desculpem lá, meus caros roteiristas. Brincadeira. Claro, assim que o localizarmos vou querer saber se outros motivos ele teve ou teria para se demitir e acabar sumindo na Floresta Amazônica. Sem pôr malícia, seriam normais tanto o pedido de demissão quanto a aventura. Pondo malícia, é... é o novelão."

(O homem consulta os papéis que tem nas mãos.)

"O outro bloco do novelão: a Mara é ou não é a Mara? Investigamos a pessoa que mandou e-mail ontem assinando Mara Fontenelli. Ela não existe no registro de passaportes da Polícia Federal, não existe funcionária brasileira com esse nome no laboratório francês em Saint-Denis onde ela alega que trabalha. O que essa pessoa insinua é que a Mara que estamos procurando é uma fraude, apossou-se de dados da biografia dela para se passar por ela. É a mesma intenção desviante daquela mensagem de três dias atrás, criando uma história de conluio entre uma falsa Mara e uma falsa colega de escola para embolsarem meio milhão de dólares. Isso não faz sentido, nenhum sentido. É o contrário que está acontecendo! A Mara verdadeira está é se esgueirando, se escondendo!, ela não quer quinhentos mil dólares! Mais tarde pode até aparecer e exigir o dinheiro, mas agora não quer, não sei o que ela quer. Gente! Me ocorreu uma coisa agora — é isso! Pode ser que a própria Mara esteja sabotando o rumo da história que leva até ela, pode ser que seja ela quem está mandando esses e-mails desviantes, para despistar! Ela não quer ser encontrada ainda! Está criando empecilhos, adiando... para quê?"

(O homem olha os papéis que tem nas mãos, deixa-os na mão esquerda, com a direita alcança o copo de água na mesinha, bebe, deixa o copo na mesa.)

"Curioso, o capitão vai crescendo nesta história. Um dos nossos telespectadores, suponho que é um seguidor de novelas, quer saber quantos anos ele tem. Pergunta, imagino, porque quer construir uma personagem na cabeça dele, calcular se o homem tem idade para andar garimpando na Floresta Amazônica. Quer saber a idade dele, meu senhor? Isto aqui não é Google. Tchau. Outro, do Rio, dá conta de que o capitão Bozzano, com esse nome mesmo, chefiou facção de milícia na Zona Oeste de lá, antes de ir para a floresta. É mais uma novidade. O tal Mano, que conta isso, não teria interesse nenhum de mentir, deve ser verdade. Reconheceu o capitão por uma foto de documento dele que mandei deixar aqui à disposição caso precisássemos. E diz o Mano que ele é racista, que matou, aspas, dois pretos, fecha aspas, escolhidos pela cor, antes de fugir para o Norte, ameaçado de morte. Ora, ora, ora. Agora é moda falar que todo preto assassinado foi por racismo. Racismo estrutural. Mesmo que o assassino não tenha sido explícito, atribuem a morte ao racismo. Não digo que não seja, muitas vezes é isso, mas tem uma praga maior, que pega pretos, brancos, amarelos, mulheres, e acho até que o racismo é um dos filhotes dessa praga: a violência estrutural. O racismo estrutural é filhote da violência estrutural. Ela se instala na alma das pessoas urbanas, se alimenta dos rancores da desigualdade, se espalha entre os filhos carentes da pátria amada e os filhos mal-amados das mães gentis. Caim e Abel. E tome porrada. Pode ser confundido com preconceito e racismo alguém gritar ô crioulo e tome porrada, alguém gritar cai fora, veado e tome porrada, alguém gritar olha o cabeludo, olha a mulher de peito de fora, olha esse pau de arara, e tome porrada. Enganos pela metade. O racismo, a homofobia, o feminicídio estão presentes, claro, mas a raiz é a violência. O preconceito é subproduto, é máscara; por trás da máscara está o rosto verdadeiro da besta: a violência, a vontade de dar porrada, seja em preto, em bicha, em mulher. Aquela vontade íntima, compensadora, estrutural, prazerosa, pra-ze-ro-sa!, de dar porrada. O resto é ampliação do campo. O que foi o CCC senão a milícia ideológica, o prazer de dar porrada nos comunistas? As mortes do tráfico, da milícia, da polícia, são a porrada à bala. A gostosa porrada. Milícia e tráfico e polícia fizeram a militarização da porrada. Milicianos e traficantes são soldados, a palavra 'soldado' significa 'a soldo', 'pago'. São pessoas se virando para viver, mas o dinheiro que entra é um a mais, o pagamento que dá mais gosto é o poder de dar porrada, a pau ou à bala. Aquele malandro da música popular, dos sambas do Noel Rosa e mais tarde dos contos do João Antônio — eu li, já falei que li muita coisa, e leio — evoluiu para esse profissional da bala, trocou o violão pelo fuzil. O Rubem Fonseca — outro escritor — já via que a coisa ia piorar, estava piorando. Tem um livro aí que estuda o problema das milícias, desde os esquadrões da morte dos anos sessenta até hoje, tempo de Bolsonaro. É bom, mas tem de ir mais para trás, buscar as raízes, outro estudo, acho eu."

(O homem apanha o inalador na mesinha, abre a válvula de oxigênio, aproxima a máscara de inalação do nariz e da boca, respira fundo algumas vezes, compassadamente, até transparecer o bem-estar em seu rosto.)

"Milícia é método. Não é só um nome que esse ou aquele dá. Sempre houve milícia aqui, desde a colônia, com outros nomes, outra função social, mas olha os métodos: são grupos armados, conquistam poder, tomam a lei nas mãos, tomam negócios. Violência de raiz. Os bandos de capitães do mato, qual é a diferença? O que era o paulista Domingos Jorge Velho, que foi chamado para eliminar lá no Nordeste o quilombo de Zumbi dos Palmares, senão um chefe de milícia, com licença para matar? Tinha patente de 'mestre de campo' para caçar índios e negros fugidos. O que eram os bandos bandeirantes, alguns até autorizados pelo rei como os corsários ingleses, com licença para dizimar e escravizar índios? Alguma vez eles chegaram a algum lugar com respeito e civilidade? O que eram os Antônios das Mortes pelo Brasil afora? É só olhar pelo ângulo do método, aplicado lá onde não tem lei. *Waaal*, como dizia o Paulo Francis, eu estava falando de violência estrutural, me desviei, entrei num subproduto dela, me alonguei. Falar sem roteiro dá nisso. Voltando. A violência entranhada na alma das pessoas — não gosto de falar de alma, *pero* — ajuda a explicar o fato de mantermos por três séculos a escravidão como sistema de produção. Havia prazer naquilo lá. Prazer e ódio. Além do comodismo. Quem gostava metia porrada, no pau ou no chicote. Tem uns historiadores aí — o comunista Gorender é um deles, trabalhou comigo aqui na emissora — que contestam a extensão disso, dizem que escravidão era um modo de produção, não fazia sentido você estragar sua propriedade e sua força de trabalho dando pancada demais. O sábio Machado de Assis, um preto, né?, já havia escrito que não batiam muito, para não estragar as peças. Está lá, no conto 'Pai contra mãe', tenho memória muito boa para meus argumentos: '*o sentimento da propriedade moderava a ação, porque dinheiro também dói*'. Maravilha. Exato e sutil. Acontece que os violentos estruturais não tinham esses cuidados com a propriedade, preferiam se divertir. Depois da Abolição, muitos deles preferiram matar os libertos a deixá-los livres. Se era assim em tempos de paz, imaginem a violência estrutural nas guerras, as muitas. As da independência, barbaridades. Olha o fim do Tiradentes, enforcado e depois esquartejado para ser exposto nas estradas e na praça de Ouro Preto, '*para terror e exemplo*', como dizia a sentença. Olha o outro revoltado de Ouro Preto, Felipe dos Santos, antes do Tiradentes, esquartejado vivo por cavalos amarrados aos seus braços e pernas, cada um puxando para um lado. Se é lenda essa morte, quando a lenda se torna verdade eu fico com a lenda, como diz um faroeste do John Ford. Olha as matanças de rendidos na Guerra do Paraguai. Olha o fim da Guerra de Canudos, contada por Euclides da Cunha em *Os sertões*, o extermínio dos sertanejos miseráveis pelo Exército. O coronel epilético Moreira César, que comandou a primeira expedição contra Canudos, tinha o apelido de Corta-Cabeças por quê? Olha a Revolução Federalista dos maragatos gaúchos, no começo da República. A degola dos prisioneiros derrotados era a festa do dia seguinte das batalhas. Contam que eles praticavam o que chamaram de *la corbata*, 'a gravata': cortavam a garganta e penduravam para fora a língua do infeliz. Eu li num livro do gaúcho Tabajara Ruas, *A cabeça de Gumercindo Saraiva*, que só um degolador especialista, o negro Adão Latorre, degolou num dia trezentos prisioneiros nas margens do rio Negro. Trezentos! Nossa história é cruel, não pode ser contada nos livros escolares porque eles seriam impróprios para menores. Éééé. Não foi só naquele passado, não. Olha o relatório Tortura Nunca Mais. Eu li, qualquer um pode ler. Noventa e cinco por cento daquilo a gente não sabia, não tínhamos os fatos, só os rumores. Na época, o que me ocupava era fazer a empresa crescer — e cresceu."

(O homem consulta os papéis que tem na mão, e percebe-se no seu gesto uma controlada, pequena irritação.)

"Aí vem um daqueles sujeitos que o Nelson Rodrigues chamava de idiotas da objetividade e argumenta que sentado aqui nesta poltrona eu falo quase como um progressista, mas o que aparece nos editoriais da TV e dos meus jornais não é nada disso, é a direita ideológica. Nas entrelinhas, ele me chama de hipócrita. Com a paciência que aprendi a ter à custa de muito treino, vou explicar. Nos editoriais, é o negócio quem fala, e ele tem limites, tem compromissos, tem planos de longo prazo; o grande público é que abastece ideologicamente cada palavra e é abastecido de volta. Aqui não. Aqui no *Vida ao Vivo* falo eu. Eu pessoa. O eu de hoje, não o de ontem, impetuoso e errático, mas o de hoje, calejado, estudado, vivido, aprumado, sem ambições."

(Olha de novo os papéis, mesma irritação.)

"Vem também uma senhora, minha contraparente, que eu poderia chamar de idiota da subjetividade, me censurar, dizendo que uma pessoa como eu não pode se expor assim, é falta de respeito com a intimidade da família, falta de recato, que eu sou um machista, blá-blá-blá. Essa senhora é uma feminista daquele tempo em que se discutia se o homem devia ou não levantar o assento da privada para fazer xixi, e o nível dela continua esse, o do assento da privada. Desde o primeiro dia aqui eu falei que não ia guardar segredos, quem determina os meus limites sou eu, ponto. Por que está indignada? Se não poupo os outros, não me poupo também."

(Olha os papéis, passa folhas.)

"Hoje não estão me poupando."

(Olha com mais atenção uma transcrição. Murmura.)

"Cretino!"

(Passa a folha, sacode a cabeça como insatisfeito, volta à folha anterior. Lê.)

"Aspas. O senhor diz que comprou empresas quando elas começaram a quebrar a partir do fim do Milagre. Esqueceu-se de dizer que as comprou com financiamento do BNDE a juros baixíssimos, graças às suas boas relações com o governo Médici. Ponto, fecha aspas. Vou dar de novo uma demonstração da minha paciência. O BNDES, que antes era BNDE, é um banco, e banco não dá dinheiro, banco empresta. Os juros são estabelecidos em lei. Os financiamentos são decididos por um colegiado, que vota segundo o interesse social e estratégico de cada proposta. O presidente da República não tinha e não tem direito a voto no colegiado. Sim, comprei com financiamento algumas empresas grandes que se enquadravam nos critérios socioeconômicos do banco, iguais para todos. Não tive boas nem más relações com o governo Médici. Estive com o general presidente apenas em eventos oficiais e numa audiência com empresários. Um cretino."

(Suspira.)

"Ai-ai. Cansado."

(Indicando os papéis que tem na mão.)

"Não vou me despedir antes de responder a mais um noveleiro. Não há noivado sem noiva, e a escolhida não me responde. Continua valendo, sim, a proposta."

(O homem apanha na mesinha ao lado uma caixinha de joias, abre-a e exibe um rico anel de noivado, de ouro branco e diamante solitário.)

"Boa noite."

(Superclose do anel. As luzes se apagam.)

Dia seguinte

DIRETOAOPHATO. NEWSLETTER DE GUSTAVO PATO. "Alguns traços do caráter do aracnídeo gigante da avenida São Luís começam a se mostrar. Depois de admitir que chantageou o tio Frederico com fotos escandalosas a fim de tomar-lhe a presidência da empresa, de admitir que submeteu a ex-esposa a bullying psicológico e impôs-lhe sua vida dupla de adúltero, que não compartilhou com ela o cuidado dos filhos menores, negligenciando seus deveres de pai, que expôs na televisão intimidades da família, enxovalhando sua dignidade, e que se aproveitou da condição falimentar de empresas para comprá-las a preço vil, o sr. Fernando Bandeira de Mello Aranha mostra-se ingrato com o governo sob o qual agigantou seu conglomerado de empresas, insultando o ex-presidente Médici com um termo que tem levantado indignação no meio militar.

"O assunto do momento no que concerne à aranha-caranguejeira da São Luís são as revelações que começam a aparecer sobre a figura sinistra que por mais de vinte anos foi seu segurança familiar e pessoal, o capitão Gil. Tão longa convivência levou este blog, que não tem rabo preso, a levantar a hipótese de que a amante de uma vida inteira do empresário, a atriz Bella Bier, tivesse conhecimento do caráter sádico do notório capitão. Não deu outra. A famosa atriz não se furtou a falar com este blog sobre o personagem, declarações gravadas que resumimos abaixo:

"'Conheci o Gil em 95, quando o Fernando e eu começamos o nosso relacionamento. [...] Ele já era segurança pessoal do Fernando, quer dizer, não era mais da família, o Júnior estudava nos Estados Unidos. [...] Era bonitão, um corpaço, tipo rústico, mas bonitão. [...] Que é isso, Gu, me respeite! Não, senhor, nunca nunca, imagine! [...] Ele ia na frente, ao lado do motorista, nós íamos atrás. [...] De manhã, não, de manhã ele fazia as coisas dele, pelo menos na fase que eu conheci, cuidava do físico, academia, artes marciais, tiro, essas coisas de homem. [...] Sempre por perto, restaurante, teatro, show, casamento, eventos, entrega de prêmios, ele sabia fazer o serviço dele. [...] Não não, no meu tempo só bebia energético e refri diet. [...] Usuário, acho que não, nunca vi sinal, e eu conheço os sinais, no nosso meio, né, Gu? [...] Usava o corpo para afastar as pessoas, dentro daquele terno preto só tinha músculos, mas violência, porrada, tiros, nunca vi. A gente não ia a lugares barra-pesada. [...] Tinha porte, tudo legal, usava a arma igual James Bond, num suporte ao lado do coração. [...] O motorista sabia de coisas do passado dele, deviam conversar na hora de um café ou de um lanche, contar vantagem, falar de mulher, essas coisas de homem. [...] Pra mim ele nunca contou nada, nem dava pra ficar de conversinha, né, Gu, cada um no seu quadrado. [...] Com o motorista eu conversava, um homem muito afável, o Fernando se referia a ele como chauffeur, à francesa, um ranço paulistano antigo da família dele. Dava para conversar nas paradas, durante as esperas. Ele que me contou que o Gil saiu do Exército punido, que nas férias já tinha feito garimpo de pedras na Bahia, que ele se orgulhava de ter sido agente dos órgãos de segurança, que quebrou muito comunista no pau. [...] Comentei alguma coisa com o Fernando uma vez, faz tempo, lá atrás, ele nem se interessou, disse que devia ser lorota de macho, um cara contando vantagem para o outro. [...] Não, acho que não falamos mais disso, o Fernando não se interessava, empregado para ele é coisa. [...] Acho estranho ele não saber, do mesmo jeito que eu fiquei sabendo, conversando. Ninguém fazia segredo. Só que eu sou popular, converso com pobre, entendeu?'"

"É a Mara. Dr. Fernando, o senhor disse na televisão que está procurando aprofundar as informações que recebeu a respeito do seu ex-empregado torturador, mas parece mais interessado em saber como que eu fiquei sabendo das coisas que sei. Sei mais do que eu disse, mais do que o contrabando que ele fazia, mais do que os estupros nos interrogatórios, sei por exemplo que ele ficava com os dinheiros que encontrava nos esconderijos dos guerrilheiros presos. Quem me contou? Alguém que trabalhou lá também. E eu sei por que ele deixou de ser seu guarda-costas, o verdadeiro motivo. Sugeri ontem que procurasse saber, mas o senhor prefere se acomodar com a explicação que ele deu. Quanto ao anel, quem sabe um dia ele será meu?"

"RELATÓRIO DO NOSSO HOMEM NA AMAZÔNIA — De Boa Vista para dr. Mello Aranha. Urgente.

"Os olhos invisíveis da Floresta Amazônica nos espreitam dos dois lados do acidentado rio Uraricoera, que corre enganosamente manso na direção do rio Branco, por onde subimos partindo de Boa Vista. A voadeira, nome popular da comprida canoa de alumínio motorizada que é usada como táxi na vasta região das águas amazônicas, nos levará até os garimpos ilegais do alto Uraricoera, onde esperamos obter mais notícias do famigerado capitão Bozzano. Sobre ele já tivemos relatos espantosos de comerciantes, garimpeiros e indígenas vindos das regiões de garimpo dos rios Juma, Madeira, Tapajós e outros.

"Nossa aeronave fretada PT-XZ5 saiu de Manaus às cinco horas da manhã com plano de voo para Apuí, no sul do Amazonas, e daí para Boa Vista, em Roraima, no norte, já próximo da Venezuela. Relatamos a seguir a primeira etapa da viagem. Apuí não é mais o que foi nos anos de 2007 a 2009, o lugar civilizado mais próximo de duas ocorrências de ouro muito ricas pouco distantes da Rodovia Transamazônica: a Grota Rica, como chamavam os garimpeiros, e Eldorado do Juma, como chamava a imprensa. Cerca de quatro a oito mil garimpeiros chegaram da noite para o dia à região. Quando o malfalado capitão Gil chegou, calcula-se que em 2009, Apuí era a capital do ouro, lugar de circulação, informações e arregimentação de garimpeiros, e venda de tudo para a atividade: bateias, pás, enxadas, motores, mangueiras, botas, marmitas, espingardas, revólveres, munição, facas e facões, camas, cobertores, barracas, repelentes, inseticidas, trempes, panelas, calças emborrachadas, lamparinas, lanternas, preservativos sexuais, chapéus, roupas, pasta de dentes, sabonetes, mercúrio, maçarico — quem vem não sabe quando volta, ou se volta. O garimpo onde o capitão Gil atuou primeiro fica oitenta quilômetros a oeste de Apuí e foi fechado pelo governo em 2013. Lá, encontramos uns gatos-pingados bateando, alguns já velhos para o garimpo pesado, e eles e também os comerciantes mais antigos sabem de histórias do 'capitão Bozzano' em pelo menos cinco garimpos grandes onde ele atuou na Amazônia Legal.

"Resumindo: Gil chegou com quatro mulheres, uma delas 'de menor', que cedia aos interessados em troca de ouro; sua habilidade com os revólveres e espingardas impedia tumultos e calotes; logo começou a ser contratado para dar sumiço nos que roubavam o ouro dos outros, uma espécie de xerife e juiz naquele faroeste; ele mesmo não queria enfiar os pés no barro do garimpo, preferia vender seus serviços e mulheres; formou um bando e entrava no mato com motosserra e material de prospecção para descobrir novas grotas; as lavras que achou garantiu na bala; dava sumiço nos indígenas agressivos, picava com a motosserra e jogava no rio, para evitar notícias e escândalo; apesar dos seus mais de sessenta anos, dez ou onze anos atrás, estuprava meninas indígenas à força ou seduzidas com chocolates, bebidas alcoólicas e pulseiras de metal, e algumas ele integrou à sua rede de prostituição; com o tempo ganhou poder, comprou balsa e foi extrair ouro no Tapajós; associado com a facção criminosa PCC coordenou a distribuição de drogas em várias lavras de terra e dragas de rios; garimpo é lugar de gente braba, mas a fama dele entre os garimpeiros já metia medo; a disputa por áreas do rio virou guerra, e o capitão botou fogo nas balsas dos inimigos, mandou bala nos que reagiram e sumiu; disseram por fim que ele foi com seu bando para o Suriname ou para o rio Uraricoera, em Roraima.

"Algumas características da atuação garimpeira do capitão Gil: ele não se preocupa em obter PLGs, que são Permissões de Lavras Garimpeiras fornecidas pelo governo, nem entra em cooperativas — prefere juntar aventureiros e achar lugares novos; exerce a atividade de extração em áreas mais remotas; nas atividades de fornecedor de materiais, comidas, remédios e mulheres, fica próximo dos garimpos, mas sempre invisível, seus soldados fazem o serviço; as descobertas de novas lavras ocorrem em matas nativas, derrubadas por motosserras e mantidas em segredo a poder de bala, e o ouro extraído é contrabandeado para empresas mineradoras europeias ou brasileiras.

"Segunda etapa da viagem. Antes de pousarmos em Boa Vista, Roraima, fizemos um sobrevoo de uma hora pela região do garimpo na Terra Indígena Yanomami. O marrom-ferrugem das feridas na floresta foi avistado por nós em vários pontos dos rios Uraricoera, Parima e Mucajaí. Constatamos movimentação intensa de helicópteros, aviões e voadeiras em toda essa região. Onde acharíamos notícias do capitão Gil? Não foi permitida nossa aterrissagem nas pistas clandestinas e voltamos para Boa Vista, para tentarmos a aproximação por voadeira. Na bela cidade são visíveis as alterações provocadas pela atividade garimpeira ilegal. Encontramos mais de vinte joalherias na rua do Ouro e um Monumento ao Garimpeiro. Temos notícia de manifestação com carro de som em frente ao monumento, pela legalização da exploração metálica, após conflitos com os indígenas. O carro de som bradava, sintomaticamente: 'Queremos o mesmo respeito de um traficante de drogas do Rio de Janeiro!'. Um colega jornalista de Boa Vista calcula que há vinte mil garimpeiros na região.

"Encostamos nossa voadeira num porto de garimpo ilegal do Uraricoera. Na margem, um trio de homens com revólveres na cintura quis saber das nossas intenções; conforme fossem, não poderíamos nem sair da voadeira. Quando se convenceram de que eu era um jornalista sem fotógrafo e que apenas procurava notícias de um ex-amigo do meu patrão, e souberam em seguida que o ex-amigo era o capitão Gil Bozzano, concordaram que eu descesse e disseram que eu tinha apenas quinze minutos para conversar e pegar a voadeira de volta, a tempo de chegar a Boa Vista antes da noite. Se descesse o rio à noite, na certa ia levar bala das margens. Atiravam primeiro e perguntavam depois. Conversa vai, conversa vem, disseram que o capitão explorava uma lavra mais acima, que tinha sumido uns três meses antes, após atacar a tiros uma comunidade Palimiú, do povo Yanomami, e pôs fogo na maloca principal dos indígenas, em represália a terem matado dois homens dele. Sumiu da área, deixou suas coisas como estavam, mas deixou olheiros, ninguém mexe nas coisas dele. 'Aquele homem é o capeta, deve ter se acoitado na Guiana, com seu bando de demônios', me disse um, encerrando a conversa."

"Encaminhando relatório Kantar Ibope consolidado semana 28/11 a 04/12. Cópia para dr. Fernando."

"O castigo para o blasfemo que zomba de Deus é o fogo do inferno."

TRANSCRIÇÃO. Conversa telefônica em 04/12, 16h32. "Eu gostaria de falar com o dr. Fernando Mello Aranha."

"Quem deseja falar?"

"Carlos Sapateiro, revista *Leia*."

"Marcou entrevista, sr. Carlos?"

"Não marquei, aconteceu um imprevisto e eu preciso de uma palavra dele."

"Ele só fala depois de saber o assunto e através da assessoria de imprensa. Ou então agendando entrevista com a secretária. Aí vai depender do assunto."

"Não vai dar para esperar, senhor, minha reportagem fecha amanhã."

"As ordens que eu tenho são essas."

"Posso falar com a secretária?"

"Qual seria o assunto?"

"Vou fazer o seguinte. Eu falo aqui, agora, e a transcrição vai para o *Vida ao Vivo*, ele responde lá. Quero ver não botar no ar."

"Pera aí, pera aí."

"Essa armadilha foi ele quem montou. É o seguinte. Compilando jornais antigos para uma reportagem sobre cassinos clandestinos na capital, encontrei em 1986 a notícia do grave atropelamento de um homem na avenida Brasil pelo 'jovem milionário', como diz o jornal, Frederico Mello Aranha Sobrinho, filho do empresário de comunicações Fernando Bandeira de Mello Aranha. O jovem estava embriagado, descontrolado, e o atropelamento se deu no portão de saída de uma casa clandestina de jogos de azar nessa avenida. A vítima do atropelamento morreu no hospital horas depois. Resumindo, é isso. O que falta para eu complementar essa parte da minha reportagem é se foi indenizada a família da vítima e qual foi a punição do atropelador."

Décima primeira noite

(Luzes apagadas, tela escura. A luz se acenderá no fim da fala.)

"Meu filho Frederico, de vinte e três anos, foi punido com a morte. A imprensa marrom se aproveitou do atropelamento para nos ferir os dois, bem como a mãe. Naquela mesma madrugada negra fiquei sabendo por ela que o menino estava com aids em estágio avançado. Dupla fatalidade numa família em crise. Ele havia impedido que eu soubesse da doença, por vergonha, ou por medo, ou para me poupar, que sei eu. Vergonha porque a doença era estigmatizada como coisa de gay. Aids era a morte encomendada, castigo de Deus, naqueles anos. Ele e a mãe tinham acabado de voltar dos Estados Unidos com a sentença fatal. Antes eu pensava que tinham ido só esbagaçar no jogo em Las Vegas o dinheiro que apanharam no meu cofre, mas foram principalmente, credulamente, comprar salvação para a doença, e constataram que não havia salvação. Meu filho, meu talentoso e desatinado filho Frederico estava condenado, morreu de pneumonia galopante dois meses depois, faz hoje trinta e cinco anos."

(Os mesmos dois refletores dos dias anteriores são acesos e jogam luz branca intensa sobre o homem que não chega a ser gordo, de pele clara, vestido com um roupão leve de algodão egípcio branco sobre camisa social cinza, fular bordô cruzado no peito. Sua respiração é a de um homem com problemas pulmonares.)

"A vítima do atropelamento era um morador de rua, bêbado, perturbado, sem família conhecida, que alguns costumam chamar erradamente de mendigo e hoje eu chamo respeitosamente de pessoa castigada pela vida. Assunto encerrado."

(Apanha na mesinha ao lado algumas folhas de papel que lê atentamente, voltando folhas atrás e indo à frente. Murmura enquanto lê.)

"A fascinação do abominável."

(Sua fala é quase um comentário, visível necessidade de pôr em palavras o espanto que o bloqueia. Murmura ainda.)

"Como é que pode?"

(Vai evoluindo do murmúrio à fala.)

"Degradação... '*O lado escuro da força*'... O capitão Gil vive na Amazônia o que o romancista Joseph Conrad chamou de '*the fascination of the abomination*'. A fascinação da abominação. Conrad conta no livro *O coração das trevas* a história de uma busca de barco rio Congo acima e do resgate de um homem chamado Kurtz que se internou nas trevas da selva africana comandando um posto de coleta de marfim para uma companhia colonial europeia, no começo do século vinte. Lá, sem leis, sem limites, sem comando, sem civilização, sem Deus, afundou-se no fascínio pelo abominável. A oportunidade de fazer coisas horríveis, a atração irresistível das coisas abomináveis. Quando o narrador da história visualiza com o binóculo a cabana onde ele definha doente, protegida por uma multidão de selvagens, constata que ela está cercada por altas estacas onde foram espetadas as cabeças martirizadas de dezenas de homens. Resgatado, Kurtz morre no barco rouquejando quatro palavras que resumem a sua compreensão de que havia mergulhado na voragem do poder mais abominável: O horror! O horror! '*The horror! The horror!*' É isso que temos aqui: o horror."

(Relê murmurando trechos do papel que tem nas mãos.)

"Dava sumiço nos indígenas agressivos, picava com a motosserra e jogava no rio... estuprava meninas indígenas... botou fogo nas balsas dos inimigos..."

(Balança negativamente a cabeça, como quem lastima sem compreender.)

"Quase vinte anos trabalhando comigo. Como pôde se conter por tanto tempo? Quando foi que Ricardo III da Inglaterra começou a ser Ricardo III? Quando Nero assumiu o horror de ser Nero? Stálin foi se adaptando ou era aquilo mesmo que ele queria ser?"

(Com os dedos polegar e indicador da mão esquerda aperta os cantos dos olhos junto ao nariz; fecha os olhos, como se os tivesse cansados, ou para meditar. Leva um tempo assim, depois abre os olhos e abaixa a mão.)

"Talvez ele não se guardasse. Talvez se servisse de pequenas doses diárias de abominações, como se toma um remédio para a pressão ou para a epilepsia. O abismo pessoal fascina muita gente. O prazer da droga, do crime. De infligir sofrimento, torturar. De matar. Do jogo. Do poder. Quando se tornam realizáveis todos esses prazeres juntos, a devastação de que a pessoa é capaz! Nem todo serial killer pode ser Nero ou Hitler ou Pinochet. A maioria se contenta em ser um pequeno monstro, um coronel Ustra da vida. O serial killer que não tem o privilégio de ser general tem de se satisfazer com pequenos assassinatos furtivos e arriscados, com o coração na mão, sujeitos a punição. Ou entrar para a milícia nas metrópoles, ou virar quadrilheiro na selva amazônica. *The right man in the right place*, como ensinava o velho capitalismo inglês."

(Consulta as folhas de papel que mantém na mão.)

"Vocês podem ler no portal, indicado aí na tela, o que eu estou lendo neste papel como lembrete. Estão aí os detalhes do que o nosso repórter de Manaus apurou em apenas dois dias sobre o homem que ele chama de famigerado capitão Gil Bozzano. Merece um prêmio, vai ganhar."

(Apanha seu copo de água e bebe com alívio.)

"Sobre essa palavra, 'famigerado', dois casinhos. Um é de um conto de Guimarães Rosa. Um jagunção famoso como matador faz uma viagem comprida até a casa de um doutor na cidade só para saber o que significa 'famigerado', palavra que ele nem sabia falar, dizia 'fasmigerado' e outras variantes. Queria que o doutor dissesse o significado exato, em linguagem 'de dia de semana', como ele diz, e conclui-se que alguém o teria chamado de famigerado. O doutor explica que a palavra significa 'famoso, notável, célebre, importante', e o jagunção sai dali satisfeito, orgulhoso, pois é isso mesmo que a palavra significa, no dicionário, não na praça. O outro caso é dos meus tempos de foca de redação do nosso jornal, rapazinho, e um daqueles plantonistas de polícia escreveu uma nota chamando de famigerado o coitado de um noivo que esfaqueou a noiva que não quis mais casar com ele. Falei para o plantonista que não era o caso de chamar o rapaz de famigerado, um pobre coitado desconhecido. E o plantonista argumentou, mostrando a foto: 'Olhaí, tem cara de famigerado!'. Hahnhanh, muitas palavras não são o que parecem. Pessoas também. O meu... ainda posso chamar de anjo? Não sei por que ela ainda escreve bilhetes à mão, na era da internet. Para não ser rastreada, será? A esmagadora maioria do que chega aqui ao portal via Face, Instagram e Twitter é fofoca, palpite besta, piadinha, insulto, fraude, intriga — quase nada se salva. Ainda mais agora que ela virou assunto — nós viramos, né? — das redes sociais. Como essas redes são o lugar das coisas meteóricas, as pessoas dão minutos do seu tempo para coisas que só valem mesmo aquele minuto, e assim participam do mundo, têm a realidade na palma da mão, a intriga na ponta do dedinho. O pessoal que faz a recolha do material na nossa central de triagem coloca essa escumalha num nicho separado, não joga fora para não dizerem que faço censura, mas é quase tudo imprestável. Quem quiser pode ir ao portal ler, a rubrica é lixão. A Mara quer marcar a diferença, escrevendo à mão, não quer se misturar. Parece que sabe mais coisas do que eu sobre o capitão Gil Bozzano, e ainda diz que ouviu de alguém que trabalhou 'lá' também. 'Lá' é onde?: um órgão de segurança onde o capitão militou, minha casa nos Jardins, a mansão de Higienópolis? Este apartamento, antes de virar meu refúgio? Quem, nesses vinte, trinta anos? Uma passadeira, cozinheira, copeira, arrumadeira, faxineira, banqueteira, doceira, costureira, quem, desse universo de futriqueiras? Bibliotecário, porteiro, jardineiro, guarda-noturno — algum fofoqueiro nesse meio? Segundo a outra fofoqueira, Bella Bier, o meu próprio chauffeur é um linguarudo. E como essa Mara teria procurado e encontrado alguém que trabalhou em algum desses 'lás'? Já mandei tirar isso a limpo, procurar os antigos empregados, os aposentados, os despedidos, oferecer dinheiro se for preciso, por alguma informação. Por enquanto nada, mesmo quem sabia alguma coisa sobre o capitão não conhece Mara nenhuma, não falou com Mara nenhuma, nem antes nem agora. Então estamos nisso, à espera de que ela apareça ou seja desentocada. Desculpe o termo, minha querida, podem dizer que eu é que vivo na toca, enquanto você anda por aí, solta, esquivando-se e me provocando desde que a coloquei nesta tela e a transformei em celebridade de internet. Você já se tornou assunto internacional, sabia?, por não aparecer para ganhar meio milhão de dólares. Você pode se tornar blogueira, virar influencer de internet falando bobagens para milhões de medíocres, milhões de semivivos, zumbis de celulares, sabia?, ter milhões de seguidores, ganhar anunciantes e patrocinadores só pela fama instantânea, sabia? Você não tem celular em seu nome, tem?, senão estariam te mandando proposta de banco, empréstimo consignado, anúncio de panelas que não grudam — saberiam o seu endereço, telefone, e-mail e CPF. Com que nome você se esconde? E o mais importante: por que você se esconde? O que tem naquele envelope que você deixou sob custódia no jornal concorrente? São perguntas demais, nascidas da primeira pergunta, onze dias atrás. E vêm outras aí. Você disse outro dia que me conhece. Conheceu como? Quando? Onde? Que grau de conhecimento? De vista? De trabalho? É alguma garota de programa que me vendeu serviços algum dia? Desculpe, seu eclipse total me dá o direito de fazer hipóteses, até as grosseiras. A partir de amanhã, vou mudar meu método de busca. Quem sabe transferir o prêmio para quem a encontrar, como se fazia no faroeste, *dead or alive*. Hahahahaha-rhurhrrr."

(A tosse atropela o riso; ele tosse, tosse mais, mais, e o que parece bolhas e trapos obstrui sua respiração, suas mãos tentam agarrar algo no ar, como num afogamento, o ar não vence as bolhas e trapos, e já surgem médico e enfermeiro com seus aparelhos, bomba de oxigênio, oxímetro, placas de choque se necessário, comprimidos, e a imagem é substituída pela foto do primeiro dia, congelada por cerca de dois minutos. A câmera reabre no homem de roupão branco, que respira compassadamente como quem se recupera de uma sufocação. Enquanto respira, recostado na poltrona preta, ele faz com as duas mãos um gesto suave de "esperem". Um tempo. Retoma a fala.)

"A coisa de sempre. Aconselhado pelos amigos do pôquer autorizei essa cortina fotográfica quando o piripaque ficasse desagradável de ver. O médico pede que eu descanse, mas eu estou bem. Só dói quando eu rio. Nós, sobreviventes da covid-19, não podemos achar graça na vida. Só podem nos contar piadas para sorriso amarelo. Bom, retomo a prosa. Parei no faroeste. Não posso retirar o prêmio oferecido, foi um compromisso feito publicamente. Saibam disso: anúncio feito aqui na televisão é compromisso, tem valor jurídico. Posso oferecer um prêmio a quem der informações sobre o paradeiro dela, isso posso. Corro o risco de ela dar queixa na polícia por importunação, mas tem um porém: para dar queixa ela teria de aparecer. Vale o risco? Acho que vale. Outra coisa: ela insiste que havia um motivo para o capitão Gil deixar de ser meu guarda-costas, 'o verdadeiro motivo', diz ela. E diz mais: que eu prefiro me acomodar com a explicação que ele deu. As expressões que ela usa! 'Prefere se acomodar.' Ela sabe usar as palavras, adivinha que me chamar de acomodado me irrita, porque percebe que não é assim que me vejo, superficial, não é assim que me tenho mostrado. E a ironia que ela faz sobre o anel de noivado?, o deboche! Vou acabar me apaixonando por essa moça... Hahaha. Cuidado, nada de risos. Vamos passar de um amor para outro, hahaha: Bella Bier. O pato patusco, blogueiro que tem o rabo preso a outros apêndices e não apenas aos propinodutos, aproveitou-se da língua penetrante, em todos os sentidos, da nossa estrela cadente para invadir mais uma vez minha vida particular e insinuar que eu sabia dos absurdos da vida pregressa do meu ex-segurança. Ara! Não respondo a fofoqueiros, digo apenas que não fui eu quem fez a entrevista de trabalho com o candidato a segurança e que não converso com subalternos, só falo com eles o estritamente necessário. A Bella, que não dá descanso para a língua, pode ter conversado com a gentalha, pode ter sabido de alguma coisa, pode ter falado qualquer coisa comigo no século passado, posso ter feito pouco-caso, do tipo 'esse falatório não me interessa'. Eu estava ocupado dando uma sacudida nas comunicações no Brasil! Ia ligar para a gentalha? Vou dar um exemplo de loucura da Bella. Pode ser que eu tenha me apaixonado é pelas loucuras dela. Eu era, sou, muito mais velho que ela, ciumento, não tinha a ousadia dela, a prontidão dela para o risco. Uma vez — eu não devia contar isso, mas vou contar — ela ia colocar um DIU, sabem o que é, um dispositivo intrauterino que impede a gravidez, e me fez ir ao médico com ela. Na hora do procedimento, ela disse com raiva, por causa do meu ciúme creio eu, não, não era só raiva, era determinação, na hora do procedimento ela forçou, disse: 'Olha!, quero que você veja o que homem nenhum viu, o íntimo do íntimo do íntimo! Isso é amor, seu babaca!'. Forte, não? Não conto isso para invalidar o que ela falou nessa entrevista com o patusco, é para pôr a pessoa em perspectiva. O excesso. Eu vivia cercado de excessos."

(Parece cansado. Respira, compassadamente, sem pressa. Apanha o copo de água na mesinha.)

"Não se impressionem, é consequência do tranco de agora há pouco."

(Bebe, repõe o copo na mesinha.)

"Vou voltar a um assunto que tem a ver com o meu negócio, televisão. Volto porque recebi do Ibope o relatório consolidado da última semana. O instituto confirma que a audiência paulista se manteve conosco quando falei sobre o fervedouro que foi a cidade de São Paulo na década de setenta. Nos outros estados, houve queda na audiência. Ok, não vou ser autoritário, impor São Paulo aos não paulistas. Sou um déspota esclarecido. Falei lá no começo que não há audiência que me derrube, não adubo minha flor do Lácio com anúncios. Mas... bem ou mal, isto aqui é um espetáculo. Ou levamos a coisa juntos ou não vai dar certo. Vocês são parte. Sem ouvidos, não há conversa, sem olhos, não há espetáculo. 'É nóis', como diz o Emicida, nós, eu e você, o que mostra e o que vê, o exibicionista e o voyeur. Fora isso, o quê? Eu pergunto: como é que ia ser se não fosse como veio a ser? As Américas, antes das grandes navegações, o que eram? Não existiam! Os navegadores foram a televisão daquela época para os olhos europeus. Aquelas cachoeiras de Iguaçu, beleza, não são nada se ninguém as vir. Não existem. O espetáculo precisa de quem o veja, ou não é. O meu negócio, a televisão, é o olhar que faz o olhado existir. É o real para quem não está diante de Iguaçu, mas o palavrório o chama de simulacro. Eu sou o intermédio, o entremeio, o intrometido entre o real e o... vocês. Eu ia dizer povo, mas povo é palavra de político. O palavrório diz que a televisão é fruto de uma sociedade que substitui a vida real pela 'contemplação passiva'. Quem vive aqui dentro sabe que não é passiva coisa nenhuma! A sociedade *rege* o espetáculo. Rege! Tudo é feito para gozo dela. É sexo consentido, doutores, é troca-troca. No fundo, a sociedade opera a televisão. *Dixi*. E falei demais."

(Apanha na mesinha a sua taça vaporizada do dourado vinho Château d'Yquem e ergue um brinde.)

"Ao troca-troca."

(Bebe e repõe a taça na mesinha.)

"Não vou me estender mais falando de São Paulo, respeito os não paulistas. Ia falar das bandas dos anos oitenta, do rock pauleira, da extraordinária cena punk, do cinema da Boca do Lixo — cheguei a financiar filmes *in disguise*, éééé, mas isso vai continuar em segredo. Não resisto a contar mais uma cena paulistana, dos anos oitenta — já estávamos cofiando os bigodes do Sarney. Na última quinta-feira, eu encerrei minha viagem aos anos setenta com Rita Lee cantando '*me deixa de quatro no ato*', lembra?, na aurora dos anos oitenta. Nos oitenta, o sexo entrava pelos sete buracos de nossa cabeça, a liberdade virou liberdade de transar. A moçada desistiu daquela luta política pela liberdade, cansou de apanhar. Liberdade passou a ser poder transar, fumar maconha, mostrar os peitos e ser gay sem levar pancada. Aí é que entra a cena que eu vi, vivi, quando ainda dava para flanar pelo Centro. Vi um cego, daqueles de bengalinha branca batendo no chão, indo comprar ingresso num cinema pornô da avenida São João. Havia uns dez cinemas desses por ali. Não resisti à curiosidade, comprei também um ingresso e fui atrás do homem cego, antes que ele entrasse na sala de exibição. 'Senhor! Senhor!', eu chamei. Ele parou, procurando me ver com os ouvidos, girando um pouco a cabeça junto com o tronco, como um boneco, e eu, para não deixá-lo inquieto, falei logo: 'O senhor pode sentar um pouquinho comigo aqui na sala de espera? Eu queria conversar um minutinho com o senhor, só um minutinho. Pode ser?'. Era um homem de uns cinquenta e tantos anos, magro, malcuidado, feio. Ele vacilou, não entendendo, eu ousei uma proposta: 'Eu pago, pode ser? Cinquenta'. 'Pode', ele falou. Paguei, adiantado, ele correu os dedos pela nota, conferindo, carícia monetária. Perguntei: 'O senhor é cego total?'. 'Total', ele falou, 'desde os nove anos. Acidente.' Eu não quis entrar nos detalhes, tinha certo receio de que me vissem ali. 'Se não pode ver', falei direto, 'por que vem ao cinema pornô?' Ele não vacilou: 'Para ouvir. Gosto muito de ouvir sacanagem. Me dá tesão. Filme brasileiro é melhor pra mim, mas gosto também de italiano'. Eu perguntei: 'O senhor imagina alguma coisa, ou só ouve?'. Se ele enxergasse acho que me olharia com indignação. Ele disse: 'Eu conheci mulher, eu lembro'. Falei 'obrigado, obrigado' e saí logo dali, constrangido por invadir um mundo que não era o meu. Eu gosto desse episódio, me lembra Almodóvar. Bom, ciao São Paulo. Vamos falar de agora."

(Alcança o copo de água, bebe, devolve o copo à mesinha, respira fundo duas vezes.)

"Meu filho Júnior esteve aqui. Visita de trabalho, veio discutir projetos. Assim é bom, decisões compartilhadas. Harmonia. Sintonia. São belas qualidades. Depois do trabalho contei para ele que um repórter da *Leia* entrou no portal querendo saber sobre aquele atropelamento seguido de morte cometido pelo irmão dele, trinta e cinco anos atrás, e ele relacionou: 'Pai, quem sabe aquele clima nebuloso que senti na casa quando voltei do colégio, tá lembrado?, te falei ontem. Eu tinha o quê, uns treze anos, ninguém me contava nada. Lembra que eu falei disso ontem? Quem sabe aquele clima pesado não foi por causa do atropelamento, pode ter acontecido naquele dia, não?'. É possível, eu falei, e contei que para piorar foi naquele dia que eu fiquei sabendo que o Fred estava com aids terminal. Aagh, aquele outubro terrível! Terrível. Antes de sair, o Júnior me perguntou se estava tudo bem entre mim e o Gordinho, o ministro. Eu só disse: 'Quase'."

(Dirigindo-se a alguém no estúdio.)

"Passa o vídeo, por favor."

(Entra vídeo de vinte segundos aparentemente gravado sem conhecimento da pessoa filmada: o advogado Frederico Queiroz desce de um carro preto carregando a pequena mala que foi vista em seu escritório, arruma o paletó e se dirige para a entrada de uma pizzaria decorada com cerca viva de trepadeira. Corta. Volta a imagem do homem quase gordo de roupão branco etc. etc.)

"Aonde será que o Nariz de Platina vai com essa mala? Até amanhã."

(As luzes se apagam.)

Dia seguinte

"Pessoal da sucursal de Manaus quer saber do dr. Fernando se deve prosseguir na busca do capitão Gil para uma entrevista ou se encerra as providências."

DIRETO AO PHATO. NEWSLETTER DE GUSTAVO PATO. "Em face das últimas novidades sobre o torturador particular da família Mello Aranha, conhecido como capitão Gil Bozzano, não consigo resistir à piadinha: quando estourou a bomba, a cobra venenosa sumiu no mato e a caranguejeira se enfiou na toca.

"O Festival Clássicos do Cinema, que está acontecendo no CineSesc Augusta, exibe até este domingo *Cidadão Kane*, de Orson Welles, feito em 1941. Quem for assistir a essa obra-prima perceberá semelhanças entre o fim melancólico do magnata da imprensa que é personagem do filme e o do seu tosco avatar brasileiro, e também semelhanças entre o suntuoso castelo de Xanadu, onde o personagem termina seus dias, encerrado, e o luxuoso tríplex da avenida São Luís, onde o magnata recluso tupiniquim exibe despudoradamente seus acessos de tosse.

"Sobre a chocante cena ginecológica relatada por ele ontem no *Vida ao Vivo*, procurei escandalizado minha amiga Bella Bier para hipotecar-lhe solidariedade pelo escândalo. A grande estrela do teatro e da televisão não se disse abalada e revelou que pretende convocar uma coletiva de imprensa para dar a sua versão da história. Sem querer estragar a surpresa, aqui vai um aperitivo apimentado do que ela vai revelar: quem pagou a consulta, quem forçou a cena voyeur radical, como prova de amor, foi ele.

"Este blog não tem rabo preso."

"Chocante, para qualquer mulher que ouviu o senhor ontem à noite, para as crianças e adolescentes que a essa hora ainda estão acordados, e para a própria atriz envolvida foi essa história sórdida de consultório médico. O que falta ao senhor são limites. Dê-se limites. Nem Pedro Nava falou tudo, tanto que se suicidou guardando seu segredo."

"O inferno será o seu castigo por escarnecer das Escrituras Sagradas, que são a palavra de Deus soprada aos homens pelo Espírito Santo."

"Sr. Fernando Bandeira de Mello Aranha, programa *Vida ao Vivo*, Rede Nacional de Televisão.

"Caro senhor. Os envolvidos na extração ilegal de ouro na Amazônia não são apenas aventureiros como o capitão Gil e desempregados em busca de um lance de sorte, e milhares de garimpeiros nômades (aqueles que vagueiam pelos lugares ermos de onde partem notícias de descoberta de ouro ou pedras preciosas). Grandes grupos mineradores mundiais, que também operam na África e na Ásia, estão lá há muitos anos. Quando não com máquinas, estão financiando a extração e a compra do metal, sem perguntar sua origem. O ataque à Terra Indígena Yanomami é apenas o mais recente. O jornalismo independente do *Observatório da Mineração* já denunciou empresas como Anglo American, Belo Sun, Vale, AngloGold Ashanti, BlackRock, Minsur, Capital Group e outras atuando na região, algumas inclusive solicitando áreas oficiais para exploração. A italiana Chimet compra da brasileira CHM que compra da cooperativa de garimpeiros Cooperouro — e por aí vai. O banco de investimento do grupo Mello Aranha, o National Investment Mining Group, também financia mineração. O que o senhor tem a dizer?"

"O senhor contesta a expressão 'simulacro' aplicada à televisão. Quem fez essa coisa virar cada vez mais simulacro e menos espetáculo foram os senhores mesmos. O pau estava comendo na ditadura e os senhores preenchendo de musiquinhas ufanistas os jogos da seleção de futebol e de vôlei e dos Jogos Olímpicos, como se aquelas vitórias fossem do governo. Botando no ar novelinhas água com açúcar de ascensão social pelo casamento, auditórios felizes ganhando bacalhau, reportagens sobre o progresso do negócio agrícola que não tocavam no problema dos boias-frias. Os senhores foram os autores desse simulacro chamado Brasil. E não venha falar de censura, não. Já no período final da ditadura, último ano do governo Figueiredo, oitenta e quatro, começou o movimento das Diretas Já, não havia mais censura, e vocês todos minimizaram o movimento, que tomou o país inteiro e vocês só entraram quando não era mais possível tapar o sol com os óculos escuros dos governantes militares. E logo depois, no governo do bigodudo civil, e do outro, cheirador de cocaína, vocês todos se uniram para acabar com as televisões públicas do país. Deu nisso: simulacro!"

"É a Mara. Dr. Fernando, agradeço as vagas indicações do lugar onde se encontra o capitão Gil. Pena ele estar fora de alcance no momento. Sinto o senhor inquieto, com muitas dúvidas, já não mantém o humor sarcástico dos primeiros dias. Parece que o seu divertimento televisivo está gerando efeitos inesperados, bateu, levou. Até quando vai aguentar? Vou esclarecer em parte algumas das treze dúvidas que o senhor enfileirou a meu respeito. O senhor se pergunta se escrevo à mão para não ser rastreada pela internet. Não, é para estabelecer um padrão, é assinatura. Pergunta se terá me conhecido como garota de programa. Não, não sou garota, e nem de programa. Pergunta como eu saberia coisas sobre o capitão Gil, contadas por alguém da sua casa, se ninguém da casa me conhece. Quem sabe procurar encontra fontes, estas e outras, até oficiais. De onde eu o conheço. Nossos caminhos já nos aproximaram mais de uma vez, antes e depois dessa fotografia que o senhor exibe com insistência doentia. Pergunta outra vez o que tem naquele envelope que deixei sob guarda no jornal concorrente do seu. Respondo: uma carta antiga. Acrescento: da minha mãe, ponto. Estava comigo na sala de entrevistas que o senhor montou. Ela agora está em segurança. Penúltima dúvida: o verdadeiro motivo para o capitão deixar sua segurança e sumir. Foi medo. E a última: onde me achar. Brincando ou não, o senhor usou a expressão '*dead or alive*'. O mesmo digo eu."

"Pra que time ele torce? Um camarada desses não deve gostar de futebol. Não tocou no assunto até agora."

"Tenho acompanhado com curiosidade as inserções de curtíssimos vídeos durante as falas, aliás divertidas, do presidente das organizações de que faz parte a Rede Nacional de Televisão. São pecinhas de um quebra-cabeça ainda incompleto que visam manter debaixo do balaio um ministro, um grupo de interesse de negócios de telecomunicações e seu advogado de nariz de platina. É uma velha tática de um jogo que o dr. Fernando Mello Aranha joga bem. Desde o velho BNDE ele vem encontrando meios de combinar interesses nacionais e empresariais. Em 1998, quando parecia que algo não ia dar certo para alguém na privatização da Telebras, o que tivemos? O escândalo do grampo no BNDES. Gravaram conversas de ministros, de presidente da República, de presidente do BNDES, Cacex... e botaram no ar, na TV! Cai ministro, caem cúpulas de bancos federais, de fundos de previdência, caem diretorias... Eu, que nada tinha com a história, fui um dos que caíram. E aí? Apuraram que as fitas foram gravadas por agentes da Abin, Agência Brasileira de Inteligência, o nosso FBI. A mando de quem? Nunca se divulgou. Por que a sua TV teve a fita em primeira mão? Que furo de reportagem, hein? Vida que segue... (E. M.)"

Décima segunda noite

"Duvido até das minhas certezas."

(As luzes de dois refletores são acesas no final da fala, praticamente um murmúrio. A imagem que surge mostra um homem tendendo a gordo, branco, de roupão branco de algodão sobre camisa branca de cambraia, fular bordô jogado à volta do pescoço e panejado sobre o peito. Ele bombeia sem pressa um dispositivo medicinal de oxigênio aplicado ao nariz e à boca. Um tempo. Encerra a inalação e coloca o dispositivo na mesinha ao lado. Apanha folhas de papel na mesinha.)

"Meu anjo, não é apenas a seu respeito que tenho dúvidas. Eu duvido até das minhas certezas. E não são apenas treze as minhas dúvidas sobre você. Acrescento mais uma, com a ajuda de um poeta: '*Quem de nós inventou o outro?*'. Paul Éluard, um comunista, imagine. Nascemos os dois no dia daquela foto? Ou você nasceu para mim naquela foto e eu já era nascido para você? Suas respostas são enigmas, seus caminhos, labirintos. Até para dizer por que escreve à mão você propõe charadas. Diz que é 'assinatura'. Ara! Quer dizer: qualquer coisa com essa letra, é você e ninguém mais. É isso? Também: esse vai ser o padrão, se não for isso, não é você, é isso? Entendo também que *você* decide quando vai mudar de atitude. Ok, isso vamos ver. Olha, 'garota de programa' foi uma brincadeira. Grosseira, concordo, me desculpe, e você se aproveitou para deixar claro que não é uma garota. Eu sei, sei muito bem que você não é um anjo daqueles de coroação de Nossa Senhora. Cinco do onze de mil novecentos e setenta e cinco. Seu nascimento. Quarenta e seis anos. Segundo você, quem sabe procurar encontra fontes, assim você teria encontrado quem lhe contasse coisas sobre o capitão Gil. Chegaremos lá, vamos passar esse filme de trás para a frente. Outra coisa curiosa, curiosíssima, sobre me conhecer. Nas suas palavras:"

(Lê.)

"'Nossos caminhos já nos aproximaram mais de uma vez, antes e depois dessa fotografia que o senhor exibe com insistência doentia.' Vamos lá, análise lógica. 'Nos aproximaram.' Entendo que nossos caminhos não eram paralelos mas se aproximaram, não se tocaram. Então, um conhecimento ocasional. Cruzaram-se na foto, certo?, dezoito anos atrás. E depois? Mandei checar meus arquivos. Desta foto para cá é fácil dizer, não saí à rua, não fui a eventos, não recebo desconhecidos. As moças que me visitam, como aquelas que visitavam o Bentinho no final do *Dom Casmurro*, hahahahah, são cadastradas lá embaixo na portaria. No hospital teria sido impossível, isolamento total, nenhum acesso. Aqui, na minha equipe técnica de televisão e na equipe de tratamento das sequelas da covid todos são conhecidos, identificados todo dia, nenhuma exceção. Sem chance, sem-chan-ce. Antes da foto pode ser, mas são tantas as probabilidades que é impossível rastrear. Talvez durante a sua provável breve assessoria numa novela, mas mesmo assim é difícil, viu?, termos nos cruzado, eu nunca frequentei o baixo clero das novelas. Daí para trás nem interessa procurar, você seria muito nova, adolescente. Enfim, é mais uma charada. Revelar que a carta antiga que está no envelope lacrado foi escrita pela sua mãe, isso sim, é uma novidade. Mas novidade calculada — porque seus movimentos são calculados. Mal explicou por que sumiu da sala de entrevistas e triagem e não disse uma palavra sobre aquela história de ser assassinada, aquela autorização sua para abrirem o envelope que está sob custódia caso você fosse assassinada. Tem quatro dias essa recomendação ao jornalista guardião da carta — tudo calculado. Agora desculpe. Vou procurar ser delicado, não remexer em feridas antigas, certamente ainda dolorosas, mas surgiu a necessidade de tocar num assunto que contornei dias atrás: revelar aos que nos seguem um trauma da sua infância. Senhores e senhoras, o que uma colega de escola da menina Mara revelou há dias, na nossa central de triagem de informações, e eu não quis comentar foi que a mãe dela se matou. As implicações que isso tem nesta história, nem imagino, respeito seus silêncios, seu sofrimento de filha. A sua penúltima resposta à minha lista de dúvidas foi que o notório capitão Gil deixou a minha segurança por medo. Medo?, num homem daqueles? Dono de uma biografia como a que está se desenhando aqui? Tem aí mais alguma coisa que você sabe e que eu não sei. Por que a esconde? Já tenho uma pessoa investigando os labirintos dessa história. E por último, minha Calamity Jane, você transforma em desafio de saloon uma brincadeira que eu fiz. Parece coisa do *Grande sertão*, de Guimarães Rosa: '*Deus mesmo, quando vier, que venha armado!*'. Ara! Relaxe, que eu venho em paz."

(Estende a mão até a mesinha, apanha o copo servido com o dourado vinho de Sauternes, levanta um brinde.)

"À paz."

(Bebe, devolve o copo à mesinha. Mantém os papéis na mão.)

"Recomendações médicas. Exercícios físicos, exercícios respiratórios, ajuda de oxigênio, bastante água, alimentação natural antialérgica, um vinho de vez em quando. Vamos voltar aqui ao clipping, nossa lição de casa. Isto começou como um monólogo, está virando um diálogo. Diálogo das baixezas do Brasil, hahahahahhaa... Gosto de um jogo de palavras de vez em quando. Vamos lá. Nosso valente repórter da sucursal da Amazônia quer saber se é para ele continuar na cola do capitão Gil. Bom, já sei sobre ele o que eu precisava saber. O repórter que veja aí com o nosso editor-chefe se interessa uma reportagem sobre ele, para mim uma figura desprezível. Vejamos agora o que diz o nosso pato patético do rabo solto. Éééé, se não tem rabo preso, é que o rabo tá solto... Hahahan. Ora, ora... A nossa surpreendente Bella Bier quer promover uma coletiva de imprensa para falar da sua paisagem uterina! Falar, não, ela quer um debate! Comoção nacional! O tarado a arrastou para o ginecologista a fim de estuprá-la com os olhos, ou foi a desnaturada quem o atraiu até lá para que ele visse como é profundo o seu amor? Aguardem o próximo capítulo... Ora, Bella, Bella, não me venha de borzeguins ao leito, como dizem lá no Minho quando topam com uma insensatez. Essa é uma falsa polêmica. O médico ainda está lá no mesmo consultório, ele poderá dizer quem o convenceu a franquear o acesso ao belvedere... Cuide-se, Bella, cuide da sua arte, respeite seu público, não deixe a futilidade desse pateta afastar você da seriedade profissional. Por falar no pateta, ele pensa que me desdoura comparar-me com o cidadão Charles Foster Kane. Compara o grandioso castelo de Xanadu com este meu modesto mosteiro, compara o fim solitário de Kane com o meu, que é justamente o contrário, pleno de atividades, de trabalho e de influência. Talvez pelo seu compadrio com a Bella o pato patife não quis comparar nossas mulheres atrizes, nossas criaturas. A do Kane, uma fracassada sem talento que se acabou na bebida; Bella, a Bella que eu criei, um sucesso, atriz premiada, estrela. Semelhança, se houvesse, seria com o criador do filme, Orson Welles. Modestamente. Comecei meu império com vinte e quatro anos, Welles começou o *Cidadão* também com vinte e quatro."

(Apanha o copo do vinho dourado do Château d'Yquem e ergue um brinde com um sorriso de gozação.)

"Aos gênios precoces."

(Bebe, e depois, com uma risadinha gutural, devolve o copo vazio à mesinha.)

"Parece que este espaço vai se tornando um quadrilátero de boxe em que eu sou o sparring, todo mundo a fim de me socar. Ara! Onde é que estão meus defensores? Qualquer coisa, pegam no meu pé. Querem ver? Eu mando procurarem o capitão Gil entre os garimpeiros da Amazônia e logo aparece um — só pode ser esquerdista — para dizer que não são só garimpeiros que escavam e poluem a floresta, grandes empresas mineradoras também, nacionais e internacionais. Eu por acaso disse que não? Essa pessoa fala que meu grupo de negócios também financia mineração, insinuando que eu estou metido lá naquela bandidagem pelada. Vejam bem: o National Investment Mining Group participa de explorações de metais raros e estratégicos, em Minas Gerais, por exemplo, onde estão as maiores reservas do mundo, e não se envolve nessa bandidagem miúda de corrida do ouro, gente pelada suja de lama. Outra implicância do esquerdinha é com a postura — não, postura é ninho cheio de ovos —, é com a posição ideológica da emissora. Já falei que isso aqui é negócio, não é meu brinquedo nem seu. O crescimento do negócio — para concorrentes menores foi a sobrevivência do negócio — recomendava o 'pra frente, Brasil' no futebol, as novelinhas 'requebra que eu dou um doce', o 'vocês querem bacalhau?' nos auditórios. Quando Diretas Já virou um bom negócio, com marketing e tudo mais, vendemos Diretas Já. Espetáculo, um sucesso. A aparência tornada essência."

(Alcança o copo de vinho dourado na mesinha, levanta um brinde.)

"Ao sucesso."

(Bebe, devolve o copo à mesinha.)

"Outra implicância comigo é dizerem que tenho facilidades no BNDES, desde os militares. Já falei como as coisas funcionam, bolas! Banco é banco, não é bicheiro que troca favores. Se eu tive alguma facilidade financeira com o governo, confesso aqui que a única, e não foi pouca coisa, e não foi no regime militar, e isso já prescreveu, foi ter informação privilegiada de primeira mão sobre a desvalorização do real, que me permitiu liquidar a dívida de milhões de dólares do grupo. Sei bem quem está trazendo novamente o caso do grampo no BNDES. Sei bem quem essas iniciais E. M. escondem. Sei bem quem está insinuando que fui eu quem plantou o grampo no escândalo do BNDES, privatização da Telebras. Esse grampo derrubou metade da área econômica do governo. Agora posso falar porque também já prescreveu. Eu gravei, eu botei no ar, eu distribuí para toda a imprensa, eu derrubei os caras que estavam atrapalhando. Satisfeitos? Vão cair de pau em cima de mim — os ideólogos das redes públicas, os caras que queriam instalar redes do tipo alemão ou inglês no Brasil. Sempre contra a expansão das redes comerciais, mas são elas que ajudam a máquina do mundo a funcionar. Vamos mudar de assunto, que o povo tem horror dessas picuinhas. *Waaal*, como dizia o Paulo Francis. Uma pessoa mais leve reclama de eu não ter até agora falado de futebol. Ora vejam, futebol. Coisa mais outra coisa do que foi. Eu não tenho de ser fiel ao que deixou de ser. Eu gostava do jogo pela beleza, e ela se foi. Pascal dizia que aquele que ama uma pessoa pela sua beleza não a ama de verdade, pois se uma doença como a bexiga matar a beleza sem matar a pessoa ele deixará de amar a pessoa. Pois é, seo Pascal, deu bexiga no futebol. Eu comecei a assistir futebol no campo aos dez anos, ano em que o Canhoteiro estreou no São Paulo, cinquenta e quatro. Desculpe falar de velharias, a maioria aqui nem sabe que existiu um Canhoteiro. Eu era quase são-paulino e fiquei totalmente são-paulino por artes do Canhoteiro. Quem não viu Canhoteiro não viu nada no lado esquerdo do campo. Ele fez o campo ficar canhoto; era ali o jogo, era ali a comédia, era ali o circo, a arte, a mágica. Ele chegava na linha de fundo driblando e voltava para driblar mais. Coitado do Idário, do Corinthians. Quando juntou com o Zizinho, então, o espetáculo virou um pas de deux. O Morumbi nem existia, o show era no Pacaembu, no Parque São Jorge, na Portuguesa, no Juventus — nos bairros. Em cinquenta e oito acabou para mim, fui estudar fora, e rompi com o futebol porque não levaram o Canhoteiro para a Copa. Muito depois eu fiquei sabendo que ele tinha pavor de avião, nem entrava. Pois levassem dopado, desmaiado. Na posição dele, Pepe e Zagallo eram fichinha, como se dizia. Nem sei a origem dessa gíria, deve ser da época dos cassinos. Enfim. Voltei para o Brasil, entrei na faculdade, aí veio política, teatro, casamento, filhos, televisão, comando da empresa — nunca mais futebol. Nada a lamentar, acabou a beleza. Um brinde ao Pascal."

(Alcança o copo na mesinha, brinda, bebe, devolve o copo à mesa.)

"Hoje, se um jogador fizer o que o Canhoteiro fazia, se brincar com o adversário como o Garrincha fazia, os adversários todos correm para cima dele, para brigar! Então é isso, sem beleza, acabou para mim. O que resta, nos estádios?: negócios. E negócio por negócio eu prefiro o meu. Está respondido?"

(Pausa longa. Cantarola.)

"'*Já é hora de dormir, não espere mamãe mandar.*' É isso,

vou me recolher. Bons tempos, os dessa suavidade na TV. Meu filho Fred, o que morreu, gostava dessa musiquinha quando criança, tinha a corujinha indo para o seu canto e fechando os olhos. Já é hora de dormir, e ele ia dormir. A infância do Júnior já não pude acompanhar muito, estava mergulhado na engenharia de comando do nosso grupo, mas já não havia suavidade na TV. Ele veio me visitar hoje, o Júnior, visita de filho, conversas. Está gostando de dirigir a área de comunicações, tem boas ideias, ouve, me pede conselhos, voa baixo para não errar. Vai me representar amanhã na entrega dos prêmios aos melhores de dois mil e vinte e um na televisão brasileira. Combinamos os pontos principais do discurso de agradecimento dele. Falamos do Gordinho, que já deu o seu aval para uns projetos nossos na área de 5G. Comentamos a dica que a Mara deu — só pode ser dica — de que ela ouviu histórias sobre o Gil Bozzano contadas por alguém que, aspas, trabalhou lá também, querendo dizer, eu acho, que trabalhou lá em casa na época do capitão. Ou foi na televisão? Ou foi nos órgãos de segurança? O Júnior deu uma boa ideia: dar uma olhada no nosso baú de velhas fotos de família, quem sabe tem alguma com empregados. Ele vai fazer isso, o baú está na casa dele, que era da mãe dele."

(Apanha na mesinha ao lado o copo com o dourado Château d'Yquem e brinda para a câmera.)

"Ao baú."

(Bebe e repõe o copo na mesinha.)

"Boa noite."

Dia seguinte

“Esse meio milhão de dólares oferecido à moça é em dinheiro? Verdinhas, uma em cima da outra? Igual dinheiro do tráfico, de rachadinhas e de milícia, circulando em malas em vez de circular em contas bancárias? São aquelas mesmas verdinhas arrumadas numa mala de viagem suspeita exibida outro dia nesse programa?”

“E a novela *Frutos Proibidos*? Quando é que vai entrar? Tem mais de duas semanas que anunciaram, continuam dando chamada e até agora nada de data. Já telefonei umas dez vezes, deixei o número do celular e do fixo e não me dão satisfação. Essa fala do dono do canal tem prazo para terminar? Tem umas coisas interessantes, como o anel de noivado que a moça não aceitou até agora, lindo! Eu prefiro novela de verdade. Podem dar uma informação?”

“O senhor jornalista Fernando Mello Aranha, quando falou da censura à imprensa e às artes durante o regime militar, só usou o tema para dizer que ela não conseguiu impedir o avanço da liberdade de costumes que elas promoveram, mais precisamente a liberdade sexual, que é a que mais parece interessar a ele. Evitou falar da resistência dos órgãos de imprensa à censura, sabe por quê? Porque os jornais e televisões dele se acomodaram, não tiveram censores dentro das redações cortando matérias, nem precisaram mandar textos e fotos para a tesoura de Brasília. Nós, aqui do *Estadão*, tivemos de escrever com o censor sentado na mesa ao lado. Resistiu quem quis, como quis. Vocês não quiseram. O espaço das matérias que o censor cortava deixávamos em branco, para o leitor perceber que houve corte. Proibiram o espaço em branco, publicamos trechos de *Os lusíadas*, de Camões, no lugar. No *Jornal da Tarde*, filhote da casa, publicávamos receitas culinárias. Resistiram até o fim da censura prévia, cada um do seu jeito, o *Estadão*, *JT*, *Pasquim*, *Opinião*, *Veja*, *O São Paulo*. Ela só abrandou em 1978, com o fim do AI-5, que lhe dava sustentação 'jurídica'. Como prêmio pelo bom comportamento, os veículos lenientes como os dele recebiam toda a parte gorda da publicidade do governo federal, até o fim do regime. Mentira?"

"Concordo! Que volte o futebol-arte! Parem de inibir os artistas da bola! Punição para os medíocres brigões!"

"É a Mara. Acho interessante procurarem no baú de velhas fotos de família guardadas pela d. Albertine alguma foto que inclua os empregados, nos tempos em que o capitão Gil era o cão de guarda da casa. Recordar é viver. Mais uma coisa, que eu ia perguntar ontem, não perguntei por discrição, para não me meter, mas pergunto porque a curiosidade é maior: como ficou sabendo que foram sua mulher e seu filho que furtaram cem mil dólares do seu cofre?"

DIRETOAOPHATO. NEWSLETTER DE GUSTAVO PATO. "Será hoje à noite, às vinte e uma horas, no Teatro Sérgio Cardoso, a entrega dos prêmios aos melhores do rádio e da televisão brasileiros em 2021, como acontece todos os anos no primeiro domingo de dezembro. Bella Bier é novamente forte candidata a melhor atriz, pela primeira vez na categoria séries televisivas. Se ele tivesse realizado sua performance dentro dos prazos, o prêmio de melhor comediante iria com justiça para o sr. Fernando Bandeira de Mello Aranha, por sua pretensamente dramática atuação em *Vida ao Vivo*. Os outros prêmios [corte]"

"Meu nome é Neusa Maria, eu já estive aí, que eu fui colega da Mara no fundamental e contei de quando a gente era colegas, eu lembrei de mais uma coisinha, se interessar pode me chamar nesse número. Podem pagar uma ajuda para eu ir até aí?"

"Esse dr. Mello Aranha tem fixação sexual, pois comenta demais assuntos como homossexualidade de políticos, presidentes garanhões, antepassados cavalões, vida sexual de uma atriz, viradas sexuais nos costumes durante os anos de chumbo, festas com exibicionismo genital e striptease, até tamanho de órgão sexual do filho e coisas piores, enquanto deixa de lado assuntos sérios atuais como as democracias em perigo, inclusive a nossa, a tragédia da educação, nossas obrigações com o planeta... Freud explica."

"Em tempos menos liberais, a lei da Igreja mandava queimar na fogueira em praça pública os que pecam contra a obra do Espírito Santo de Deus. Os blasfemadores vão direto para a fogueira do inferno. Suas blasfêmias o condenaram, dr. Fernando."

Décima terceira noite

(Abre na capa de um dos volumes do livro A *divina comédia*, de Dante Alighieri, fechado, com três visíveis marcadores enfiados entre páginas diversas. Ao lado, uma garrafa de vinho Château d'Yquem e um copo servido. A câmera se move e fixa, em plano americano, um homem quase gordo, branco, de olhos fechados, vestido com um roupão branco de algodão egípcio, camisa social amarelo-bebê muito claro, sem gravata, fular bordô derramando-se leve como um líquido sobre cada lado do peito largo, respirando com um sopro forte ao expirar, em ritmo disciplinado de exercício. Suas mãos brancas, com discretas manchas de sol, acariciam os braços de couro negro da poltrona, arredondados como coxas. Abre os olhos.)

"'*No meio do caminho desta vida.*' Belo ritmo, nesta tradução. Não fica longe do original: '*Nel mezzo del cammin di nostra vita*'."

(Sorri, irônico.)

"Meio do caminho, eh-eh. Estou mais para lá do que para cá. Depois volto ao Dante e ao seu Inferno, que outro valor mais alto se alevanta: Mara. Mara voltou pospondo enigmas, insinuando saberes inesperados. Como saberia o nome da falecida esposa minha, que aqui nem falei? Baú de velhas fotos 'guardadas pela d. Albertine', ela escreve, sabendo que eu ia ficar intrigado. É claro que qualquer um pode consultar minha biografia no Google e ficar sabendo de muita coisa, por exemplo, o nome da minha ex-mulher, mas também tem gente que não precisa de Google para saber, já sabe — e é claro que a Mara se diverte imaginando que eu me pergunto em qual time ela joga, no dos que vão ao Google para saber ou no daqueles que já sabem. O jeito casual como ela acrescentou a informação — 'guardadas pela d. Albertine' — foi proposital, estudado. O nome era desnecessário para eu saber do que se tratava, e eu não citei o nome Albertine ontem, quando falei da sugestão do Júnior. No bilhete manuscrito percebe-se um tom quase coloquial nessa parte, um tom doméstico eu diria. O Júnior vai dar voltas nesse baú, não fez isso hoje porque teve de supervisionar a preparação do material para a entrega de prêmios de melhores da mídia agora à noite. Já deve ter começado. Outra coisa que a Mara joga para inquietar — nada no bilhete dela é sem intenção — é a questão dos dólares furtados no meu cofre, trinta e cinco anos atrás. Já falei disso aqui. Eu pensava que a mãe e o filho furtaram o dinheiro para esbagaçar no jogo em Las Vegas, mas a ideia deles era buscar um remédio milagroso que curasse o Fred da aids. Queriam evitar que eu soubesse da doença desonrosa."

(Passa as mãos pelos cabelos, da frente para trás, e no final do gesto força a nuca para baixo, em revolta, ou sofrimento, ou alongamento.)

"Outra vez essa lembrança horrorosa!"

(Enquanto fala, as mãos escorrem pelas orelhas, maxilares e queixo e pousam no estômago. Um tempo, longo, de olhos fechados, cabeça baixa.)

"Quem me revelou que foram eles os autores do furto foi o capitão Gil Bozzano. Naquela hora já estavam voando para os Estados Unidos. Albertine admitiu para ele que pegaram os dólares, e pediu que ele me dissesse depois que precisavam muito daquele dinheiro, muito, muito, e quando voltassem ela explicaria. Só explicou no desespero daquela noite do atropelamento."

(Ergue as mãos até o rosto, cobre os olhos e a face. Um tempo. Fala pausadamente, rosto encoberto.)

"Eu não disse que foram cem mil dólares."

(Um tempo. Descobre o rosto, expressão de quem passa adiante um enigma. Repete.)

"Eu não disse aqui que foram furtados cem mil dólares. Não disse."

(Fala para si mesmo, enigmado.)

"Como que a Mara soube que foram cem mil dólares?"

(Resoluto, olhando para a frente.)

"É mais uma coisa que ela fez de caso pensado, para ter o gosto de me ver atingido pelo enigma dela. Chega! Jogar o jogo como se joga o pôquer. Pague para ver minhas cartas, mocinha."

(Apanha duas folhas de papel na mesinha ao lado.)

"A colega de escola dela lembrou-se de mais uma coisinha para contar. Venha. Conte. Deem o que ela pedir e me comuniquem na mesma hora o que ela revelar."

(Passeia os olhos pelos papéis.)

"Os implicantes de sempre. Um jornalista vem com aquela lenga-lenga de que nós da imprensa aceitamos por conveniência a censura no regime militar. Ara! Cumprimos a lei. No começo as autoridades mandavam dizer o que não poderíamos publicar. Eram autoridade, caramba, autoridade é autoridade. Depois veio a Lei de Imprensa, veio a Lei de Segurança Nacional, veio a lei da censura prévia, o famoso decreto mil e setenta e sete. Cumpríamos o que eram as leis, caramba. Os concorrentes tiveram novelas proibidas, nós tivemos cenas proibidas, todos tiveram noticiário cortado, programas vetados — era a lei! Resistir, eu? Faltou vontade? Faltou coragem? Faltou vontade de ter coragem, diz o Riobaldo no *Grande sertão*. Primeiro, que televisão é uma concessão, ditador cassa por decreto. Depois, meu negócio poderia ir para o buraco, como foi o *Correio da Manhã*. As dezenas, mais de uma centena de empresas estatais da época podiam cortar a publicidade, e aí, como ia ficar o negócio? Empresários apoiavam o regime, como é que ia ficar o meu negócio se cortassem os anúncios, os diretos e os indiretos? Cumpri a lei."

(Alcança na mesinha ao lado a taça do seu dourado Sauternes, ergue-a em saudação.)

"À lei."

(Complementa, mais baixo.)

"Da sobrevivência."

(Bebe, degustando; pousa o copo na mesinha.)

"Acatar as ordens não me impedia de ver o ridículo de algumas situações. Em setenta e dois eu ainda frequentava a redação e um dia, em setembro, meu editor, perplexo, me apresentou uma ordem escrita da Polícia Federal, distribuída a todos os jornais. Aspas, *Está proibida a publicação do decreto de d. Pedro I* [...] *abolindo a Censura no Brasil*, fecha aspas. Um decreto do século dezenove! Sei lá o que motivou essa ordem, nunca explicaram, deve ter sido por causa da palavra 'censura'. Outra. Em setenta e quatro foi proibido o espetáculo teatral sem palavras do norte-americano Bob Wilson, chamado *The Life and Times of Joseph Stalin*. Não acharam nada no roteiro, o problema era o título. '*No problem! It's not about a name, the meaning is not on the name*', alegou o diretor, não tem problema, o negócio não é o nome, o significado não está no nome, e na mesma hora mudou o título para *The Life and Times of Dave Clark*, nome do líder de uma banda inglesa de rock, e o espetáculo foi liberado.

Foram doze horas de pura magia da luz no Teatro Municipal. Só mais uma, para terminar este assunto. Não sei quem lá na Censura inventou que as revistas de mulher pelada não podiam mostrar as moças de frente. Só de costas, ou meio de lado com a perna na frente, ou um objeto na frente, e também não podiam mostrar dois mamilos, ou era de perfil ou alguma coisa tapava um dos seios. Foi a época das mulheres de um peito só. Alguém se deu conta de que aquilo era ridículo, e a instrução caiu uns meses depois. Eu nunca publiquei esse tipo de revista, mas imagino a frustração dos editores, com um belo material na mão e só poder mostrar cinquenta por cento. E os leitores? Como eu falei antes, aos poucos o moralismo foi perdendo suas batalhas, os peitos ímpares viraram pares novamente."

(Ri, apenas guturalmente, e ergue um brinde.)

"Aos pares singulares."

(Devolve a taça à mesinha. A câmera se demora um pouquinho e vê-se uma enluvada mão renovando a bebida na taça, quando aparece o rótulo da garrafa, detalhe logo escamoteado e substituído pelo habitual plano americano do homem a consultar papéis que tem nas mãos.)

"Faz uns quatro dias que um Torquemada de circo vem me condenando à fogueira dos hereges e ao fogo do inferno. Vige, que medo! Donde vens, senhor, de que trevas? Me acusa de blasfêmia. Blasfêmia?! Coisa mais Idade Média! Esse seu inferno, senhor, é uma invenção medieval, não é da Bíblia, é palavra latina, *infernum*, vem de *inferus*, 'inferior, profundezas'. A Bíblia não foi escrita em latim, meu nada caro senhor. A palavra hebraica *sheol*, procurei saber, significa apenas 'lugar no fundo da terra, buraco escuro, sepultura'. Como a geena, do grego, meu insignificante senhor. Dei-me ao trabalho de confirmar no meu *Dicionário de teologia cristã* — adoro dicionários — que o ensino do inferno de fogo não fazia parte da pregação para os primeiros cristãos. O cristão tinha de ser bom, ponto-final, e ele *queria* ser bom. Onde então começou essa patacoada? Leia, ínfimo senhor, a *História dos Infernos*. Eu li. O cristianismo começou a ter inferno conforme foi se fundindo com o platonismo, foi criando aquela necessidade de controlar as pessoas, e daí desenvolveu a noção de punição com tormentos após a morte. Antes, era como o Eclesiastes ensinava: '*no mundo dos mortos não se faz nada, e ali não existe pensamento, conhecimento nem sabedoria*'. Mais antigamente ainda, ensinava o salmo 49: '*As suas sepulturas são seus lares, e ali eles ficam para sempre*'. Notou, senhor inquisidor, a ideia de lar, de paz, na morada dos mortos? Aí, com aquela cabeça de tarados reprimidos, lá pelo século três em diante os pregadores e os teólogos cristãos começaram a imaginar loucuras. O evangelho apócrifo de Pedro já sistematizava o inferno cristão, descrevia castigos após a morte conforme os pecados. Veio a tradução da Bíblia para o latim, a Vulgata, e a palavra 'inferno' entrou no livro no lugar do *sheol*, trouxe significados novos, trouxe o castigo e o fogo. Onde há fogo… há fumaça. O pessoal da Idade Média adorou as fumaças e os demônios fogareiros. Os Torquemadas começaram a queimar gente, para dar uma amostrazinha de como era o inferno. Só que lá — anunciavam com os olhos brilhando — o fogo não consumia os corpos, era um 'fogo eterno', os pecadores ardiam por toda a eternidade. Uiuiui! Eu não encontrei um número exato nas minhas pesquisas, historiadores calculam que o dominicano Torquemada queimou mais de dois mil 'hereges' na Espanha, depois de torturas horríveis. É de Deus um homem desses, senhor pastor de bodes satânicos? Jesus torturaria alguém e depois queimaria na fogueira? Nunca de núncaras. Uma rainha católica da Inglaterra, Maria I, mandou queimar na estaca como hereges mais de trezentos protestantes. E consta que ela argumentava: não vão queimar no fogo eterno?, pois vão se acostumando. Sabem como a lei de d. Diniz de Portugal, nosso avozinho, mandava punir os que cometiam o chamado pecado da língua, a blasfêmia? Vejam que meigo o Diniz: '*que lhe tirem a língua do pescoço e o queimem*'. Gente boa, não?"

(Coloca as duas folhas de papel na mesinha e no mesmo movimento apanha um dos grossos volumes de *A divina comédia*. Mostra.)

"Um dos maiores poemas da humanidade. Estou sendo óbvio, mas tem gente que não sabe, né? Dante Alighieri, Idade Média. Li mais de uma vez. Este é o volume do *Inferno*, beleza as ilustrações."

(Mostra duas páginas.)

"Ó que beleza. Gustave Doré. O poeta descreve as penas dos condenados conforme os pecados, todos os pecados conhecidos. Os pecadores ficam confinados em nove enormes círculos, agrupados em valas conforme as faltas que cometeram. É como eu digo: o inferno não é igual para todos. O Sétimo Círculo é o dos violentos. Seria o meu, segundo o nosso Torquemada bufão, porque eu teria cometido violência contra o nome de Deus, contra a palavra de Deus. É a blasfêmia. No poema de Dante, nós, blasfemadores, ficamos enfiados num areal escaldante sob uma intensa chuva de brasas. Uau!, como diz a moçada. O nosso famigerado capitão Gil Bozzano ficaria no primeiro vale do Sétimo Círculo, o dos violentos contra o próximo, o dos assassinos e torturadores, eternamente mergulhados num rio de sangue fervente das vítimas. Centauros correm pelas margens atirando flechas nos que se elevam acima da superfície. Cáspite!, diria o meu avô. Até para o nosso Pato pateta haveria um lugar dantesco, no Oitavo Círculo, o lugar dos maledicentes, dos invejosos, dos aduladores, falsos, fraudulentos, disseminadores de fake news e que tais. Pagando por suas intrigas, os pecadores dessa laia ficam circulando imersos num fosso de fezes e esterco, açoitados por demônios para não pararem de circular nem levantarem a cabeça. Caraca!, diria o populacho. Ééééé, tem para todos, e o poema é de sete séculos atrás. A humanidade não muda."

(Recoloca o livro na mesinha. Em seguida, alcança a taça do dourado Sauternes e ergue um brinde.)

"Aos poetas."

(Bebe, recoloca a taça na mesinha e apanha novamente as folhas de papel.)

"Voltando ao nosso Torquemada de pipiripau. Não pretendo, senhor pastor de bodes danados, voltar a comentar qualquer doesto seu. Nem tais doestos voltarão a entrar neste meu rol de mensagens relevantes. A *mai rivederci, buffone!*"

(Alguma coisa que acontece no estúdio distrai o homem. Ouve-se claramente uma voz chamando: "Dr. Fernando!". O homem olha na direção da voz.)

"Que é? Por que a interrupção?"

(Uma voz responde, abafada mas audível: "É o Júnior no celular. Disse que é importante, rapidinho". O homem mostra contrariedade, depois faz uma cara matreira. Estende a mão.)

"Dá, dá. Põe no viva-voz, deixa vazar, deixa no ar!"

(Apanha o celular junto com o microfone, acopla os dois.)

"O que foi, Júnior? Estou no ar. [Rapidinho. É intervalo, agora.] Que aconteceu? [Aqui na entrada do teatro, pai. Uma mulher me abordou, me pegou no braço, eu olhei, ela falou sorrindo: 'Oi, lembra de mim?'. Eu falei que não, me desculpei, desviei, entrei.] Sim, e daí? [Fiquei com a imagem na cabeça, pai, durante a festa. De repente veio uma luz: acho que é ela, pai!] Ela? A Mara?! [É! A moça da foto!] Tem certeza? [Cada vez mais. Pai?] O quê? [Depois a gente se fala. Estão me chamando.] Diga logo! [Ela falou como se eu a conhecesse!] Meu Deus, você também? [Tenho de ir. Tchau.] Desligou. Meu Deus."

(Põe o celular na mesinha.)

"Preciso pensar. Aqui não dá. Boa noite."

(Apaga-se a luz.)

Dia seguinte

"É a Mara. Parabéns, dr. Fernando, pelos prêmios de ontem aos seus melhores do ano. Encontrei-me com o Júnior na porta do teatro, dei um toque, mas ele não me reconheceu. Será que eu mudei tanto assim? E as fotos que ele ficou de procurar no baú da d. Albertine, achou alguma interessante?"

"Hoje, neste momento preocupante da vida brasileira, a sua posição parece mais clara, dr. Fernando, com relação aos ataques à democracia, mas... e lá atrás? O seu jornal, a sua TV, o seu grupo de mídias apoiou a ditadura, ou estou enganado? O senhor fica enrolando, fugindo do assunto, fala que pessoa física é uma coisa e o seu negócio é outro... Desça do muro, homem!"

DIRETO AO PHATO. NEWSLETTER DE GUSTAVO PATO. "A escolha do merecido prêmio concedido ontem a Bella Bier como melhor atriz do ano por sua carismática atuação na série *Amor Secreto*, da Rede Nosso Brasil, sofreu uma guerra surda de bastidores por parte da emissora concorrente, a Rede Nacional de

Televisão, do sr. Fernando Bandeira de Mello Aranha, o aracnídeo gigante da avenida São Luís. Obviamente a candidatura da diva não agradava ao poderoso magnata, expulsa que foi indignamente da Nacional há seis anos e que deu a volta por cima na sua carreira, interpretando papéis inesquecíveis no teatro e na televisão. Não está claro se o 'dr. Fernando' se envolveu pessoalmente nessa tentativa de boicote, mas o seu grupo de puxa-sacos certamente não foi coibido pelo magnata. Quem cala consente.

"Quem fez boa figura na entrega da premiação foi o diretor de Comunicações do grupo RNT, Fernando Mello Aranha Júnior, que agradeceu sem arrogância a maior quantidade de prêmios recebidos por sua emissora e elegantemente cumprimentou a atriz premiada pela continuação da sua carreira brilhante, iniciada e engrandecida quando integrou o elenco da RNT. O pai, aranha agressiva que é, terá gostado dessa gentileza? Os premiados da noite foram [corte]"

CRÍTICA DE TV. PERSONAGEM DE SI MESMO. "Uma semana depois de comentarmos nesta coluna o programa *Vida ao Vivo*, voltamos a acentuar o fato de esta coluna ser semanal, o que nos permite uma visão mais abrangente desse interessantíssimo e inédito (como formato) programa. Interessantíssimo porque, tanto quanto pudemos ver até agora, usa a ficção como elemento da realidade, ou, invertendo a técnica, usa dados e pessoas reais como elemento da ficção. Dizemos 'inédito' porque só há notícia de um programa muito antigo de conversa com o público, sem outro interlocutor, do jornalista Carlos Lacerda, de curta temporada, com viés político e portanto muito diferente deste. Houve também uma série de depoimentos semanais do empresário Antônio Ermírio de Moraes, que era mais uma plataforma de pré-candidato. Não existem antecedentes.

"Então, vamos ao que o personagem (já dissemos: queira

ou não, ele passou a ser um personagem) colocou no jogo desde que dele nos ocupamos, há uma semana. Em primeiro lugar, examinemos a personagem feminina contraposta à dele, Mara. De mera felizarda premiada com um inesperado meio milhão de dólares e um pedido de casamento para satisfazer o gosto novelesco do público brasileiro, ela cresce, torna-se a antagonista consistente e misteriosa. Está nascendo uma personagem trágica, que nas tragédias gregas é aquela que não pode fugir ao seu destino. Quanto ao protagonista, segue dirigindo os eventos, até certo ponto, porque a antagonista ameaça assumir o comando das ações.

"Se comentamos esse espetáculo de televisão como se teatro fosse é que vemos nele a urdidura tramada por um homem de teatro, condição que mais de uma vez o sr. Fernando Mello Aranha confessou ter. O próprio modo como ele encadeia sua fala (que ele chama de 'prosa'), em diálogo com o público por meio de recados e comentários que recebe, tem um balanço teatral curioso: é ele quem conduz as ações ou ele é conduzido?

"Brotou da trama um vilão poderoso, curiosamente trazido à cena pela antagonista Mara, puxado dos anos tenebrosos da ditadura militar: o 'famigerado' capitão reformado do Exército, Gil Bozzano. O decorrer improvisado do programa nos convence de que realmente se trata de uma 'vida ao vivo'; daí que não se pode saber que influência o capitão torturador poderá ter nos acontecimentos.

"O senhor da fala (ou da 'prosa') anuncia que pôs fim à divertida polêmica religiosa que desde os primeiros capítulos manteve com um (ou mais de um) exegeta bíblico fundamentalista. Disse que não responde mais às postagens dele. Pena, era um momento de descontração, sem desrespeito.

"Uma virada emocional típica de novela foi a reconciliação ao vivo com o filho Fernando Júnior, que resultou na sua promoção ao cargo de diretor de Comunicações do grupo RNT, que ele está a merecer há algum tempo por sua competência e dedicação de longa data ao setor. Restam pontos desamarrados ou obscuros na 'prosa', como as referências sempre irônicas ao ministro Godinho, as cenas com mala de dinheiro e a confissão, a certa altura, de que 'todo discurso tem manipulação' e que ele próprio manipula para ganhar seu 'brinquedo'.

"Boa sacada cênica, a de sublinhar pontos da fala do protagonista erguendo brindes com um vinho de sobremesa de Bordeaux. Um brinde caríssimo, convenhamos. Uma garrafa do vinho de Sauternes produzido no Château d'Yquem, da melhor safra, que é a que ele usa, custa de dez a treze mil reais nas lojas de São Paulo. Cada brinde custa um salário mínimo, tá? À *bientôt*."

"O que que é pipiripau? Ontem ele chamou o pastor fundamentalista de Torquemada de pipiripau. Não achei no dicionário."

"E aquela mala cheia de dinheiro, hein? São os dólares para a moça da fotografia, senhor, quando ela se apresentar? Está guardada aí na fortaleza? Cuidado, é tentação para os bandidos, hein, senhor? Ou será para o ministro Gordinho, alvo de suas ironias? Será ele aquele homem saindo depressinha da pizzaria com uma mala quase igual, mostrado dias atrás? Seria fácil comprar malas iguais para montar uma cena, não? Os três pedacinhos de vídeos mostrados até agora são momentos de uma sequência fora de ordem? Em certos meios especializados em lavagem de dinheiro é fácil arrumar dólares em trânsito, não é verdade?"

"Vem cá: essa Mara, se não aparece por causa de meio milhão de dólares, vai aparecer por quê? Vai ver tá com medo de ter de casar com esse mala aí."

Décima quarta noite

(Abre em superclose-up da moça na fotografia. Fora da cena, som da tosse do homem. Tosse, tosse, tosse, tosse, limpa a garganta, expira forte. Close da moça continua. O homem que tossia fala, imitando voz de mulher.)

"Oi, lembra de mim?"

(Na tela, em corte rápido, a imagem da moça é substituída pela do homem de branco, com a mesma aproximação. Ele fala com sua voz normal.)

"Foi assim que ela abordou o Júnior ontem na porta do Teatro Sérgio Cardoso. Com um sorriso."

(A câmera vai se afastando enquanto o homem fala, até chegar ao plano americano habitual, quando se vê que ele usa um roupão de algodão egípcio fino, branco, sobre uma camisa social cor de palha bem clara, com um longo fular bordô escorregando dos ombros para o peito, e está sentado numa grande poltrona de couro preto lustrado.)

"Um sorriso indefinível. Conversei com o Júnior hoje à tarde sobre esse sorriso. Não foi um sorriso simpático, franco, aquele sorriso de quem procura ser lembrado por coisas boas, bons momentos. O Júnior ficou procurando uma palavra para definir aquele sorriso, tentou 'atrevido', não era, 'ousado', também não, 'desafiador', não era, acabou ficando, não satisfeito, com o tipo de sorriso de um jogador de cartas que tem um trunfo na mão e te desafia. É isso, Júnior? Enfim..."

(Alcança na mesinha uma taça Sauternes de vinho dourado do Château d'Yquem e ergue um brinde.)

"Ao jogo."

(Bebe, devolve a taça à mesinha.)

"Lá se foi um salário mínimo, senhor crítico de TV! Hahaha. Quem leu a crítica no jornal dele ou aqui no nosso portal deve estar lembrado do comentário que ele fez. Depois eu comento o comentário. Voltar para a Mara. Ontem, ela abordou o Júnior com um sorriso sacana — que tal esse adjetivo, Júnior?: sorriso sacana acho que é exato; hoje, mandou um dos seus recados manuscritos, com ironias!: '*ele não me reconheceu. Será que eu mudei tanto assim?*'. Ora, ora, ora. Por trás da ironia vejo aqui uma clara intenção de avançar. Ela deu um passo, não arriscado porque ela não se arrisca. Esse passo, o que é? Ela passou uma informação, como sempre naquela maneira tortuosa. 'Ele não me reconheceu' significa: já nos encontramos, ou já viu minha cara em algum lugar. Pode estar se referindo a essa foto que eu mostro toda noite? Pode."

(Comanda.)

"Mostra a foto."

(A foto ocupa a tela.)

"Detalhe dela."

(Close da moça. Voz do homem fora de cena, imitando quem raciocina em voz alta.)

"*Será que eu mudei tanto assim?* Ela se referia a essa foto, será? Dezoito anos atrás... Volta para mim."

(Volta a imagem do homem, no mesmo enquadramento.)

"Um jogador de pôquer pensa é nas cartas encobertas. Mudou desde quando? Desde essa foto? Ou antes da foto? Muito antes? O jogador pensa no blefe... E se for depois da foto, muito depois, seis anos atrás, seis meses atrás, hein?, seis dias atrás? O jogo é pôquer... A frase que vem em seguida, no bilhete dela, sobre as fotos que ele procurou no baú da d. Albertine pode ser um blefe, ou mais uma dica. '*Achou alguma interessante?*', ela pergunta, encadeando. Como se sugerisse que uma chave dos seus enigmas poderia ter relação com alguma imagem do baú. Será? Estou exagerando nas minhas hipóteses? Ela está blefando... O Júnior, estimulado pela abordagem da Mara na porta do teatro, procurou hoje com mais curiosidade, mais empenho, né?, uma foto antiga que merecesse perquirição. Não há crianças nas fotos do baú, além dos meus filhos. Não vou dizer o que ele encontrou, está com um detetive. O jogo é pôquer, meu anjo, pague para ver."

(Apanha na mesinha ao lado sua máscara de inalação de oxigênio, inspira e expira dez vezes, recoloca a máscara na mesinha.)

"É oxigênio e um descongestionante leve. Seis vezes ao dia. Duas de manhã, duas à tarde, duas à noite. Ajuda bem. Viver tem muita curva, há que reduzir às vezes. Enquanto espero seu lance, meu anjo, vou ficar aqui, quietinho, na fresca, como água na moringa aguardando alguma sede. Pois. Esse 'pois' é o que dizia meu avô Egydio quando queria emendar alguma coisa que não fazia parte do contexto. Lusitanismo. Pois. Eu aguento bem umas porradas, injustiça não. O pateta do Pato postou patacoada com meu nome. Disse que eu tentei manobrar para que a minha certa vez queridíssima Bella Bier não fosse premiada como melhor atriz do ano. Calúnia patológica. Toda vez que ela foi premiada, e não foram poucas vezes, eu interferi por ela. Não digo que não fossem prêmios merecidos, dei uma força justamente por serem merecidos. O primeiro, então, de atriz revelação, no ano de noventa e sete, foi uma campanha da emissora. Agora, vir esse patusco insinuar que eu ou alguém daqui tentou boicotar um prêmio merecido, isso não. Vai ter consequências. Quem tem telhado de vidro não amontoa pedras na porta de casa."

(Com um sorriso malévolo, o homem apanha sua taça do dourado Château d'Yquem e ergue um brinde.)

"Às consequências."

(Bebe, saboreando, e recoloca a taça de Sauternes na mesinha.)

"Às vezes eu me sinto como aquele visconde partido ao meio, do Italo Calvino. Metade dele andava por uma parte do mundo fazendo maldades, a outra metade ia por outro lado fazendo bondades. A fada televisão consegue unir as minhas duas metades. Aqui, vocês nunca vão ver só um lado meu, e nem o real. Este sou eu, inteiro? Em TV, nunca se sabe. Uma vez, em Florianópolis, perto do mar, eu vi um cemitério pequeno, de uns trinta metros por cinquenta, cercado, não tapado, cercado por tábuas de madeira como um curral e florido como um jardim, todos os túmulos quase no nível do chão rodeados por muitos vasinhos de plantas com flores coloridas, variadas, alegres, tudo lindo, um jardim, e eu quase chorei de emoção admirando aquela conciliação bonita entre a morte e a vida, quando alguém descobriu e falou alto: 'As flores são artificiais!'. Um choque, mas ficou o encanto. Aquilo me ensinou mais sobre o meu trabalho do que os cursos que eu fiz: eu vi a beleza possível do simulacro. Aqui,"

(Aponta com ênfase o indicador para baixo, significando: neste lugar aqui, neste veículo aqui.)

"o real não conta vantagem, porque realidade é o que todo mundo tem todo dia o dia inteiro. Você já se perguntou por que o apresentador do telejornal ou o animador do auditório olha para você o tempo todo? Ele quer que você *pense* que ele está olhando para você, olho no olho, mas está olhando é para um aparelho ótico, uma lente, uma câmera. Ele é um ator! Ele quer incluir você na turma dele, simula que está conversando com você, que está entregando a você uma coisa que ele tem, que ele soube, uma informação, e que a coisa toda que está acontecendo é entre você e ele. É isso que eu estou fazendo, olhando para você. Simulação, mas que seja como aquele cemitério em Florianópolis, que emocione."

(Pausa, olha o relógio, apanha um comprimido na mesinha e um copo com água, toma, devolve o copo vazio à mesa.)

"Entre a realidade e esta coisa aqui, a televisão, existe uma crise de ritmo. A realidade tem um ritmo que nós, humanos, criamos para nossa conveniência, nossos movimentos, nosso olhar, nosso peso, a gravidade, a luz. Qualquer quebra no ritmo é inquietante, chega a ser fascinante. Aquele espetáculo de teatro que eu mencionei ontem, ontem ou anteontem, acho que foi anteontem, *The Life and Times of Dave Clark*, era fascinante porque o movimento no palco era quase imperceptível, a cena ocupava o palco inteiro do Teatro Municipal, de um lado a outro, como uma sucessão de pinturas gigantescas, e parecia que nada estava acontecendo naquele cenário de cores, seres e objetos esbatidos. Em vez de criar uma ilusão de movimento o artista criava uma ilusão de imobilidade, devido a uma redução extrema do ritmo. De repente você se dava conta de que houve algum movimento, mas onde? E o que se movimentava tinha um objetivo, mas qual? Toda a história da evolução estava ali, desde seres que saíam de um provável mar e se destinavam a um possível lugar, o ritmo era aquele: milênios. O espetáculo começava às dez horas da manhã e durava doze horas, você se ausentava, saía para comer um lanche, jantar, voltava, não tinha perdido nenhum acontecimento, só momentos de beleza. Na televisão você não consegue capturar um momento: capta o momento seguinte, e o seguinte, o seguinte, indefinidamente. Há um excesso. Vivemos uma época de excessos. A indústria produz excesso, sobras, desperdício; as metrópoles são um excesso, sobram pessoas, necessidades, crimes, pobres..."

(Para, inclina a cabeça um pouco para a esquerda, pensa, ergue as sobrancelhas.)

"Desconfio que estou misturando as coisas. É o *meu* excesso. Hahaha."

(Olha a lista de repercussões da sua fala da noite anterior.)

"Do lado de lá desta tela, do vosso lado, também há excessos. Alguém está me cobrando de novo uma coisa de que eu já falei aqui: minhas posições durante o regime militar. Essa pessoa diz para eu descer do muro. Como, muro?! Houve uma posição e depois evolução. Slow motion, como no espetáculo do Bob Wilson que eu citei aqui. Digamos que no começo nós e os militares queríamos a mesma coisa, queríamos ser modernos, bacanas, desenvolvidos, fazer produtos de qualidade, primeiro mundo, sem perdermos as nossas raízes, as nossas conquistas. O povo, bem, povo é uma categoria meio vaga, todo mundo é povo, né?, enfim: o povo, povão, não estava no nosso horizonte, isolado, estava incluído no país, o país estava no horizonte, o país: Brasil. Eu tenho uma visão mais otimista sobre o capital, mais contemporânea, eu acho. Aquelas teorias do século dezenove já não dão conta de resolver os problemas, a população aumentou muito, o trabalho mudou. Exploração eu vejo como egoísmo. O camarada não capta a grande máquina do mundo funcionando, só vê uma peça, o parafuso dele, a polia dele, o ganho dele. É egoísmo. Eu hoje, veja bem, hoje, penso na grande máquina pagando o justo e organizando o trabalho, os benefícios todos, a distribuição sem exploração. Meus amigos do pôquer dizem: é utopia — mas quem pode dizer que a humanidade não foi uma utopia? Que a tribo já não foi uma utopia, a sociedade já não foi uma utopia? Que a internet não foi uma utopia? Organização é isso, arrumar o caos."

(Alcança a taça do dourado vinho de Bordeaux, ergue um brinde com um sorriso que procura ser charmoso.)

"À utopia."

(Bebe com gosto, cerra os olhos palatalizando. Recoloca a taça na mesinha.)

"Arrumar o caos. Foi o que o crítico de TV do *Diário*, o sr. Domenico Sabatini, quis fazer com este nosso caos aqui. Fez o que um crítico deveria fazer sempre: ensinar o público a ver, a ler, a arrumar o caos. Pode não ter oferecido aos leitores uma interpretação cem por cento correta, mas é uma arrumação. O que ele fala da Mara, por exemplo, me tocou, posso dizer que me revelou um caminho para entendê-la, posso até dizer que é um caminho para procurá-la entre as Maras que se misturam na minha frente. Vou ler aqui o trecho: '*Está nascendo uma personagem trágica, que nas tragédias gregas é aquela que não pode fugir ao seu destino*'. Eu não tinha pensado nisso! Ela movida por acontecimentos pretéritos! Destino. A chave pode estar na história dela! Esse é o caminho. Outro ponto que ele aborda, agora a meu respeito — ele me chama de personagem, olha o desplante —, é que eu sigo comandando as ações 'até certo ponto', porque, diz ele, a antagonista, ou seja, a Mara, ameaça assumir o comando das ações. Ara! Como, 'assumir'? Assumir como? Eu estou no comando, eu sou meu personagem. Com essa minha prosa aqui, como quem não quer nada eu crio esse personagem na cabeça de vocês, eu deixo de ser apenas a 'figura' que todos conhecem. Uma coisa que ele destaca, bem lembrada, aliás, é que foi a própria Mara quem trouxe para a cena o capitão Gil, chamado pelo colunista de 'vilão poderoso', e deixa no ar que não se pode saber qual influência ele poderá ter nos acontecimentos. Influência? Lá na Amazônia? Haha! O resto, recondução do Júnior, Godinho, minhas manipulações, o preço do meu vinho... blá-blá-blá... palavras em liberdade, dizia o futurista Marinetti. Esse camarada, Marinetti, começou com uma proposta anarquista, revolucionária e virou fascista. Cuidado com essas pátrias acima de todos, hein?... Ainda sobre a Mara, um seguidor malcriado lança uma pergunta interessante: se ela não apareceu por causa de meio milhão de dólares, vai aparecer por quê? Justamente! Por quê? Tem lógica a interpretação operística do crítico Sabatini: a força do destino. Ela se move numa direção, e o que é preciso saber é de onde, para onde."

(Balança a cabeça vagarosamente, considerando, em dúvida; cruza oito dedos e coloca os dois polegares sob o queixo; pensa; sacode a cabeça em dúvida.)

"Por outro lado, não faz sentido. Dezoito anos depois daquela foto. Esperar dezoito anos para botar de novo a roda do destino em movimento?"

(Balança a cabeça.)

"Não faz muito sentido."

(Apanha a taça de vinho na mesinha, toma um bom gole sem brindar. Repõe a taça na mesa.)

"Nenhum sentido. Vamos ver o que vão trazer as minhas buscas, ou os novos fatos, ou a ex-colega de escola da Mara menina. Mais um dia... O que é mais um dia para um velho? É menos um dia..."

(Apanha na mesinha sua lista de ressonâncias.)

"Nós somos o que sempre fomos, acrescentados de novos erros."

(Consulta a lista.)

"Nada mais. Ah! Eu não queria dizer boa-noite sem explicar o que é pipiripau, alguém perguntou isso no WhatsApp. Outro dia eu chamei um fundamentalista religioso de Torquemada de pipiripau. É coisa do meu avô. Pipiripau era um presépio muito antigo, muito famoso, de mais de oitocentas figuras, com cenas desde o nascimento de Cristo até a morte na cruz e a ressurreição, procissões, romarias, fogueiras, trem com locomotiva e tudo, carro de boi, animais, frades, penitentes, trabalhadores do campo, músicos, lavadeiras, monjolo, enfim, centenas e centenas de figuras em cenas armadas, e o incrível é que uma quantidade enorme de figuras se movia, sem eletricidade. Ficava na capital de Minas, um lugar de lá, um bairro afastado, parece, que se chamava Pipiripau quando um homem começou a montar o presépio, por isso chamavam de Presépio do Pipiripau. Ia gente de longe ver, do Brasil e de fora. Meu avô me levou. No tempo do meu avô ficou comum falar que alguém era um frade de pipiripau, um soldado de pipiripau, para dizer que era um boneco, que mexia os braços e a cabeça mas não passava de um boneco. Meu avô foi criado no interior, viveu a mocidade de estudante de direito na São Paulo dos imigrantes, do progresso, mas trouxe muita coisa da cultura da fazenda, dos agregados de Minas, falava meio caipira. Convivi muito com ele, antes e depois de eu ir para a Europa. Quando eu entrei para o nosso jornal e depois para a TV, chamavam o vô Egydio de coronel, por causa do jeitão meio caipira dele. Eu gostava dele, até ecoo as falas dele de vez em quando. Quando eu digo 'ara!', é dele."

(Devolve a lista à mesinha.)

"Chega. Viram que eu só tossi uma vez hoje, antes de entrar? Nem me engasguei... Serão as melhoras com os novos medicamentos? Só dói quando eu rio... Boa noite."

(A luz se apaga.)

Dia seguinte

“Nunca esperei ouvir uma coisa dessas, dita pelo diretor-presidente dessa emissora, que um canteiro de flores artificiais enfeita melhor um cemitério do que as flores naturais. É um absurdo o que esse homem falou. As cores, a beleza, o perfume e o significado dessas joias da natureza são insubstituíveis, meu senhor. Isso é um insulto a Deus que as criou e ao bom gosto que recomenda usá-las.”

“Vai falar ou não vai falar da mala de dinheiro?”

“É a Mara. Dr. Fernando, seguem resultados de algumas pesquisas científicas sobre a possibilidade de contaminação de superfícies pelo vírus SARS-CoV-2. Chamo a sua atenção para a parte grifada, que destaquei por acreditar que é do seu interesse.

“‘A persistência do SARS-CoV-2 em aço inoxidável é similar à de SARS-CoV, com resultados que podem variar de 3 a 7 dias. Em plástico, o resultado foi semelhante ao do aço inoxidável; e em papelão e cobre, partículas virais viáveis não foram detectadas após 24h e 4h, respectivamente (Biryukov et al., 2020; Kampf, 2020; Van Doremalen et al., 2020). O SARS-CoV-2 mostrou-se mais estável em superfícies não porosas do que em superfícies porosas, quando testado a 21°C a 23°C e 65% de umidade relativa do ar. Em vidro, plástico e aço inoxidável, observou-se permanência do vírus por 2 a 4 dias, e por apenas 30 min a 2 dias em papel para impressão, papel-toalha, madeira tratada, cédula bancária e tecido (Chin et al., 2020). *Em frutas pubescentes (pilosas) não protegidas por agrotóxicos como pêssego e figo a permanência do vírus observada foi de 30 min a 2 dias.* Para outros coronavírus humanos (229E e OC43), foram encontrados tempos de persistência de apenas 1h em materiais de alumínio, luvas cirúrgicas e esponjas esterilizadas, utilizadas em hospitais, mas em outros materiais chegou até 3 horas (Sizun et al., 2020).'"

"O senhor, como fazem sempre outros bilionários deste país, alega motivação patriótica para justificar a mancha de se ter associado aos militares na ditadura. O senhor se pinta e aos da sua classe como idealistas. Fala de boca cheia: nós e os militares queríamos ser modernos, desenvolvidos, primeiro mundo, sem perdermos as *nossas* raízes. Quer dizer: sem perderem os *vossos* dinheiros, os *vossos* poderes. Associaram-se a eles inclusive — *fifty-fifty* — nos efeitos colaterais, assassinatos, tortura, morte da política. Sintomaticamente o senhor evitou falar da terra na sua 'prosa' de ontem, agora que os latifúndios se tornaram produtivos, depois de séculos, depois de engolirem os pequenos produtores e expulsarem os trabalhadores de enxada na mão. Eles ficaram sem terra para trabalhar e morar, e sem emprego; vieram se transformar em problema nas cidades. Desfiguraram a sua São Paulo, Salvador, Fortaleza, Recife, Brasília, Porto Alegre, a minha Belo Horizonte e tantas outras. Sou Raquel Pinto Fonseca, socióloga, professora de cursinho em BH, e este ponto de vista foi debatido em classe e espelha uma visão coletiva."

"Desculpe, é a Neusa que tá falando. Eu tô telefonando porque eu tive um probleminha aqui no trabalho e não pude me ausentar. Amanhã eu vou, sem falta. Ouvi que esse dr. Fernando aí falou de uma recompensa, e eu vou sem falta."

"O senhor, seu doutor, refugia-se no passado. Parou a nostalgia nos anos oitenta, beirou os noventa e não falou mais da vida alheia, só fala da sua. Foge do panorama atual por quê, doutor? Não se identifica mais com essa direita que se agita por aí? Encerrado em seu castelo não sabe mais o que se passa do lado de fora?"

"Não tem um jeito de pegar esse capitão Gil? A Justiça usou delação premiada a torto e a direito para pegar crime de colarinho-branco, não pode usar para pegar crime hediondo? Tá faltando o quê? Vontade política?"

Décima quinta noite

(As luzes do estúdio se acendem e iluminam de repente o homem quase gordo que parecia adormecido com a mão esquerda sobre os olhos, sentado na grande poltrona negra, vestindo um roupão branco de algodão egípcio sobre uma camisa de cor violeta clara. Chama atenção um fular bordô em volta do pescoço, escorrendo pelos dois lados do peito até a cintura, fular de cashmere muito fino, tão leve que não se pode tomar como agasalho, mas como um adereço da composição, apenas. Ao se acenderem os dois spots, o homem faz um pequeno movimento surpreso, quando se percebe que não estava adormecido, mas aguardando, desavisado, talvez meditando. Sua respiração é ainda audível, o ar raspa em alguma coisa, mas não é dramática como em dias anteriores. O homem alcança na mesinha uma cartela de comprimidos, retira dela o último, coloca na boca, deixa a cartela na mesa, apanha um copo de água que bebe junto com o medicamento, devolve o copo à mesinha, e nesse movimento a câmera capta uma garrafa suada do vinho dourado de Sauternes e uma taça já servida. O homem encara a câmera.)

"Boa noite. O último comprimido da série. Para esta leseira não há santo remédio. Melhorei um pouco, pouquinho. Só dói quando eu rio. Sete meses, já, desde que me serviram covid numa bandeja de prata, em figos contaminados. Vocês podem ver no portal #VidaaoVivo resultados de pesquisas científicas internacionais que meu anjo da guarda ou da morte me mandou, creio que com o objetivo de mostrar que uma contaminação criminosa é possível, não é paranoia minha. Podem checar lá no portal: é possível, sim, o vírus se manter ativo em determinadas superfícies, por várias horas, até por quatro dias. É ciência, é pesquisa. Em figos, no mínimo duas horas, dois dias no máximo. No meu caso, mesmo reduzindo esse tempo para algumas horas, ele foi suficiente para contaminar na minha copa os figos trazidos pelo Júnior como presente de aniversário, junto com outros mimos. Ele não teve nada com isso, já me desculpei, teria sido tão vítima quanto eu, se os tivesse provado. *Alguém* na copa lavou, secou e contaminou os figos com a ampola de vírus que tinha preparada. Quem? Como? Estamos na pista. Já se passou muito tempo; para essas coisas sete meses é muito tempo, as lembranças vão se esgarçando, as circunstâncias vão se nublando, mas alguma coisa aparece. O pessoal da cozinha que está há mais tempo comigo lembra-se vagamente de que uma mulher, vejam bem, uma mulher, diarista, substituiu alguém na copa — fim de semana, ou foi por doença, sei lá — meses atrás. Coincidência? Estamos apurando quando foi, se foi um dia, dois, uma semana, se as datas coincidem, se ainda existem as gravações das câmeras internas. Depois de um tempo elas são apagadas, ou melhor, começam a gravar por cima das imagens gravadas, apagando as antigas — normal. É muito louco isso, muito novelesco, um atentado tipo russo, um Putin ou um Raspútin nos meus calcanhares, na sombra... Uuuuuuuu! O que não é normal é essa praga virótica vir brotar aqui, neste meu mundo antisséptico, sem a mão de um misterioso agente secreto, como acontece nas tramas de espiões russos que os tabloides ingleses adoram."

(O homem apenas sorri irônico, gargalha para dentro contraindo o diafragma, alcança a taça do vinho dourado de Sauternes orvalhada pela condensação e ergue um brinde.)

"Ao mistério."

(Bebe e recoloca a taça na mesinha.)

"Eu reparei, mocinha, que você não apenas enviou a pesquisa como a precedeu de um aviso de que havia uma parte grifada por você, e que essa parte seria do meu interesse. Noto a intenção de guiar a minha leitura, de dizer: aqui está o que nos interessa. Notou que eu disse *nos* interessa? Também sei jogar com insinuações, meu anjo."

(Colhe na mesinha o seu rol de assuntos. Passa os olhos por eles.)

"Pena, a senhora que conheceu a Mara no ensino fundamental não pôde ir hoje à entrevista no núcleo do *Vida ao Vivo*, contar 'a coisinha' que se esqueceu de mencionar dias atrás. Vá lá, senhora, amanhã sem falta, nós compensaremos o seu dia de trabalho, o incômodo de ir até lá. A menos que... Alguém procurou a senhora? Ameaçou? Qualquer coisa, avise à gente."

(Continua a percorrer seu rol de assuntos. Balança a cabeça discordando e sorri benevolente.)

"As pessoas me questionam com aquele velho ranço da plebe contra os que julga poderosos. Que eu não sei o que se passa lá fora — sei muito bem. Que eu estou preso ao passado. Ara! O passado é, sim, um livro que eu leio com atenção nas vírgulas e nas reticências, mas eu procuro coisas grandes entre as vírgulas. O que apareceu de notável neste século, tirante avanços tecnológicos? Que maravilhas aconteceram na música, excetuando o que já havia? O que ele trouxe além do funk de traseiros balançando para baixo e para cima simulando cópulas e a choradeira de sertanejos do asfalto? Grandes shows de luzes frenéticas enfeitando sons do século passado. Teatro de entretenimento, adeus, questionamentos. No mundo: que Shakespeare nos deu este século obscuro? Que Ibsen, que Lorca, que Dürrenmatt, que Beckett, que Brecht, que O'Neill, que Nelson Rodrigues? Onde estão os novos grandes poetas? Século de fast food e bebidas gasosas inchando as esbeltas e os apolíneos d'antanho. Fake news corroendo o jornalismo. Reality shows explorando o pior das pessoas. Cinema de defeitos especiais. Psicologia de coaching em vez de mergulhos na consciência — o que interessa é a pessoa se dar bem. Cachorrismo generalizado, até homens na rua chamando cachorros de filhinho e dizendo: 'Vem pro papai, vem', enquanto olham com indiferença para crianças de mãos estendidas — dá vontade de cantar para eles aquele rock dos anos oitenta: '*troque seu cachorro por uma criança pobre*'. Igrejas como negócio, almas em transe nos shows de milagres. E as manifestações políticas? *Mamma mia!* Revoltas contra a civilização! Contra quem tenta integrar os necessitados, proteger os recusados, acolher os excluídos, defender a natureza. A solidariedade ficou malvista. O bom-dia e o boa-tarde foram abafados por brados raivosos. Sei muito bem o que se passa lá fora, ora se sei. É saudosismo meu? É."

(Olha os papéis, sorri, malévolo.)

"Apliquei um nocaute técnico no Pato pateta. Falei que ia ter consequências..."

(Mostra um papel.)

"Tenho aqui uma medida cautelar que impede o patusco de se referir ao meu nome naquele blog de fofocas enquanto a Justiça decide se houve injúria e difamação nas inverdades que ele publicou a meu respeito sobre a premiação da atriz Bella Bier. Vai demorar o julgamento do mérito, viu? E depois virá outra ação, indenizatória. Não vai ficar barato... Já sei, vão dizer que isso é censura prévia à imprensa. É? É. Do mesmo modo que se proíbe um ex-amante violento de se aproximar da ex-mulher que ele espancou. 'Cautelar' vem de 'cautela'... E como todos sabem, cautela e caldo de galinha... Por falar nisso, Bella Bier, postei um tuíte cumprimentando-a pelo prêmio e desmentindo a aleivosia do Pato pateta."

(Ri de boca fechada, malévolo, segurando-se para não perder o controle do diafragma.)

"Tem mais justiça. Pergunta aqui um caríssimo por que não se usa a delação premiada dos horrores do capitão Gil, a fim de se abrir um processo contra ele. Complicado. Delação premiada, o nome diz, tem de ter um prêmio. Quem vai pagar, com que interesse, e quem receberia, para entregar o quê? Joaquim Silvério dos Reis fez delação premiada, apontou os companheiros Tiradentes e outros inconfidentes em troca de bens e perdão para suas dívidas. Judas Iscariotes fez delação premiada de Jesus e ganhou lá seus trinta dinheiros. No governo militar do marechal Floriano Peixoto campeou a delação premiada miúda e futriqueira contra monarquistas. Não faz muito tempo, tem o quê, uns sete anos, dezenas de joaquins-silvérios fizeram delação de corrupção no governo em troca de reduzir suas penas e guardar a sua parte dos dinheiros. No caso do capitão Bozzano, quem teria alguma vantagem com a delação? Um comparsa lá daquele inferno? Em troca de quê, oferecido por quem? Esse sistema de delação, caríssimo senhor, depende de muita coisa, de muitas vontades, tem todo um jogo de interesses que não se aplica no caso, infelizmente. Vamos mudar de assunto. Para não dizer que não falei de flores: uma senhora protesta inutilmente por eu ter dito aqui que achei bonito um pequeno cemitério em Florianópolis coberto de flores artificiais. Eu não disse o que ela disse que eu disse, que, abre aspas,"

(Lê.)

"um canteiro de flores artificiais enfeita melhor um cemitério do que as flores naturais, fecha aspas. Não disse, mas digo: as naturais estão mortas, minha senhora, como mortos estão aqueles que se pretende que elas homenageiem. Tecnicamente mortas, assassinadas pelo jardineiro, cortadas dos galhos que lhes davam vida. São restos, como disse Machado de Assis no soneto para a sua querida Carolina: '*Trago-te flores, restos arrancados da terra que nos viu passar unidos*' etc. etc. Restos, diz o poeta, e não precisava acrescentar que logo estariam murchas, deprimentes, malcheirosas. As artificiais mantêm pelo menos a ilusão. De novo, o meu métier: a ilusão, o falso, o simulacro."

(Abre os braços num gesto de "fazer o quê?" acompanhado pelo *sorry* desenhado no rosto.)

"A ver o que mais temos aqui. Ora, ora, esta minha despretensiosa prosa foi discutida numa sala de aula... Tomara que outros professores façam isso, botar um pouco de história viva nesses cursos preparatórios. A professora... como é?... Raquel... Pinto — primeiro Pato, agora Pinto — parece ter induzido seus alunos a pensar que na minha breve e superficial, admito, breve e superficial exposição sobre minhas posições durante o regime militar eu fugi do assunto terra, latifúndio, propriedade. Na verdade não fugi, é que acho o tema muito complicado para meros palpiteiros como eu. Tenho terras, aquilo que a d. Raquel, em viés sinistro, chama de latifúndio produtivo. Sinistro é 'de esquerda', viu, gente?, está no dicionário, tá? Não penso muito sobre terra, sou urbano. Mas tem um porém: acho imoral ter terra e não plantar ou criar gado, deixar ao léu. Não planto por gosto, é por princípio e por dinheiro. Sou urbano. Já falei outro dia: se meus antepassados tiveram terras foi porque alguém tomou. Ou herdou de quem tomou. Citei Bernard Shaw, não vou repetir, é aquela tirada anarcossocialista dele: se existe propriedade é que alguém pegou lá atrás. Agora, palpite meu, opinião minha: marcar território com urina como sempre fizeram os animais, ou apropriar-se de um território como depois fizeram os humanos não é intrinsecamente diferente. Urina e cerca de arame farpado se equivalem. A urina foi a primeira cerca, milhões de anos atrás. Marcar com urina, ou ocupar com trator, ou comprar com dinheiro, a diferença é o método."

(Ergue um brinde.)

"Ao método."

(Acrescenta, sorrindo:)

"Civilizado."

(Devolve a taça à mesinha.)

"No Velho Testamento deu-se um jeito de legalizar a posse de terras: foi Deus quem deu. Consta que presenteou o primeiro casal com o Paraíso, um belo terreno já cultivado, cheio de frutos e flores, até que 'deu ruim', como diz o pessoal que folga com a sintaxe. Foram expulsos pelo doador por causa do pecado da cobiça e depois seus descendentes foram se espalhando, ocupando outras terras. Mais tarde o mesmo bondoso Deus lhes prometeu uma terra fértil onde os alimentos manavam do céu. Impacientes, resolveram se aventurar no Egito, viraram servos por quatrocentos anos, fugiram e voltaram à Terra Prometida, uma viagem de trezentos quilômetros que durou quarenta anos. Dispersaram-se de novo, durante muitos séculos, sofreram o diabo na Europa e começaram a voltar para a Terra Prometida, que já estava ocupada. Deu no que deu. Os impérios sempre tomaram o que quiseram. Hernán Cortés aplicou no México um método mais cruel de dizer 'agora é meu', método europeu que chegou também à Ásia, à África e ao resto da América. O Brasil estava ali, um raro navio ou outro descia do Caribe, passava ao largo, faltava alguém dizer: 'É meu'. Portugal disse. Hoje a ocupação está um pouco mais civilizada, a não ser num fim de mundo como a Amazônia. Ara!, eu ia falar de direitos e estou aqui divagando... Formiga briga por território, macaco briga, passarinho briga, fazendeiro briga, sem-terra briga, mendigo debaixo de viaduto briga — quem não briga? Não dou palpite, é briga muito antiga. Hoje o que interessa é o que cada um faz sobre a terra, antes de ir para debaixo dela. Parafraseando o João Cabral de Melo Neto, é a terra que nos cabe nesse latifúndio. A posse definitiva, eheheheh. Essa eu não quero: melhor me queimarem!"

(Leva a mão direita ao queixo, coça, sobrancelhas contraídas, como quem pensa, e não dá para saber se é um gesto teatral ou natural.)

"Esqueci alguma coisa? Ah, o insignificante! Esqueci ontem de comentar que o meu crítico de televisão lamentou que eu tenha encerrado a 'polêmica' com o fundamentalista religioso que eu já tive a piedade de chamar de 'exegeta bíblico' e que chamo de Torquemada. Ora, ora... A melhor resposta a qualquer radical é o silêncio. Ele fica irado porque o silêncio significa: o que você está dizendo não tem importância, não me interessa. O inquisidor quer te queimar, ele não quer te convencer. A confissão sob tortura é só um aperitivo, ele quer é te queimar. Existe um conto impressionante de Dostoiévski dentro do romance *Os irmãos Karamázov*, narrado pelo racional Ivan Karamázov ao irmão religioso Aliosha. Ivan diz para o irmão que está escrevendo um conto, e o chama de poema, mas é um conto, de nome 'O Grande Inquisidor'. Passa-se em Sevilha, no auge da Inquisição, acho que no ano de mil e quinhentos. Cristo, o Messias, desce à terra, na praça da grande catedral. Não vem em pompa, vem pobre, homem comum, mas é logo reconhecido. Apieda-se de um cego que pede luz e o faz enxergar, e junta mais gente, ressuscita uma menina condoído da dor dos pais, e a multidão cresce, há um tumulto, que atrai a atenção do Grande Inquisidor, velho cardeal de noventa anos, e ele aponta seu dedo e ordena: 'Prendam esse homem!'. Cristo é preso numa cela escura. Na madrugada, o Inquisidor entra na cela e o interpela: 'Por que vieste nos importunar? Sabes que nos importunas! Amanhã, hei de condenar-te e serás queimado como o pior dos hereges. O mesmo povo que se jogava ontem de joelhos aos teus pés vai botar lenha e fogo na tua fogueira a um sinal meu!'. Cristo não reage, apenas olha. O Inquisidor fala montes, um discurso enorme, no sentido de que os homens outorgaram sua liberdade à Santa Inquisição, ela faz o que os faz felizes, eles têm a felicidade de não fazer escolhas, entregaram ao Inquisidor a liberdade e o sofrimento de escolher entre o bem e o mal, não querem o tormento de ser responsáveis, 'nada é mais intolerável do que a liberdade', diz o Inquisidor, referindo-se ao livre-arbítrio. O místico Aliosha observa, adivinhando o sentido: 'O Inquisidor não crê em Deus!', porque Deus para ele é quem torna o homem livre para escolher seu caminho. O irmão Ivan concorda e conclui sua história dizendo que o Preso — o autor usa letra maiúscula — se aproxima do Inquisidor e beija seus lábios. Este, estupefato, surpreso, desarmado com a falta de ódio, abre a porta da prisão e ordena: 'Vai-te, e nunca mais voltes, nunca mais!'. Termina aí a história. O materialista Ivan ainda explica ao santo Aliosha que o beijo queimou o ânimo, o coração do velho Inquisidor, mas não o seu cérebro, a sua ideia, querendo dizer — creio eu — que a ideia de assenhorear-se da liberdade humana permanece no pensamento, querendo dizer, creio eu de novo, que essa ideia pode renascer."

(O homem retoma o fôlego e dirige-se ao olho da câmera com um sorriso de malícia.)

"Não é o que estamos vendo pelo mundo, com o neofascismo?"

(Apanha na mesinha a taça do seu dourado vinho de sobremesa de Bordeaux e brinda.)

"Ao silêncio."

(Recoloca a taça na mesinha e a luz se apaga.)

Dia seguinte

"Nossa! Então é possível contaminar alguém com covid por querer? Achava que era conversa. Pelo sim pelo não, a gente que trabalha no quilo e também os fregueses têm de usar máscara na hora de se servir e só na hora de comer sentado na mesa é que pode tirar a máscara. Tá certo."

"Ok, as pesquisas mostram que os vírus corona eles ficam nos lugares onde pousam até dois ou quatro dias, tem vez que menos de uma hora. O que essa Mara não contou é como é que a pessoa maldosa vai conseguir o tanto de vírus que precisa para contaminar criminosamente uma pessoa. Pra mim é fantasia."

"Estão vendendo coronavírus por aí e eu não tô sabendo? Quero uma dose dupla na seringa pra contaminar minha sogra."

"Onde é possível encontrar amostras de vírus ativo do SARS--CoV-2? Elementar, meu caro Watson: nas UTIs dos hospitais ou nos laboratórios de pesquisas. Siga a pista, poderoso doutor, com seus detetives…”

“É a Mara. Alguém, na sua copa, contaminou os figos, dr. Fernando. O vírus não resistiria mais do que uma, duas horas, se os figos fossem infectados fora e levados depois à sua copa e à sua mesa. A pessoa que executou sabia que a pubescência do fruto deveria estar seca e a sua contaminação deveria ser recente. Por ser um vírus de absorção respiratória, a pilosidade a favorece, partículas que aderem aos pelos podem entrar em suspensão aérea até mesmo com a respiração, penetrar nas narinas, na garganta ou nos olhos; a quantidade de carga viral no caso de uma inoculação intencional é sempre maior do que a natural. De qualquer forma, se vai contaminar ou não é sempre um acaso.”

“Informação interna. De: Clipping. Para: Dr. Fernando. Depoimento gravado de Neusa Maria, acréscimo a depoimento anterior em 28/11: ‘Desculpa eu não ter podido vim ontem porque por causa da covid tá faltando gente no trabalho e eu fiquei sem substituta, sou garçonete, né? Eu contei aqui que eu era colega da Mara no fundamental, né, e que uma vez ou duas ela foi e voltou de carro preto lustroso muito chic com motorista. Maior auê na escola. Eu se esqueci outro dia aqui de dar o nome dele, fiquei conversando com ele na porta da escola esperando a Mara, nome dele é o mesmo nome do meu pai, Raimundo, lembro por causa disso’.”

REPORTAGEM DO JORNAL *DIÁRIO DE S.PAULO* (Reprodução do recorte e opção em versão digital no portal.) XERIFE DA FLORESTA A CAMINHO DE SP. “‘Tenho um assunto para resolver em São Paulo’, disse já no final da nossa entrevista o garimpeiro Gil Emerenciano da Costa, ex-capitão do Exército, ex-agente de segurança do DOI-Codi de São Paulo, onde ficou conhecido como Gil Bozzano, ex-miliciano, atualmente apelidado Xerife da Floresta. 'Vou lá, resolvo e depois volto para cá. Eu me sinto mais seguro no mato, mais à vontade', arrematou.

"Encontramos o afamado capitão Gil na barbearia do Hotel Montezuma, em Boa Vista, local escolhido por ele quando fez contato a partir dos cartões que deixamos em vários pontos usados por quem precisa dos seus serviços. O contato veio em cinco dias. O que o convenceu a conceder esta entrevista foi o compromisso de 'contarmos a verdade' sobre o garimpo e a vida dele.

"O capitão Gil diz que o governo subestima o tamanho do garimpo na Amazônia. Que do Pará ao Maranhão, Amazonas, Acre, Amapá e Roraima já andaram um milhão de garimpeiros, no geral, de 1980 para cá. Já fundaram e abandonaram cidades-acampamento pelo meio do mato. Que foi assim nas minerações de Minas Gerais, na serra da Mantiqueira e em Goiás e que 'onde teve desmatamento tudo já se recuperou', diz, 'o tempo apaga tudo'.

"Gil Emerenciano não vê diferenças de denominação e de responsabilidades nas várias atividades extrativas que ele admite serem ilegais:

"'Veja bem. Ilegal é porque não foi legalizado. Mas aqui não tem lei! Não tem juiz, não tem Ibama, não tem Exército, não tem fronteira, não tem nada! Vai enquadrar milhares e milhares de pessoas num mundão desses? Noventa por cento de miseráveis sem emprego e sem outro jeito de arrumar dinheiro. Gente doente e sem dente. Por aqui, tudo é garimpeiro, o nome que eu dou é esse. Os que eu chamo de tatus, os balseiros, os dragueiros, os financeiros, que só entram com o dinheiro, o transporte e a venda, tudo é garimpeiro. Eu já fiz de tudo, já fui tudo, hoje sou capataz, chamam de xerife, mas eu garimpo também, todas as atividades, e também tenho sociedade em garimpo.

Sou filiado da Cemga [Cooperativa Extrativista Mineral dos Garimpeiros].'

"Capitão Gil argumenta que na selva, nos garimpos, não existe polícia nem juiz, então ele é chamado para resolver problemas. Quando é contratado, vai atrás de quem rouba, ou atravessa ou invade, e resolve o problema. 'Como?', perguntamos. 'Afastando, tirando da área', ele diz sem dar detalhes. 'Eles vão sumindo, sumindo', diz, com um gesto amplo de mão, como a indicar a vastidão da sua 'jurisdição'.

"Com setenta e dois anos, Gil Emerenciano é um homem vigoroso, de boa altura, queimado pelo sol dos rios amazônicos, olhos castanhos observadores, grisalho. Usa jeans e botas, camisa de mangas compridas 'por causa dos mosquitos', exala um leve cheiro de repelente de insetos. Alardeia nunca ter contraído malária nem as doenças sexualmente transmissíveis comuns nos garimpos ilegais da Amazônia. Muda de pouso com frequência, desloca-se de helicóptero e de voadeira, a canoa motorizada da região. Tem passaporte da Venezuela, da Colômbia e da Guiana, que nem precisa usar, 'as fronteiras são abertas', diz ele. Enquanto conversávamos, dois homens aparentemente aguardando a vez na barbearia nos observavam, atentos também ao movimento da rua. Vive há doze anos na região, segundo relata:

"'Eu resolvi vir para a Amazônia quando soube da condenação do coronel Hildebrando Pascoal, o deputado do Acre. Eu vivia no Rio de Janeiro nessa época. Na verdade, eu fiquei sabendo da história dele pelo julgamento, acompanhei, e vim inspirado nele, tentar seguir o exemplo dele, de botar ordem onde não tem lei. [*Nota da Redação*: Hildebrando Pascoal Nogueira ficou conhecido como o Deputado da Motosserra; ex-coronel da polícia do Acre, líder de um grupo de extermínio que atuou no estado na década de 1990. Foi condenado em 2009 pelo Crime da Motosserra, quando dois desafetos acusados de matar seu irmão foram esquartejados vivos por uma motosserra.] Admiro um cara desses, meu herói abaixo do coronel Ustra, que foi meu superior na Tutoia. [*N. da R.*: rua de São Paulo onde funcionava a Operação Bandeirante e o DOI-Codi, órgão de repressão do II Exército.] Depois que ele saiu eu continuei lá por muitos anos, oito na verdade, aprendi muito com ele. Acabei não indo para o Acre, fiquei no garimpo do Tapajós, gostei da atividade.'

"O capitão Gil, apelidado Gil Bozzano quando atuava no DOI-Codi de São Paulo, tornou-se uma figura notória depois de seu nome aparecer há duas semanas nos desdobramentos do programa de televisão *Vida ao Vivo*, do empresário de comunicações Fernando Bandeira de Mello Aranha, presidente das Organizações Mello Aranha, transmitido em rede pela TV Nacional. É ele quem conta sua vinda para o Amazonas após se sentir ameaçado pela Liga da Justiça no Rio de Janeiro, em 2008, 2009:

"'Quando eu vim para cá, o garimpo já tinha se espalhado pelo Juma, pelo Madeira, Tapajós... E foi espalhando, trabalho duro, de domingo a domingo, da madrugada até as três da tarde. Nesses anos todos eu já trouxe mais de cem mulheres novas para cá e umas barangas também, porque tem gente que gosta. De uns anos para cá, tem mais de duas mil balsas de garimpo trafegando no rio [Uraricoera], aqui em Roraima. Eu dou garantia. Se é pirataria eu taco fogo. Se índio se mete, eu afasto à bala. Dizem aí que a terra é deles, mas eles se apossaram, igual nós. A gente não vai ficar, quando acabar o ouro a gente vai pra outro lugar. Quando vem Exército ou polícia que não é da gente, tipo Funai, os olheiros avisam e a gente enterra os motores, as ferramentas, as mangueiras, recolhe tudo, os bagulhos todos, some, e um mês depois, no que passou a onda, a gente volta. Tá dominado, não tem como mudar isso.'

"Com relação à Justiça, Gil se diz tranquilo:

"'Não tenho um processo, não tem uma queixa registrada

contra mim, uma testemunha, nada, prova nenhuma do que dizem que eu fiz. Só fama, e fama não dá cadeia.'

"Perguntamos ao capitão Gil se conseguiu ver algum programa da série *Vida ao Vivo*, do seu ex-patrão, e ele diz que tem assistido 'quando pode', desde o dia em que lhe avisaram que seu nome fora citado e então se interessou. Conta que trabalhou na casa do dr. Fernando Mello Aranha por muitos anos, isso que já sabem os que assistem ao programa, e que depois foi seu segurança pessoal também por muitos anos. Lembrado pela reportagem de que o nome dele fora trazido pela misteriosa personagem Mara, a quem o magnata oferece meio milhão de dólares graciosamente (e estranhamente), em troca de ela esclarecer um momento da vida deles fixado em fotografia, o capitão Gil se imobiliza por um momento, pensa, e pela primeira vez toma cuidado com as palavras:

"'Essa Mara era filha de uma mulher que trabalhava lá, uma doméstica, amiga do Raimundo motorista. Menina ainda. Um dia sumiu um dinheiro do cofre da casa, cem mil dólares. Eu fui encarregado pelo homem de investigar, apurei que não tinha entrado ninguém estranho na casa, investiguei todo mundo, pessoa por pessoa, horários, rotinas, tempo de casa, não se apurou nada, no fim a própria dona da casa me confessou que pegou o dinheiro para viajar, junto com o filho mais velho, que morreu de aids. Confessou e vupt, embarcou. Isso já foi falado no programa, me ajudou a lembrar. No dia que foi feita essa foto que aparece no programa, eu bati o olho na mulher e reconheci a filha da empregada doméstica. Eu sou treinado em reconhecer pessoas. Conheci pelo olhar, parecia meio pirada.'

"O capitão garimpeiro coloca uma das mãos acima da outra e as afasta com decisão, significando 'acabou', ou 'fim da entrevista'. Levanta-se, revela que vai a São Paulo, onde tem 'um assunto para resolver', e depois vai voltar para a floresta, onde se sente à vontade e em segurança."

"Esse meio milhão de dólares é dinheiro vivo? Se for, é lavagem. É como dinheiro de tráfico, propina, assalto, contrabando, rachadinha... Coisa boa não é."

Décima sexta noite

(Abre na imagem de um homem corpulento, cotovelo esquerdo fincado no braço negro e arredondado de uma ampla poltrona, cabeça apoiada nos dedos abertos da mão esquerda, olhos fechados. Ele veste um roupão leve, branco, de algodão, sobre uma camisa social de fina cambraia de cor creme, tem um fular bordô descendo pelos dois lados do pescoço e cruzando-se na altura do estômago, ergue devagar a cabeça enquanto abre os olhos, abaixa o braço, encara a câmera e, através dela, os olhares.)

"As coisas que são foram uma necessidade. A pessoa que somos foi a nossa necessidade."

(Alcança na mesinha ao lado a sua taça de vinho do Château d'Yquem.)

"Não é fatalismo — é o contrário. Somos por vontade de ser, potência de ser, decisão de ser. Eu não nos desculpo com o acaso, não nos justifico com o acaso."

(Ergue um brinde, sério, sem ironia.)

"À necessidade."

(Bebe e repõe a taça na mesa.)

"Um capitão Gil não é um acaso. Não sei se vocês leram a reportagem com ele que saiu hoje no jornal da concorrência. Quem não leu pode ver a transcrição no nosso portal. Esse Brasil das sombras sempre me surpreende. Como pode não ter processos um homem desses? É que não sobrou ninguém para contar a história, é isso? Vai ficar nisso? Não há queixas, não há investigação? Depois eu volto a esse assunto. O que me espanta agora, o que me perturba agora são as revelações dele que remexem no meu passado. Como?! O meu chauffeur Raimundo conheceu a Mara menina, conhecia a mãe dela, e nunca me disse nada! Sabia que a mãe da Mara trabalhou na minha casa e nunca me disse nada! Levou a menina à escola e nunca me disse nada? Bom, vamos com calma, como se diz. É claro que antes dos últimos acontecimentos isso não seria assunto, não teria cabimento ele dizer lá da frente: ah, dr. Fernando, eu conheço a arrumadeira e a filha dela. E daí?, não é? Mas agora, depois de toda essa celeuma, não falar nada? Será que ele sabe, sabia, que essa Mara da fotografia é a mesma Mara menina? Será que a reconheceu?, na hora da foto, dezoito anos atrás? Se reconheceu, por que não me disse nada? Tinha obrigação de dizer? Assim que ela sumiu, naquele dia, devia ter me dito?: olha, eu conheço essa moça. Ou pelo menos: acho que conheço essa moça. Hã? Vou pedir a ele o favor de me procurar, gostaria de saber. Haverá algo mais que possa me contar? Contei outro dia que ele se demitiu, realmente não tinha mais o que fazer aqui. Não saio de casa, não sinto falta de sair, o noticiário e as pessoas me dizem que o mundo aí fora está um horror. Moradores de rua arrastam seus farrapos e exalam sua morrinha bem aqui na minha porta. A escória tomou conta da praça da Biblioteca, aqui ao lado. Os bem-nascidos e os bem pagos se mudaram para a região do fétido rio Pinheiros. Se estiver me assistindo hoje, Raimundo, por favor, me ligue, venha aqui amanhã, conversar. Me ajude a recuperar pedaços de mim que fui perdendo nesses anos."

(Alcança a taça de vinho na mesinha, toma um gole sem brindar, como quem molha a palavra, pensando sem fazer barulho e aos poucos se recompondo.)

"Dá para imaginar uma coisa dessas? Ela esteve lá, na minha casa, menina... Dá para imaginar? O que há por trás de tudo isso? Que coisa a impede de simplesmente chegar e dizer: oi, eu sou a Mara, eu estive há muitos anos na sua casa, eu era menina, o senhor não deve se lembrar, minha mãe trabalhou lá, eu conhecia o Raimundo motorista, nossa, faz tanto tempo, está tudo bem com o senhor? Por que não pode ser simples assim? Por isso ela disse outro dia que me conhece... De vista, só se foi, que eu nunca a vi, nunca vi menina nenhuma na casa, que me lembre. Escondia-se... O Júnior também não se lembra — perguntei. Ela deve ter ido lá uma vez, raras vezes, talvez... O Raimundo deve saber... Também não me lembro de nenhuma arrumadeira em especial. O mundo dos empregados era uma coisa à parte, sempre foi, né, no nosso meio... hã... dos homens de negócios. Tirando as pessoas que me serviam diretamente, as outras eu não... enfim... não via. Estava sempre fora, no trabalho, nos compromissos, e quando não, passava o dia na biblioteca, lendo, trabalhando, lendo... Quem contratava, geria, instruía, despedia, dava ordens e pagava era a patroa, Albertine."

(Espera um tempo. Retoma seu tom habitual, dominando o personagem.)

"Mara gostou da ideia — foi do Júnior — de se dar uma volta no baú de fotos da d. Albertine, para ver se encontrávamos alguma coisa interessante daquele tempo. Ele achou uma foto, eu já disse, né?, que passamos para um detetive que está nos ajudando. É uma foto de empregados da casa, não tem nenhuma criança, se é isso que a Mara queria encontrar. O detetive vai me passar amanhã o resultado da busca. Leva tempo, encontrar e falar com as pessoas, todos já se aposentaram, tem gente que já morreu, que já voltou para sua terra... Amanhã ele conclui a identificação, aí eu mostro a foto. Nada explica o fato de ela não aparecer, não vir falar comigo. Só posso concluir que isso não está no plano dela. Porque ela tem um plano, só pode."

(Apanha seus papéis na mesinha.)

"É preciso ler o bilhete dela com olhos de Sherlock. Vejam: ela não sugere, afirma, aspas, *Alguém, na sua copa, contaminou os figos*, fecha aspas, e adiante ela diz, abre aspas, *A pessoa que executou sabia*, fecha aspas. São certezas. Não como as minhas, duvidáveis, mas certezas de cientista empirista. Ela quer reforçar minha suspeita de que houve contaminação criminosa, ajuntar à suspeita conhecimentos científicos, quer incentivar, ajudar: vai, segue por esse caminho, você está certo. Ah, as palavras dela! Maestrina, rege seu vocabulário com precisão, com intenção! Vejam: 'A pessoa que executou sabia'... Não qualquer pessoa, mas uma que 'sabia' o que fazer, como fazer. O verbo 'executou' é intencionalmente dúbio, pode ser a pessoa que foi instruída a fazer e fez, ou pode ser a pessoa autora. Uma pessoa da casa, de trânsito na casa, visto que ninguém estranho entra aqui. Ela deixa as perguntas: quem?, qual o motivo?, a mando de quem? Vou me indispor com todos, levantando suspeitas? Estará me empurrando para suspeitar de novo do Júnior, que trouxe os figos? Não!, fora de questão. Descartada a ambição como motivo, o que me resta? Vingança. Oh, céus!, é um leque aberto! Inveja? Ressentimento? De quantos, sob a máscara da lisonja..."

(Estende a mão até a taça do seu dourado vinho, contempla a câmera através dele por alguns segundos, em seguida ergue um brinde.)

"À sobrevivência."

(Bebe, saboreia de olhos semicerrados a doçura levemente alcoólica, palatalizando, e devolve a taça à mesinha.)

"A equipe médica avaliou hoje minha recuperação. Todos os exames foram repassados, comparados, sangue, pulmões, rins, coração, oxigenação — progressos pequenos, nenhuma recaída. A tosse diminuiu, repararam? Disciplina rigorosa, desde aquele colapso da semana passada. Exercícios respiratórios, controle do diafragma, inalação, as drogas certas nas horas certas, oxigênio, caminhada na esteira, ioga, sol matinal, alimentação programada... Sete meses de batalha, já. Se fosse pobre teria morrido, hehehe. Põe no ar a foto do capitão."

(Aparece na tela foto tipo documento de um homem branco, cabelos castanhos cortados no estilo militar, olhos castanhos, idade presumível entre trinta e cinco e quarenta anos, mostrada por engano há uma semana.)

"É ele, quando começou a trabalhar lá em casa. Décadas atrás. Recomendo cautela..."

(Volta à tela a imagem do homem de roupão branco, quase gordo etc.)

"E quem deve se acautelar? O Raimundo? As bazófias que ouviu do capitão e comentou com Bella não valem a viagem. A língua serpentina de Bella, que contou as histórias na imprensa, também não vale. Os bilhetes de Mara escondem alguma coisa de que não sabemos? Do passado dele, alguém sabe?, que outras pessoas ou 'assuntos' valeriam a viagem do Amazonas a São Paulo? Alguma mulher... uma paixão do passado... um filho... um desafeto, um devedor... bens... Nunca soube se ele tinha família. As andanças dele, sem pegadas, não indicam isso. Já estará por aqui? A entrevista foi publicada hoje, curiosamente sem fotos recentes — ele não deve ter permitido. A matéria provavelmente foi mandada ontem para a redação, o encontro dele com o repórter pode ter sido há dois dias, ou mais... Já houve tempo para ele ter chegado, ou está a caminho. Não creio que me procure — conversar sobre o quê? Não vou nem deixar entrar. Se não conversávamos antes, quando era meu segurança, por que conversaríamos agora? Sempre fui parco de assuntos com subalternos. Não que eles não importem, é que não importam o suficiente, além da obrigação que nos enreda. Sou tímido com empregados, como se... como se eu não tivesse o direito, será?, de atravessar um limite — o limite é a obrigação. Meus três amigos, aqueles do pôquer e do bridge, estranham esta minha prosa com vocês, dizem que eu arrumei afinal um jeito de falar com... sem ofensa... desiguais, e eu acho que é porque vocês do lado de lá não são obrigados a me ouvir. Não estão aqui na minha frente — e estão. Não por obrigação, é o que eu quis dizer. Estou tranquilo. Não sou homem de valentias. Desde moço, menino, nunca estive perto da possibilidade de um soco, de uma rasteira. É Fernando Pessoa que fala isso, do soco, poeta que me ajuda a baixar minha arrogância: '*quando a hora do soco surgiu, me tenho agachado, para fora da possibilidade do soco*'. Éééé, fino lisboeta, eu também não sou valente. Hoje qualquer um saca arma, o clima geral é de saloon, a cambada pratica artes marciais... E esse capitão rondando... A fala dele no jornal pode parecer banal, quando diz: 'Tenho um assunto para resolver em São Paulo... Vou lá, resolvo e depois volto', como se fosse alguma miudeza que tivesse de fazer, vou lá rapidinho e volto... Por trás de cada fala tem uma biografia... A dele recomenda cautela."

(Dá uma olhada nos papéis que ainda tem nas mãos. Sacode a cabeça como contrariado.)

"Irrelevante. Há aqui uma gente que duvida da possibilidade de contaminação criminosa pelo coronavírus, argumentando que a coleta é difícil. Não vou perder tempo com isso. Quem procura, acha. Mas tem aqui nessa mensagem de WhatsApp um vício de linguagem que se tornou comum, até pessoas letradas falam. É a síndrome — não, melhor chamar de epidemia —, é a epidemia do pronome inútil. Os acometidos colocam um pronome inútil após o sujeito da oração, como este aqui, ó:"

(Lê.)

"'as pesquisas mostram que os vírus corona *eles* ficam nos lugares' etc. etc. Inútil, um pronome inútil, não serve nem para reforço. Reparem, qualquer repórter de televisão ou de rádio fala, qualquer entrevistado, qualquer deputado, médico, sociólogo fala! É: 'as pessoas *elas* estão consumindo o dobro na pandemia'; é: 'o tomate *ele* está mais caro na feira'; é: 'a polícia *ela* está atenta a essa nova modalidade de golpe', é: 'os estudantes reunidos no diretório *eles* protestam'... E vai por aí afora. Custamos a sepultar o gerundismo de pouco tempo atrás, aquele 'vou estar fazendo', 'vou estar enviando', e agora vem esse vírus pronominal. Ara! Cuidar da língua, gente! É patrimônio, tão importante quanto cuidar das florestas. Sou implicante? Sou. A ver o que tem mais aqui. Aquela colega da Mara no fundamental, Neusa Maria, demorou tanto a nos trazer sua informação, adiou tanto, que a relação do meu chauffeur com a menina Mara acabou revelada por outra pessoa. De qualquer forma, obrigado, senhora, o seu transtorno de vir até nós será recompensado mesmo assim. Que mais temos aqui? Ah! Os dólares, cash.

(Dirige-se a alguém da equipe técnica.)

"Deixa pronta para entrar a imagem da maleta."

(Encara a câmera.)

"Dólares. Querem me comparar com essa corja palaciana de compradores de imóveis com dinheiro vivo, reais, milhões de reais... Dólares não circulam em nossas contas-correntes, ô brava gente, dólares são mercadoria que você compra no mercado, igual banana ou joia. Quem tem mais dinheiro em caixa compra mais, é legal, quem não tem não compra, simples assim. Ou compra banana, hahahaha. Bota a imagem da maleta."

(Aparece na tela maleta tipo executivo de couro preto recheada de dólares, aberta em cima da mesa da biblioteca.)

"Aí está, pronta para viagem. E o que temos ao lado?"

(Câmera se ajusta e fixa a caixinha de joia com o anel de diamante.)

"O anel de compromisso. Se ela aceitar, ficamos noivos."

(O homem sorri, apanha a taça do dourado vinho de Sauternes, ergue um brinde.)

"Ao compromisso."

(Bebe, devolve a taça à mesinha e as luzes se apagam.)

Dia seguinte

"Memorando do setor de recepção, triagem, call center e clipping do programa *Vida ao Vivo* fazendo consulta ao dr. Fernando. 'Devemos descontinuar as atuais instalações, substituindo-as por outras menores ou integrando-as ao departamento geral de correspondência da emissora? O motivo é que já não aparecem pessoas apresentando-se como parentes ou conhecidos da moça da fotografia ou informantes, nem mesmo aparecem mulheres apresentando-se como a própria Mara. Só aparecem pessoas para entregar alguma correspondência, sendo que a maior parte das mensagens chega pelas redes sociais ou por e-mail. O setor aguarda orientação do dr. Fernando.'"

"É a Mara. O senhor, dr. Fernando, que lê muito, segundo diz, poderá ter visto ou quem sabe até terá em sua famosa biblioteca um exemplar de um livro do final do século dezoito, *O viajante universal*. O autor compilou viajantes que andaram pelo mundo então conhecido, alguns por países do Caribe, como Venezuela, Colômbia e Guianas, nossos vizinhos. Esse autor,

Joseph de Laporte, publicado em Portugal em 1804, pirateou o livro do barcelonês J. Gumilla, de 1791. Diz lá o capítulo intitulado 'Dos mortais venenos de que usam': '*É maravilha o ver que ferido o homem levemente com uma ponta de flecha de curare, ainda que não haja mais rasgadura que a que faria um alfinete, coalha-se-lhe todo o sangue, e morre tão instantaneamente, que apenas pode dizer três vezes Jesus*'. É lenda. Nos meus cursos de biologia estudei compostos tóxicos extraídos de ervas e de animais, venenos como o curare, a ricina, a botulina, a batracotoxina, a tetrodotoxina, a estricnina e outros. O resultado relatado no livro de Laporte/Gumilla só poderia ser obtido com concentrações muito elevadas da toxina junto com outros concentrados tóxicos de efeito cumulativo injetados no sistema sanguíneo da vítima, como a artéria ou a veia femoral nas virilhas. Uma pessoa treinada faria isso até num encontro casual de rua, como os russos já fizeram em Londres. Um estudo mexicano recente do Herbario CICY, de Yucatán, traz a indicação de onde ainda se encontra o composto: '*En la cuenca del Orinoco (y en parte del Río Negro en Brasil), sólo los Yanomami utilizan el curare en sus flechas, tanto para cazar animales como para, en algunos casos, solventar conflictos entre grupos de la misma etnia*'."

"Eu li a reportagem sobre o capitão Gil. O jornal trata esse assassino com respeito, quase como um herói da selva. Este país está cada vez mais tolerante com criminosos da pior espécie. Estupro e tortura são crimes hediondos, não deveriam prescrever. Ninguém pune esse homem?"

TRANSCRIÇÃO DE POSTAGEM ENVIADA DIRETAMENTE AO PORTAL. "Vidaaovivo #BellaBier: Tenho achado você triste, meu amor, ou é mais do que isso, você está me parecendo meio tenso, apreensivo. Não faz mais aquelas suas piadas, suas maldades, nem contra mim. Pode bater, só não bate forte que eu gamo outra vez. Rsrsrsrsrs. Você mexeu em vespeiro, meu querido. É nisso que dá ter olhos e mente aguçados para os negócios e ser míope para a vida pessoal. Para você, contanto que o capitão Gil fosse educado e puxa-saco, não interessava a história dele. Agora está aí esse ti-ti-ti na imprensa contra você, por ter abrigado um criminoso em casa. Está aí esse filho morto prematuramente mal-amado, e esse filho carente a quem eu dei colo um dia, erro meu. Está aí um motorista com quem você nunca conversou em trinta e tantos anos de serviço e que teria tanta coisa para te ensinar. E aqui estou eu, a única mulher que realmente te amou na vida, e que você sempre tratou como criação sua, criação e criatura, barro que você moldou e que um dia expulsou do Paraíso, como um minideus. Nas duas semanas em que assistimos a esse seu piriri noturno eu já transitei da indignação para a revolta, daí para a culpa, reconciliação, compreensão, perdão, pena e agora eu liguei o foda-se. Bye-bye, e seja infeliz."

"Saquei tudo, essa história de dólar, de anjo, de xerife da floresta. Amigo meu policial já me explicou tudo direitinho. É tudo teatro de televisão, é tipo uma novela, minissérie."

"É a Mara. Hoje, durante o seu programa, vai chegar um envelope importante na sua portaria, com seu nome, marcado URGENTE. O portador será um motoboy qualquer, é inútil segurá-lo ou mandar segui-lo. Faça, por favor, subir o envelope e leia o conteúdo. É uma pequena surpresa."

Décima sétima noite

(Abre em primeiro plano do homem de setenta e sete anos, presumíveis noventa quilos, branco, pele de quem toma sol diário em doses medicinais, vestido com um roupão branco de algodão sobre camisa social alaranjada claríssima, fular bordô jogado etc. etc.)

"Somos o que fomos, acrescentados de enganos. Acumular enganos é o que faz de mim o não feliz que admiti ser uma noite dessas, marca de toda esta minha família de não felizes. Porém: vítima não sou. Não me faço. Eu vinha cultivando aquela felicidadezinha de ser autor da minha própria história, lembrando o que disse o poeta Álvaro de Campos, que felicidade é saber falar de si mesmo e não ter medo dos próprios sentimentos. Meu espaço de felicidade está sendo roubado, vão me escrevendo, fazendo de mim um contrafeito palimpsesto."

(Permanece alguns momentos calado, como se estivesse organizando as palavras, fecha os olhos, não a ponto de inquietar quem vê, reabre-os, encara a câmera.)

"Quando a Mara revelou num dos seus tortuosos bilhetes

que a carta que ela deixou custodiada no jornal *Diário de S.Paulo* foi escrita pela mãe dela, pedi a meus auxiliares que apurassem alguma coisa sobre essa senhora. Tínhamos o nome, que está no arquivo morto do colégio da Mara, e tínhamos a informação da ex-colega, de que a mãe dela havia se matado na época em que elas cursavam o fundamental. Depois veio aquela cena do 'lembra de mim?', lance ousado dela com o Júnior na porta do Teatro Sérgio Cardoso, e em seguida veio o apoio dela à ideia de que íamos procurar alguma imagem relevante entre as velhas fotos do baú da d. Albertine. Achamos. Meu detetive acaba de completar a identificação das pessoas reunidas numa foto de um grupo de empregados da casa no primeiro dia do ano de mil novecentos e oitenta e seis. O primeiro dia daquele ano terrível. A mãe da Mara é uma das mulheres da foto."

(Dirige-se a alguém nos bastidores.)

"Põe a foto na tela."

(Ocupa toda a tela a foto em preto e branco de um grupo de nove pessoas ao ar livre, oito delas sorrindo para o fotógrafo, vestidas em roupas de trabalho em dia de recepção, provavelmente para um almoço. Seis são mulheres, um dos homens, preto, está de terno e gravata. Uma seta traçada a caneta hidrocor aponta para uma mulher de uns trinta, trinta e dois anos à esquerda de quem olha a foto.)

"Esta senhora séria à esquerda é a falecida d. Amarílis, mãe da Mara. Este de terno, do outro lado da foto, é o meu chauffeur Raimundo. O meu detetive localizou duas dessas pessoas e conseguiu informações que juntou com outras do arquivo policial e funerário. É alguma coisa, mas falta alma. Ela era arrumadeira e demitiu-se ou foi demitida no ano em que houve um grande furto de dólares na casa. Nada foi provado contra ela, afirmaram as pessoas, e isso vocês sabem, já contei aqui quem furtou. A d. Amarílis suicidou-se em dezembro desse mesmo ano — desculpe, meu anjo, pelos detalhes necessários — atirando-se do apartamento onde trabalhava como diarista de limpeza, no décimo segundo andar de um prédio em Santa Cecília."

(A foto é substituída na tela pelo homem que fala.)

"Deixou uma filha menor, 'Mara de tal' — esse 'de tal' é uma das crueldades dos registros apressados e desumanos, e é também falta de empenho do detetive. Falta de tempo, pode ser. As despesas do sepultamento 'parece', diz o detetive, novamente superficial, parece que foram pagas por um amigo da família de nome Raimundo. O mesmo? O meu Raimundo recusou-se a falar com o detetive."

(O homem apanha na mesinha ao lado o seu celular, liga-o, desbloqueia-o com a impressão digital, procura aplicativo, abre uma foto, olha-a, sorri sem mostrar os dentes, exibe a foto para a câmera, pede com um chamado de mão que ela se aproxime. Na tela aparece a foto de dois homens quase da mesma idade, olhando de frente, francos, vestidos socialmente de paletó sem gravata, arrumados cerimoniosamente um para o outro, um branco e um preto. Voz do homem, fora de cena.)

"Comigo ele falou, hoje. Aceitou o meu convite e veio, de boa vontade, esteve aqui à tarde."

(Volta a imagem da tela para o homem de roupão branco.)

"Eu pedi autorização para fazer a selfie e gravar a conversa. Está tudo gravado, se precisar eu toco uns trechos. Raimundo não é um homem religioso, mas é de bem. Não precisa de religião para ser bom. Na nossa conversa ele tapou alguns buracos desta história. Foi amigo do pai de Mara, Gilberto. Eram motoristas de táxi no mesmo ponto, antes de ele vir trabalhar comigo. 'Na época ainda se chamava chofer de praça, como na música do Luiz Gonzaga', ele disse. Eu não conhecia a música, ele entoou um pedacinho a meu pedido: '*Ai ai eu sou chofer de praça, ai ai não nego a minha raça*'. Depois comentou: 'Por aí o senhor já vê que não era muito bem-vista a nossa profissão'. Bela figura, o Raimundo. Contou que o colega Gilberto morreu na epidemia de meningite, em setenta e seis, 'a nossa profissão era muito exposta', ele disse, 'a epidemia estava no fim, mas ainda pegou forte em muita gente. A censura do governo não permitia divulgar, para não alarmar a população, e daí as pessoas não se preveniam, em dois anos morreu muita gente, até começar a vacinação' — foi o resumo que ele fez. Perfeito, me parece. Gilberto era casado de pouco tempo quando morreu, tinha uma filha de um ano. Um dia, muito depois — Raimundo já era meu chauffeur havia algum tempo —, ele foi procurado pela d. Amarílis, viúva do amigo Gilberto, desempregada, com uma filha de dez anos, pedindo que ele a indicasse para algum trabalho na minha casa. Foi assim que ela começou a trabalhar lá, como arrumadeira. 'E o que ela fazia?', perguntei, não tinha ideia do que faz uma arrumadeira. O serviço dela era dar um jeito nas flores, minha mulher enchia a casa de flores, nos cristais, engraxava os sapatos, arrumava os quartos, os armários... enfim. Raras vezes a menina ia com a mãe, ficava quietinha lá, na edícula dos empregados, muito tímida e bonitinha, segundo o Raimundo. A mãe cuidou sozinha da menina, desde que o pai morreu. Palavras do Raimundo, ouçam:"

(Som da gravação do celular.)

"Não sei por que ela foi mandada embora, o capitão Gil disse que ela roubava coisas, mas eu não acredito, ela era muito séria, muito honesta, muito boa pessoa."

(Volta a voz do homem.)

"Depois que ela se matou, Raimundo ajudou no encaminhamento da menina para o Juizado, não tinham parentes na cidade. Eu perguntei: 'Por que você não ficou com ela sob sua guarda, Raimundo?, filha do seu amigo'. Ele sorriu irônico querendo dizer que eu não sabia como são as coisas no Brasil, e falou: 'Doutor, eu, preto, solteiro, morando sozinho, levando uma menininha branca órfã bonitinha para minha casa, doutor?'. Eu tive vergonha de ter perguntado. Visitou-a algumas vezes no abrigo, no Natal levava uns chocolates para distribuírem. Depois que ela foi estudar no interior não o procurou mais, não deixou endereço. Eu perguntei: 'Por que você não comentou nada disso comigo, Raimundo?'. Outra vez eu deveria ter ficado calado. Ele falou: 'Isso por acaso interessava ao doutor? A vida de uma empregada que o doutor nem sabia que existia? Se tivesse me perguntado...'. De fato, por que eu perguntaria, por que ele comentaria? Nunca aquele homem que eu fui me incomodou tanto. Mostrei a foto, essa que eu mostro aqui todo dia, e perguntei, não inquirindo, não cobrando nada, perguntei procurando camaradagem: 'E no dia que foi feita essa foto, você reconheceu que era ela?'. Raimundo pegou a foto, olhou-a com atenção e disse, escutem:"

(Som de gravação.)

"Não. Se o senhor reparar, ela está meio de costas para mim, de frente para o senhor e para o capitão. Não estou bem lembrado da movimentação, faz tempo, né?, ela deve ter passado pela minha direita e se colocado aí, de costas para mim, no momento da foto, depois foi em frente, acho que depressa, não foi?, sumiu."

(Voz do homem.)

"Raimundo tem essa capacidade de clarear, e foi o que ele fez quando eu perguntei o que ele achava que ela queria: 'Acho que ela queria confrontar os dois, o doutor e o capitão. Ó a mão dele, de surpresa'. Olhei, havia de fato certa crispação naquela mão. 'Na hora podia ser uma pessoa com pressa querendo passar, mas hoje, conforme o que está acontecendo, acho é isso', completou o Raimundo. Aquela palavra, 'confrontar', ficou trabalhando em mim. Eu ainda tinha perguntas para o Raimundo.

Ofereci bolo, café, licor, simpatia, e fiquei sabendo que ele prestava serviço voluntário, ensinando pessoas de comunidades a dirigir carro e caminhão, como profissionais. Relaxamos, e aí eu perguntei como que ele sabia aquelas coisas todas sobre o capitão Gil. 'Farolagem dele', disse o Raimundo, ouçam aqui:"

(Som de gravação.)

"contava aquilo para se agigantar, se impor como homem melhor, botar banca de que topava tudo, que era o bom e que eu era só um preto. Entrava por este ouvido e saía pelo outro."

(Voz do homem.)

"Minha outra pergunta foi tortuosa, maliciosa: quando foi que ele contou as coisas sobre o capitão para a Mara. Cinquenta anos de trânsito tinham ensinado Raimundo a prever o movimento imprevisível dos outros carros e a se desviar dos buracos mais difíceis das ruas. Sorriu sacudindo a cabeça como quem diz: eu te conheço, eu te conheço, doutor. Adivinhou por certo que eu estava me apoiando na dica que a Mara deu na semana passada, de que sabia de coisas do capitão contadas por alguém que, nas palavras dela, 'trabalhou lá também'. Lá, na casa, óbvio. Adivinhou que eu estava insinuando que ele havia se encontrado com a Mara recentemente. A resposta dele foi na linha do eu sei por que o doutor está perguntando isso. Olha só:"

(Áudio da gravação. Imagem continua no homem e no seu celular. Movimentos dele durante áudio: apanha um comprimido já separado e toma-o com água, dá uma olhada nos papéis, ajeita o fular, faz um sinal ou outro sublinhando momentos da gravação.)

"Eu me encontrei, sim, com ela, meses atrás, se é isso que o doutor quer saber. Eu ficava aqui à toa, na portaria, no quarto de descanso, no café da galeria. Ela procurou por mim na portaria. Tomamos um café demorado, ela contou que era bióloga, morava na França... Lembramos dos tempos difíceis, ela disse que estava tudo bem agora... ia ficar mais uns meses de licença, a primeira em vinte anos. Eu disse que estava pensando em me aposentar, ela perguntou se o doutor estava bem, o Júnior, eu disse que ele morava nos Estados Unidos, e ela assim como por acaso perguntou se o capitão Gil ainda era segurança 'do seu patrão', ela falou. Eu disse que não era e nem sabia por onde ele andava. Sete, oito meses atrás não sabia mesmo, né? Falei daqueles absurdos que eu sabia sobre o capitão, coisas que ele mesmo me contava para se aparecer. Ela riu, falou: 'É bem paulistana essa expressão', e aí confessou que sabia que ele não era mais segurança, ouviu dizer que ele estava no Amazonas, no garimpo." "Ela disse isso!?" "Disse." "Ouviu de quem?" "Não sei. Eu perguntei e ela disse: 'Eu trabalho com pesquisa, eu vou atrás...', e parou aí. Gostei de ver que a menina do meu amigo Gilberto tinha vingado, estava bem, numa boa colocação. Uns dias depois ela apareceu de novo, tomamos outro café demorado, falamos do pai dela, da mãe, que a vida não tinha sido justa com eles, ela disse: 'Não mesmo', e repetiu: 'Não mesmo', depois pediu uma recomendação para uma antiga colega dela de colégio que estava desempregada, 'tanta gente desempregada no Brasil', ela comentou, 'na França também', e eu dei a recomendação por escrito, assinada em cima da minha qualificação de motorista por cinquenta anos do dr. Fernando Mello Aranha, presidente da Rede Nacional de Televisão. Ééé, isso é título. Ela agradeceu, falou: 'Até um dia desses', e aí não me procurou mais, sumiu."

(O homem corta a gravação e coloca o celular na mesinha.)

"Sumiu — e reapareceu quando iniciei esta prosa, faz dezessete dias. A conversa com Raimundo trouxe claridade e uma nova inquietação: por que Mara, sete meses atrás, procurava pelo capitão Gil e como é que já sabia que ele estava na Amazônia? Nem imagino por que ela se interessaria por um criminoso desses. Olha a indignação dessa senhora que mandou mensagem hoje sobre a impunidade. Diz ela, e é a límpida verdade, que este país está cada vez mais tolerante com criminosos da pior espécie. Crimes como estupro e tortura não deveriam prescrever, ela diz — e eu concordo, senhora —, mas prescrevem! 'Ninguém pune esse homem?', ela pergunta indignada. Não deveria prescrever crime nenhum antes de cem anos, eu acho. Só depois que todos os envolvidos estivessem mortos. A quem interessa a prescrição de pena? Ao criminoso, com certeza. À Justiça, claro que não. Às vítimas, não — pelo amor de Deus. Interessa a meia dúzia de advogados chicaneiros. Quem, ferido, machucado, injustiçado, aceita prescrição? O Código Penal não pode decidir quando é que um crime para de doer nas vítimas. Porque é de dor que se trata. A vítima quer justiça, o criminoso quer se safar. Por que a Justiça fica do lado dele? Cresce por isso a justiça dos justiceiros, que dispensa processos, advogados, tribunais, juízes. O capitão Gil vive nos dois lados, devedor e cobrador. O horror, o horror!"

(Ele alcança na mesinha ao lado sua taça de dourado vinho e ergue um brinde, interrompido por um rapaz de dólmã que traz e deixa na mesinha uma pequena bandeja de prata com dois pequenos envelopes, que a câmera detalha, numerados 1 e 2, com a palavra "urgente" sublinhada. O homem retoma seu gesto e brinda.)

"À Justiça justa."

(Bebe, repõe a taça na mesinha, apanha os envelopes e os observa.)

"É a letra dela. Prometeu um e mandou dois. Fora outro que mandou à tarde e que está aqui no portal, uma coisa esquisita, comprida, uma nota falando de venenos mortais, de curare... Pirou, meu anjo? Nããão, é mais uma charada que ela está propondo, formulada antes de mandar estes envelopes. Alguma coisa mudou os planos dela. Não vou comentar agora, que outro valor mais alto se alevanta, como disse o Luís, o vate, o Vaz."

(Abre o envelope de número 1. Retira e mostra um bilhete manuscrito. Lê em voz alta.)

"Dr. Fernando. Chegou o momento de termos uma conversa."

(Leva a mão ao peito, pausa, olha para a câmera, respira, volta à leitura, com alívio crescente.)

"Se o senhor concordar, vamos nos falar pelo aplicativo Meet, amanhã, durante o seu programa, ao vivo, só eu e o senhor, imagem e microfone abertos. Se eu for alertada de que o meu celular está sendo rastreado, desligo e continuo na sombra."

(Levanta os olhos, sacudindo miudinho a cabeça, sorriso fechado na boca, como quem concorda satisfeito.)

"Ótimo. Ótimo. Concordo! Vou mandar fazer os acertos técnicos para uma live, só nós dois. Você liga para o zap do programa e eles te dão o link, fechado só para nós. Temos recursos para tela dividida e para imagens alternadas, eu ou você, o diretor aqui decide, ele é bom. Você vai aparecer afinal, anjo, mostrar sua cara! Estão todos ansiosos para conhecê-la, tenho certeza, cansados já dessa foto de todo dia. Estou ansioso também, imagine, dezoito anos!"

(Coloca o bilhete dentro do envelope, devolve-o à bandejinha, apanha o envelope de número 2, abre-o, retira dele, e mostra, um curto bilhete manuscrito, que lê em voz alta.)

"Dia 11 de dezembro será a sua vez."

(Não compreende, olha para um lado, para o outro, intrigado.)

"Que dia é esse?"

(De súbito para, olhos abertos, assustados.)

"Meu Deus!"

(Uma repentina falta de ar o faz abrir a boca para respirar, ofegante, e logo, como quem se afoga, arqueja, estertora, e logo uma tosse agônica o sacode, os médicos acodem rapidamente. Apaga-se a luz.)

Dia seguinte

DIÁRIO DE S.PAULO — recorte da edição impressa — 11/12/2021. "No dia 1º de dezembro último, a bióloga Mara Canuto Gomes, quarenta e seis anos, deixou sob a guarda deste *DSP* um envelope pardo fechado com a seguinte instrução na face: "*Somente pode ser devolvido a Mara Canuto Gomes, se solicitado por esta. Quando autorizado expressamente pela destinatária, o conteúdo poderá ser publicado no jornal. Em caso de morte violenta desta, abrir e publicar o conteúdo*". Ontem à noite, autorizados formalmente pela dra. Canuto Gomes, abrimos o envelope na sua presença. Dentro dele havia outro envelope bastante amarelecido pelo tempo, já aberto por um corte feito com tesoura, sobrescrito com os seguintes dizeres:

Filha querida

Guarde esta carta bem escondida.

Quando você fizer vinte e um anos, abra, leia e faça o que o seu coração mandar.

"Dentro do envelope havia duas folhas de papel pautado manuscritas dos dois lados e uma fotografia de uma senhora que a dra. Canuto Gomes identificou como sua mãe. Disse ainda que havia USD dois mil dentro do envelope, que retirou quando o abriu pela primeira vez, no dia 5/11/1996, dia do seu aniversário. Lido o conteúdo, consultado o Conselho de Redação e o Departamento Jurídico, publicamos abaixo, sem cortes, a carta da mãe suicida à filha. (C. R.)"

São Paulo, 11 de dezembro de 1986.

Mara, minha menina adorada, para sempre menina e pura, amor de toda a minha vida.

Me perdoe.

Me perdoe primeiro por não ter podido impedir o sacrifício da sua inocência, a sua humilhação e os sofrimentos das últimas semanas. Deus queira que, dez anos passados, a sua dor e o seu desamparo tenham diminuído e que você possa perdoar as minhas fraquezas.

Fui fraca diante das ameaças daquele demônio, tive medo de perder você e não poder viver com a dor da sua perda. Ainda sinto, vejo aquele demônio nos rondando. Perdão porque não pude suportar a lembrança daquelas cenas, um tormento vinte e quatro horas por dia na minha cabeça, na minha alma, sem poder gritar, sozinha, aquilo sufocado dentro de mim. Eu vejo você emudecer e eu sei que é de tanto sofrimento e pensei muitas vezes em levar você junto comigo, mas Deus segurou minha mão, como segurou a de Abraão.

Filha, você terá o seu futuro de mulher bonita e forte. Me perdoe por não conseguir caminhar com você até lá.

Agora que você é adulta, posso pôr você a par do que nós passamos para desanuviar um pouco seu pensamento e organizar as suas lembranças. O seu pai era um homem trabalhador que morreu cedo de meningite e só nos deixou meia pensão da previdência. Trabalhei em vários lugares e nesse ano comecei a trabalhar de ar-

rumadeira na casa do dono da TV Nacional, dr. Fernando. Eu arrumava a casa, as flores dos vasos, as camas, a bagunça dos quartos, lavava e passava. Algumas vezes você ia comigo, quando eu não tinha com quem deixar você, a d. Albertine autorizou, se você ficasse quietinha na área dos empregados até a hora de ir pra escola, eu pagava um extra pra perua. O filho menor deles estudava em tempo integral, você deve ter visto ele, dois anos a mais do que você. O filho maior era doente, tossia muito, dormia e fumava, eu tinha de esperar ele acordar para fazer o quarto, de tarde. A d. Albertine era estranha, tinha olheiras, dava ordens de olhos fechados. Não sei se você viu ela alguma vez. O dr. Fernando saía de manhã, não sei quando ele voltava porque aí eu já tinha ido pra casa. O segurança era capitão do Exército, ficava a maior parte do tempo na cabine da entrada. O motorista Raimundo é bonzinho, foi muito amigo do seu pai, ele que me indicou pra esse emprego, alguma vez até levou você pra escola. Tinha outras empregadas muito antigas, cozinheira, copeira e faxineira. Nova era só eu.

Em outubro, por desgraça foi um dia que eu levei você comigo, o dr. Fernando foi abrir o cofre e gritou que tinham roubado cem mil dólares que ele tinha guardado lá. Pelo que entendi não podiam chamar a polícia, tinha um problema com o dinheiro. O capitão tomou conta. Ninguém tinha entrado na casa. Ouvi o dr. Fernando autorizar o capitão, aos gritos, antes de sair: "Você é que sabe o que fazer, faça o que for preciso". Ele me trancou no quarto e me bateu. Eu não tinha o que dizer, não sabia de nada. Ele cheirou aquele pó branco dele. Apertou todo mundo, revistou todo mundo, os quartos, as roupas e as bolsas. Amordaçou minha boca, me torturou com soco, tapa, cigarro aceso, agulha na unha. Por fim abusou de você na minha frente para eu falar que tinha roubado o dinheiro, e eu desesperada não tinha nada pra dizer, pra te salvar. Uma menina linda, inocente, pura. Como que Deus permitia uma coisa dessas? Fechei os olhos e desmaiei. Depois daquele dia me senti morta.

O demônio nos entregou em casa para saber onde eu morava e disse para não aparecer mais lá. "Se abrir a boca ela morre", ele falou.

Não tive coragem de conversar com você, só orávamos e chorávamos juntas, não sei do que você se lembra. Estou te contando pra você organizar sua cabeça, saber a inteira verdade da nossa história e poder se cuidar sem tormento de fantasmas. Confie em Deus e em você.

Nesta semana a d. Albertine me procurou, me pediu perdão por tudo, e repetiu "por tudo tudo", e me deixou um dinheiro que deixo aqui nesta carta junto com meu retrato. Entendi que foi uma confissão dela. Deus tome conta.

Escrevi para o Juizado de Menores implorando que cuidassem de você, melhor do que eu poderia, que eu não posso nem comigo. Dei referência do seu Raimundo. Confio em Deus que fizeram isso.

Perdão, perdão, perdão!

Não suporto mais tanto sofrimento.

Sua mãe que te amará eternamente,

Amarílis.

Décima oitava noite

(Abre na mesma fotografia de dezoito anos atrás, tela inteira. Voz do homem, fora de cena.)

"Venha, Anjo Exterminador, cumpra seu destino."

(Aparece, em plano americano, o homem tendendo a gordo, branco, usando um roupão branco de algodão egípcio, leve, próprio para o calor do verão, sobre uma camisa de algodão vermelho-sangue, fular branco de seda pura derramando-se do pescoço até a barriga. Ele áplica à boca e ao nariz a máscara plástica de um inalador, olhos cerrados; respira compassadamente produzindo um discreto ronronar, algo como pequenas bolhas borbulhando em seus alvéolos. Abre os olhos, desliga o inalador e coloca-o na mesinha.)

"Uma pequena recaída. Emocional, com certeza."

(Parece abatido. A animação que se percebia nos dias anteriores, sinal daquela pequena felicidade que era o saber falar de si, como havia dito, foi substituída por concentração, quase contrição.)

"Esta fala é mais que uma fala, é um falar-se. Eu me falo, escoo."

(Fecha os olhos por um momento e abre-os, pronto.)

"Justiça que não faz justiça falha no principal. Perde o sentido. Como continuar quando falta sentido? Qual é, qual seria, qual poderia ser a minha culpa? No romance O *estrangeiro*, de Camus, um franco-argelino, Meursault, comete um crime e é condenado à morte por não ter chorado no enterro da mãe. No conto de Kafka, 'O veredito', um velho pai moribundo questiona as atitudes frias do filho Georg diante da ruína do amigo que vivia na Rússia e fulmina o filho com a sentença: 'Eu te condeno à morte por afogamento!', e ele sai e se atira no rio. Culpados de indiferença e egoísmo."

(Toma um comprimido que já estava separado no copinho. Levanta o rosto para o teto, olhos fechados, dá um tempo, segurando o queixo com a ponta dos dedos. Volta.)

"Hoje dispensei todo mundo, só estou eu e dois técnicos essenciais. O Júnior me ligou logo cedo. Repercussão péssima da carta. Mandei tirar tudo do portal. Críticas, tudo bem; insultos não. O Júnior acha que devemos separar os insultos e deixar o resto. Para quê? Acabou. Acabamos. Ficou claro para ele aquele 'clima estranho' que sentiu quando garoto ao voltar do colégio para casa, alguma coisa nebulosa no ar. 'Essa carta iluminou tudo', ele disse. Hã. Um relâmpago — iluminou destruindo. O Anjo Exterminador me ataca em três frentes: o bilhete ameaçador de ontem, a carta arrasadora da mãe, hoje, e daqui a pouco uma conversa com este ser fragilizado. É desigual o combate."

(Apanha na mesinha ao lado a curta mensagem obscura recebida na noite anterior. Lê para a câmera.)

"Dia 11 de dezembro será a sua vez."

(Apanha na mesinha o recado montado com letras recortadas de jornal, recebido dezoito anos atrás. Mostra-o e lê.)

"Dia 11 de dezembro será a sua vez."

(Exibe os dois para a câmera.)

"Recados embutidos em recados. Esta ameaça recente foi escrita à mão para confirmar que a autora é a mesma. Assinatura. É isso, assinou agora a ameaça de dezoito anos atrás. Eu fui um falso esperto, associei a data às datas dos sequestros do Abílio Diniz e do Washington Olivetto — nada a ver — e deduzi que eu seria o próximo empresário a ser sequestrado. Nada a ver, simples coincidência. Dezoito anos nesse engano idiota. Daí me refugiei nesta ermida, e não me arrependo, pois estéril o refúgio não foi, nem desonroso, nem recatado. É, não foi. Pois então. Se não era sequestro, conclui-se que era outro o perigo que me ameaçava lá atrás, e ameaça de novo, com o mesmo texto. Aquela moça, no momento daquela fotografia, era a ameaça."

(A um sinal do homem, a foto habitual ocupa a tela. Ele fala fora da cena.)

"Não consigo dizer nada sobre a carta dessa mãe. Não é medo, é falta de coragem. Que posso dizer? Entre nós há esse corpo que salta de um décimo segundo andar. O que eu poderia falar? Entre nós há essa criança desamparada e machucada para sempre. Como posso explicar? Entre nós há esse monstro que eu abriguei e alimentei."

(Volta a imagem do homem meio gordo, de roupão branco etc. etc.)

"Ligue, meu anjo. Está tudo pronto para o nosso apocalipse."

(Como se estivesse esperando esse chamado, Mara liga. Depois de alôs e 'está me ouvindo' desencontrados, faz-se o contato e a imagem dela é estabilizada na tela. Uma mulher de quarenta e seis anos, cabelos curtos, rosto largo, olhar direto, olhos castanhos, nariz contido no essencial, boca bem definida sem batom. Ela não procura parecer simpática.)

"Que bonita!"

“Sem comentários pessoais, por favor.”

“Boa noite, muito boa noite!”

“Boa noite, obrigada.”

“Por que você… posso tratá-la por você?”

“Fique à vontade. Eu vou tratá-lo por senhor.”

“Por que não apareceu antes? Estou procurando por você faz dezoito dias. Na verdade, dezoito anos hoje.”

“O senhor não estava pronto para a verdade.”

“Qual verdade?”

“Uma de cada vez.”

“Dezoito anos. Por que sumiu depois daquela foto?”

“Viajei, fui trabalhar fora.”

“Naquele dia?”

“Naquela noite mesmo.”

“Era uma fuga?”

(Ela demorou um pouquinho para responder, percebeu a invasão na pergunta.)

“Seria.”

“De quê?”

“Essa pergunta é desnecessária.”

“Por quê?”

“A resposta é desnecessária.”

“Assim não avançamos.”

“Avançamos se o senhor fizer as perguntas certas.”

“Você viu, todos viram, que eu criei fantasias sobre aquele momento. Já contei isso. Confessei, aliás. A principal fantasia, a mais recorrente, foi a de que você ia me dizer alguma coisa. Um anjo trazendo uma mensagem justo no momento em que eu ia tomar uma decisão crucial na minha vida, num momento de fragilidade pessoal. Você não estava ali por acaso.”

“Não.”

“O capitão Gil disse na entrevista — você leu?”

"Li."

"Disse que te reconheceu. Estou achando que você estava ali à procura dele. Não estava à minha procura."

"Dos dois. Sabia que os dois estariam juntos, bem juntos, o protetor e o protegido. O criminoso e o cúmplice."

(O homem parece chocado. Fica mudo por um instante.)

"Sua mãe escreveu que eu autorizei o capitão a fazer o que fez. Você acha isso?"

"Quem põe um torturador estuprador trabalhando em casa e o encarrega de uma investigação dentro da própria casa e ainda diz: 'Você sabe o que fazer' e sai de casa, e fica fora o dia inteiro, está autorizando a tortura."

"Eu não sabia! Você fala como se eu soubesse da vida dele, da biografia dele. Eu não contratava o pessoal da casa, era minha mulher quem fazia isso, quem entrevistava, checava a indicação. Eu era visita naquela casa."

"As suas palavras foram: 'Você sabe o que fazer, faça o que for preciso'."

"Você não estava lá."

"Mais uma dessas e eu vou embora."

(O homem se ruboriza, leva a mão esquerda à testa.)

"Desculpe, desculpe. Estou tentando recompor o momento... Se eu tivesse falado isso sabendo do passado dele, seria uma coisa; eu falar não sabendo, é outra. Se você acha que eu falei sabendo, pode me matar. Porque é disso que se trata, não é?"

"É disso que se trata."

(Ele fala separando as palavras, com raiva.)

"Eu não sabia."

(Ela fala no mesmo ritmo e no mesmo tom.)

"Eu não acredito."

(Uma pausa longa, impasse.)

"Pois então venha, Anjo Exterminador, venha cumprir seu destino, seu desatino..."

"O senhor já foi punido."

"Como assim?"

"A covid."

"Foi você?!"

(Horrorizado.)

"Eu não tenho de responder."

"Era você a diarista que trabalhou na minha copa em maio e ainda não conseguimos identificar? Você usou a recomendação que o Raimundo lhe deu para entrar aqui?"

"O senhor não tem o direito de me perguntar isso."

"Não tenho? Eu sou vítima! Não tenho o direito de saber quem foi?"

"Não tem o direito de me interrogar! Vai chamar o capitão?"

(A cara dele é de espanto e indignação. Compreende aos poucos seu limite, amansa a voz.)

"Era amiga sua, a diarista?"

"Não tem o direito de me perguntar nada! Nada! A vítima aqui sou eu! Leia de novo a carta da minha mãe, doutor! As minhas sequelas são mais antigas, mais profundas e mais permanentes do que as suas. O senhor foi responsável por aquele quarto de tortura na sua casa, por dar poder àquele homem para fazer o que ele fez! Na sua casa! Saiu de casa para deixá-lo mais à vontade!"

"Não! Não para isso."

"Sim!, para isso e para não saber. Quinze anos que eu faço análise. Perguntou por acaso o que ele tinha feito, quando o senhor voltou para casa?"

"Não era o caso de perguntar isso. Só na sua lógica."

"E na sua?"

"Eu só perguntei: e o dinheiro? Ele disse que os dólares estavam viajando com a d. Albertine, ela havia contado espontaneamente que foi ela quem pegou, ela e o Fred. Era questão de vida ou de morte, ela disse, e que depois explicaria. Terminou ali a conversa, nada a fazer."

"Não lhe passou pela cabeça —"

"Não passou."

(Calam-se, esgotados, como se não houvesse mais o que dizer, incomodados um com o outro. Um tempo. Ele cata migalhas.)

"Quando você se encontrou com o Raimundo, meses atrás, já sabia que o capitão estava no garimpo do Amazonas."

"Ouvi dizer."

"Quem disse, posso saber?"

"Amigos de amigos dele. Mercado de receptação."

"Mesmo assim mandou para cá um bilhete pedindo que meus detetives, palavras suas, o encontrassem para você."

"Isso, que o encontrassem. A palavra é essa."

"Você tinha uma ideia com esse bilhete, sempre tem."

"Espalhar o nome, jogar a rede no rio. Funcionou."

"Você estava sendo entrevistada na sala de triagem e de repente sumiu, desapareceu."

"Não era seguro lá."

"Como não era seguro? Eu exigi gentileza com todo mundo."

"O rapaz que estava me atendendo saiu, foi falar com outra pessoa, eu vi pelo vidro que confabulavam sobre mim, me olhavam."

"Normal, um subalterno aconselhando-se com o chefe."

"Estava estranho, pediram documentos... a carta da minha mãe na minha bolsa... minha relíquia... minha prova. Saí, sumi."

"A data dos bilhetes, 11 de dezembro, é a data da carta."

"Da morte da minha mãe."

"É tudo vingança, então?"

"Essa pergunta é desnecessária."

"A primeira... vou chamar de ameaça."

"Aviso."

"Esta,"

(Mostra.)

"escrita com palavras recortadas de jornal, você a entregou quando trabalhou na TV Nacional, assessorando uma novela — certo?"

"Errado. Não foi para a sua televisão que eu trabalhei."

"Não? Disseram que foi."

"Falam muita besteira."

"Sua amiga Odete..."

"Ela não disse que foi, ela não sabia. Todo mundo acha alguma coisa nessa história."

"Ok, ok. Ahn, aqueles posts me alertando de que Mara e Odete eram impostoras golpistas — você que postou, para despistar?"

"Não."

"Alguém querendo tirar você da jogada para pegar o dinheiro..."

"Pode ser. É o mundo, nosso mundo."

"Estou fora dele. Fico aqui, no meu inferninho."

"Eu escrevia à mão para isso, marcar a diferença."

"Assinatura. Ahan, você disse que me conhece. De onde?"

"Adivinhe."

"Por que diz que me conhece se eu não a conheço?"

"Eu não disse que o senhor me conhece, disse que eu o conheço."

"De onde?"

"De vista. Já sabe que eu fui algumas vezes à sua casa. Menina."

"Fazer o quê? Fazia o que lá, naquele dia infeliz?"

"A d. Albertine tinha autorizado que eu ficasse na área das empregadas quando minha mãe precisasse me levar."

"Eu nunca fui à edícula dos empregados."

"Eu via o senhor sair de manhã. Uma vez o Júnior foi lá, falou comigo. Isso marca: ooooh, o filho do patrão falou comigo. Quando você é alguém e fala com um ninguém você não se lembra. Ele não se lembra."

"Tudo se encaixa... Você tinha um plano quando irrompeu aqui na minha porta de repente, do nada."

"Tinha."

"Não ia dar certo aquilo. Posso perguntar? Já passou muito tempo, consequência zero para você. Posso? Posso saber qual era o plano?"

"Eliminar os dois, o capitão primeiro, por segurança, sumir no tumulto, entrar na galeria, pegar um táxi na outra rua, ir para o aeroporto, minha mala já estava lá, passagem na bolsa, sumir."

"O que deu errado foi o —"

"O flash do fotógrafo me cegou, me apavorei, não ia conseguir. Fugi, fui embora para a França."

"Não ia dar certo."

"Ia."

(Ele vira o rosto para o lado esquerdo, fala para alguém.)

"Põe a foto, por favor."

(A foto de sempre ocupa a tela.)

"Minha mão direita já estava abrindo a bolsa. Três segundos."

"Não ia dar tempo."

"Três segundos."

"Ia dar não. Tinha a escolta policial."

"Lá atrás, bloqueando a avenida, não na porta do prédio."

"Volta a imagem para nós."

(A tela compartilha a imagem dos dois. Ele fala.)

"Não ia dar. Com todo o respeito: quantos anos você tinha?"

"Faça as contas."

"Quantos? Vinte e..."

"Oito."

"Ainda bem que não deu. Digo por você, tão nova!, não por mim."

"Um fracasso! Chorei muito, de frustração."

(Ele parece surpreso, talvez não esperasse esse momento de entrega.)

"Eu entendo. Entendo."

(Vacila.)

"Éééé... Você escreveu um dia desses que o capitão se demitiu por medo. Foi depois desse encontro. Um sujeito desses não tem medo de morrer."

"Não de morrer. De ser preso."

"Depois de tanto tempo?"

"O crime de estupro de vulnerável prescreve vinte anos depois do dia em que a vítima completa dezoito anos. Eu tinha onze, para dezoito, sete, mais vinte, vinte e sete. Ia prescrever em dois mil e treze, estávamos em dois mil e três."

"Dez anos."

"Ele me reconheceu, vi na cara dele. Eu ainda tinha dez anos para denunciar, entrar com processo, e tinha o agravante da tortura, outro crime hediondo... Ele teve medo e sumiu."

"Agora é tarde. Prescreveu."

"Não para mim. O tempo não cura a ferida, não curou, não vai curar."

"Ele disse na entrevista que vem a São Paulo."

"É, eu vi."

"Disse que vem resolver alguma coisa que deixou pendente."

"Vem me procurar."

"Por quê? Já prescreveu."

"Orgulho. Machismo. Ódio de ter fugido. De eu saber que ele fugiu."

"Ninguém sabe disso."

"Ele sabe. E sabe que eu sei."

"Ele é perigoso, violento, tem muita experiência."

"Mas é burro."

"Você não tem medo?"

"Já tive. Superei."

"Venha para cá, fique aqui. É seguro. Eu te protejo!"

(Ela faz um longo silêncio. Em seu rosto, percebem-se emoções represadas. Fala, com segurança.)

"Ele chegou ontem, quinta-feira. Está hospedado a dez minutos daqui, na avenida São João."

"Como você sabe?"

"Eu esperei em Guarulhos e Congonhas as chegadas de todos os voos que passaram por Manaus, Rio Branco e Belém. Eu vi a figura chegando ontem, confiante. Seo Raimundo e eu seguimos o táxi dele até o hotel, cada um num carro, celulares ligados. Deve estar nos escutando neste momento. Ele não sabe onde eu estou, eu sei onde ele está."

"É uma vantagem pequena."

"Eu vou ligar para o quarto dele e dizer para ele me encontrar aqui no saguão dentro de dez minutos."

"Não faça isso!"

"Eu estou prevenida. Só preciso que o senhor deixe a porta aberta."

"Você vem aqui!?"

"Avise ao porteiro da cabine blindada que deixe o caminho aberto para eu entrar e sair. Pode ser?"

"Pode. Estranho, acho que você é agora a única pessoa em quem eu confio. Vem falar comigo?"

"Não. Nem venha o senhor falar comigo. Vou chegar à sua

biblioteca em cinco minutos, apanhar o que o senhor me deve e em outros cinco minutos estarei de volta, no saguão do prédio, levando o que ele quer. Pode ser?"

"Pode. Ah: nono andar, corredor à direita."

"Obrigado pela confiança."

"Ô-ô! Apareça outro dia para um café..."

"Bloqueie o elevador quando eu sair. Ele vai chegar na hora certa porque quer a maleta também. Deixe entrar."

"Certeza?"

"Absoluta. É a última chance dele, se não me encontrar no saguão não me acha mais. Comece a contar."

(Mara desliga. A imagem dela some da tela. O homem parece desacoroçoado.)

"Só, de novo."

(Fala para a mesa de controle.)

"Põe na tela o painel das câmeras de segurança. Eu assumo aqui pelo celular. Deixa som nas câmeras."

(Com dois toques no celular ele assume o controle do painel que agrupa as oito telas do seu sistema de câmeras de segurança: portaria principal, saguão, elevador privativo, corredor, biblioteca, bar, copa, porta de serviço. Ouve-se sua voz.)

"Portaria, a d. Mara está chegando. Libera o acesso."

(Destaca a imagem da porta principal. Raros passantes. Voz dele fora da cena, imagens das câmeras de segurança.)

"Venha, Nêmesis, as portas vão se abrir para você. Acabou-se o mistério."

(Destaca a biblioteca, em plano geral, com a maleta de couro preto aberta sobre a mesa. Zoom de aproximação; percebe-se que está repleta de maços de dólares enfeixados com fitas de papel. Imagens e voz fluem sem intervalos.)

"Aqui está seu prêmio. Promessa minha. Virou compensação pelo seu calvário."

(Imagem da portaria principal e saguão: Mara entrando junto com outra mulher, que ela encaminha a um canto sombrio do saguão e a quem dá instruções sinalizando a entrada e o caminho para o elevador, finalizando com um gesto semelhante ao de um tocador de flauta voltada para esse trajeto.)

"Eu procurei foi um apoio naquele momento em que estava dividindo minha vida em antes e depois"

(Ela se dirige ao elevador, que está de portas abertas, entra.)

"e que coincidiu com o evento repentino daquele rosto de mulher, fotografado num momento de angústia, ela também com a vida dividindo-se entre um antes e um depois."

(Mara no elevador, subindo.)

"Agora eu percebo que era de angústia aquele momento dela, que eu, centrado no meu momento, não fui capaz de ver."

(Ela sai do elevador, vira à direita no corredor fracamente iluminado)

"Na fotografia daquela cena ficaram imobilizados os personagens emaranhados nesta prosa:"

(e segue pelo corredor até a porta aberta da biblioteca.)

"eu, o herói duvidoso, o anti-herói loquaz, a julgar ingenuamente que bordava esta tapeçaria quando era na verdade o bordado;"

(Mara entra na biblioteca, olha ao redor, dirige-se à mesa, onde está a maleta aberta com o dinheiro.)

"o meu chauffeur Raimundo, o bom Raimundo, guardador de segredos, talvez o único anjo desta história;"

(Ela fecha a maleta, apanha na bolsa uma seringa, confere o nível do conteúdo escuro, tira a tampa da seringa e coloca no lugar a agulha, com extremo cuidado.)

"o capitão Gil Bozzano, o sombrio agente da desordem, o desencadeador dos infortúnios;"

(No saguão um homem acaba de entrar, confere a hora no

relógio de pulso, encaminha-se com segurança para o elevador e para de repente, dá um tapa no pescoço como se picado por um inseto, pega alguma coisa, olha, outra picada no rosto o faz levar a mão à face.)

"e finalmente Mara, a vítima renascida, o anjo vingador, a que não conseguiu perdoar nem esquecer, a cobradora."

(Mara pendura a bolsa no ombro, percebe ao lado da maleta a caixinha aberta com o anel, olha a hora no relógio de pulso, repousa a seringa na mesa, coloca o anel no dedo anular da mão direita, olhando para a câmera com um sorriso de Mona Lisa, pega a maleta com a mão esquerda, pega a seringa com a direita, sai apressada da biblioteca.)

"Eis-me chegando ao até mais, ao até logo, ao final deste '*encontro urgente, inadiável, comigo mesmo*', de que falava o Pedro Nava. Chega de prosa."

(O homem no saguão parece titubear, tonto. Mara sai do elevador,)

"Somos o que fomos, acrescentados de culpas."

(encontra o capitão Gil, que se apoiou vacilante na parede, chega bem perto dele com a mão direita abaixada, diz o que se ouve: "Oi, lembra de mim?", atinge o homem com um golpe forte na virilha esquerda e sai junto com a amiga.)

ESTA OBRA FOI COMPOSTA PELO ESTÚDIO O.L.M./ FLAVIO PERALTA EM ELECTRA
E IMPRESSA EM OFSETE PELA GRÁFICA PAYM SOBRE PAPEL PÓLEN NATURAL
DA SUZANO S.A. PARA A EDITORA SCHWARCZ EM SETEMBRO DE 2023